生命的芭茅花

宋雨霜 著

四川大学出版社
SICHUAN UNIVERSITY PRESS

图书在版编目（CIP）数据

生命的芭茅花 / 宋雨霜著 . -- 2 版 . -- 成都 : 四川大学出版社，2025.1
ISBN 978-7-5690-6587-9

Ⅰ．①生… Ⅱ．①宋… Ⅲ．①散文集－中国－当代
Ⅳ．① I267

中国国家版本馆 CIP 数据核字（2024）第 029793 号

书　　名：生命的芭茅花
　　　　　Shengming de Bamaohua
著　　者：宋雨霜

选题策划：欧风偃　王　冰　王　军
责任编辑：罗永平
责任校对：毛张琳
装帧设计：墨创文化
责任印制：李金兰

出版发行：四川大学出版社有限责任公司
　　　　　地址：成都市一环路南一段 24 号（610065）
　　　　　电话：（028）85408311（发行部）、85400276（总编室）
　　　　　电子邮箱：scupress@vip.163.com
　　　　　网址：https://press.scu.edu.cn
印前制作：四川胜翔数码印务设计有限公司
印刷装订：成都市新都华兴印务有限公司

成品尺寸：145 mm×210 mm
印　　张：10.125
字　　数：235 千字

版　　次：2021 年 9 月 第 1 版
　　　　　2025 年 1 月 第 2 版
印　　次：2025 年 1 月 第 1 次印刷
定　　价：68.00 元

扫码获取数字资源

四川大学出版社
微信公众号

文字带我穿越青春的窄门

　　1993 年深秋，我出生在武陵山腹地黔江。妈妈说，我 4 岁以前很少说话，总是静静地坐在一边，不哭不闹，头发稀疏。她甚至担心我的智力有问题，说话不利索的孩子该如何向这个世界表达自己呢？谁能想到，这个沉闷的孩子在后来的日子里变得话多起来，表达自如。更重要的是，她找到了新的话语表达方式，那就是书写。从日记到作文，从手写到电脑写作，内在的文字之路与外在的求学之路重合。从农村小学到县城中学，再到重庆主城区读高中，再到成都读大学、考研、毕业定居，在这场漫长的求学成长之旅中，我像一只候鸟一次次离乡，又一次次地返乡。伴随着火车的轰鸣声，离乡返乡间我的那些寂寞、孤独、痛苦洒在阴雨的天空下，飘在黑暗的隧道里，有时也汇入奔流不息的乌江、长江。

　　在读书求学这条路上，我沿着既定的方向前进，容我犯错、慌张、踟蹰犹豫的时光那么稀少，我一步不停地生长着、跋涉着。在面对一个又一个的挑战中，因压抑的心绪猛烈爆发，我曾短暂地滑出正常的轨道，那是一段灰色的时光。而文字把我带了回来，带到了光明之处。庆幸的是，正是这些文字的存在，我才得以看见自己是带着怎样的心性、动力、情感闯过农家女儿成长的窄门。

桂香四溢时节，我重温这些年的文字，感到无比亲切和温暖，就是这样一个字一个字地写啊，我才成为此刻的自己。这些文字让我看见了自己，是如何在有血有肉、有苦有甘的真实人生里活着。个性化的感受、情绪和情感是写作的出发点。当回看自己的文字，我再一次体验到忧伤、愤怒、寂寞、迷惘等情感，我一次次地想起曾经的自己，那个在柿子树下写作业的女孩，那个因学业受阻无比迷茫的女孩，那个躺在医院病床上眼神空洞的女孩。

对外，从农村到城市，从留守儿童到研究生，这是一个励志的成长模式。这种昂扬斗志的成长模式值得赞美，但令人心疼。对内，一个单亲家庭的女孩独自品尝青春的酸楚，体验成长的阵痛，这是文字记录下的成长叙事。这种诉诸文字的成长叙事，私密琐碎却热烈真诚。在求学之路上，我踏实、专心、勤奋，有时也深陷无以言说的孤独寂寥；在文字的世界里，我可以时而快、时而慢，随心所欲，写作给予我很大的安全感。人的记忆本来就善于记住美好的东西，回避让自己痛苦的东西。回看自己的文字，我发现这种成长叙事尽可能地在回避紧张和冲突的那一面，更多地呈现温和、激励、向上的样貌。这或许是成长的"密码"，正是靠着一次又一次的自我激励，以及接受别人的激励，化痛苦为动力，我才得以度过成长的阴霾，迎来新的光明。

学者杰华在《都市里的农家女：性别、流动与社会变迁》里写道："讲述生活故事的主要目的，并不是'原模原样地'描述过去，而是赋予了它一种意义，以助于理解现在，这样可以更好地设想一条通往未来的路径，将过去、现在和未来编织成一个有意义的整体。"写作是对自我的一种重构，一种穿越时空的自我对话。我把自己交付给一段段文字，它们显现出我曾经稚嫩的脸庞、纯真的笑容、澄澈的梦想。再看自己以前的文章，有一种陌生的感觉，就像看另一个女孩，感受她的悲哀与孤独，分享她的欣喜与希望。我的文字讲述过去的故事，也开启一扇面向未来的窗户。

27岁以前的我，贫穷、虚荣、自尊、敏感又热情，我的文字也是。但我依然深深感谢过去的那个自己，以及定格的这些文字。当我觉得自己的生活变得破碎不堪时，当我的生活想象遭遇挫伤时，文字让我重新缝合了碎片，重返自己想要的生活空间，建构起一个新的自我。在写的过程中，就已经体验到治愈的功效，我还能奢求更多吗？接纳，看见，原谅，发泄，都在落笔的沙沙声和指尖敲打键盘的啪啪声中实现了。写作就是这样，它让我穿越青春的窄门，生长出一些面对生活的勇气、对自我的悦纳、误解后的理解以及发自内心的同情与慈悲。

每个人就像一块小拼图，为社会这个大拼图的完整贡献了自己。每个故事和每个人的感受都需要表达，只是以不同的方式，它们呈现出来的意义在于丰富大千世界的万种形态。未来，我还会经历更多悲欢喜乐，写更多自己的故事，也会写别人的故事。

这本散文集《生命的芭茅花》收录了我2012年至今的文字，大部分已经公开发表。故乡山野生长的芭茅草，年复一年，春来发芽，秋来飞扬。盛开的芭茅花，不怕秋风萧瑟，随风摇曳，昂着头颅向天空挥毫泼墨。我是一朵芭茅花，在自己的生命体验中写下喜怒哀乐。芭茅花之笔，永远在岁月里挥舞。

本书第一部分是与人有关的记述，有我的血脉之亲，如爷爷、奶奶、外婆、母亲等，他们是我的精神营养的补给者，也有关爱我的师友和远方不曾见面的好心人。第二部分是成长心语，有对死亡的思考，对爱情的憧憬，对读书的热爱，等等。第三部分是花草树木，它们站在我的记忆里，芬芳馥郁，随风摇曳，自有一番风情。第四部分是乡土时光，它是我成长历程里不可或缺的一块，也是最为本色的一块。

谢谢你走进我的世界，愿我的文字带给你一些温暖与力量。

宋雨霜

2021 年 9 月于润物庭

目录

第一辑　悠悠情意

第四辑　乡土岁月

第一辑

悠悠情意

●

●

●

他们

是生命最美好的相遇，

是生活与创作不竭的动力。

外婆的手

外婆睡着了，病痛的折磨让她瘦脱了相，原本红润饱满的脸庞凹陷进去，苍白瘦弱的样子令人无比心疼。我坐在病床右侧，用左手虎口托起她的右手，一阵细微的温热在掌心间弥漫开。我第一次觉得外婆的手这么软，又这么轻，无力地搭在我的手间。

这是怎样一只枯瘦的右手啊，长着老年斑的发黄手背，起皱的指节，不规则的指甲。食指的指甲内陷，我以为是住院这一个月以来戴监护指甲套的缘故，妈妈却告诉我，这是外婆剥豆子剥到指甲发黑发痛的结果。辛劳的外婆，辛劳的双手啊，我的泪珠顺着脸颊淌下。

外婆年幼丧父，一双手早早地触到人世的悲凉。她养大了四个子女，也抚养了孙辈。27年前，我在黔江城里出生，在乡下的外婆得知后，赶忙提着猪油、鸡蛋来城里探望。我7岁那年，外婆牵着我们姐妹俩去镇上拍照，把照片寄给远方的妈妈。外婆每隔半个月就去我们家，收拾屋子，给姐妹俩洗澡，还反复叮嘱要爱干净。

外婆的手一年四季从未停歇过，在这片土地上变出不同的魔法。她把一个个苞谷球埋在地里，不久后绿油油的苞谷苗在风中摇曳。她在晨间露水中穿梭，摘回嫩绿的豇豆、四季豆，又把吃不完的蔬菜用水煮后晾晒成干菜。她把墙上挂着的黑黢黢的腊肉变成亮晶晶的炒肉片，把粗硬的腊骨头炖成香浓的肉汤。秋天风起，她提着篮子颤颤巍巍地走向白果树，弯腰拾起白果，为子女孙辈做美味的腊肉白果。

我在自己年轻饱满的世界里快活地成长着，从未凝视过她的双手。这几年，或许我长大了些，懂得了世事艰辛，体会到了外婆这样的乡间妇女有多么坚强隐忍、不辞辛劳，开始凝望这双苍老的手。外婆的指尖布满许多黑色的小细纹，长的短的，像黑色的小河流，摸起来粗粝，有点砂纸般的触感。她的指甲不规则，嵌着一些黄黑色的油渍。

我握着她的手，她却说怕手粗糙硌疼我。我说，外婆，没事的，能握住您的手是最幸福的事情，您的手是有故事、有质感的手呀。她笑我憨傻调皮。我握着她的手，给她读我写的文章，她听得落泪，把我的手握得更紧了。

我握着外婆的手，想给她力量，把炽热的生命激情传递给她，让她尽快好起来。外婆啊，我握着您的手，我想握住您一生的辛劳，一生的苦涩。可我什么也做不了，我写了那么多文字，也抵不过此刻守在病床边握着您的手。我想您好起来，答应带您坐飞机出游呢。您的手触摸大地一生，坚硬粗粝，我想带您摸摸天空的柔软。

外婆的手触摸过清晨的露水，摘过细嫩的豇豆，也缝过紧实的背系。她握住自己沉重的乡间岁月，从未喊过苦与累。外婆的手，从先辈那里接过苦涩与希望，把村庄的土地照顾得生机勃勃，又把年轻的生命送往大山外面。可是此刻，她的手无力地搭在病床上，无力到不能梳头发、吃东西，我的心隐隐地疼着。

外婆的手，牵住了我最深的爱与暖，我希望这双手重新变得有力起来。我要牵着外婆这双饱经沧桑的手，触摸人世间的柔软与温存。

（载于《华西都市报》2020 年 12 月 23 日第 A14 版副刊《宽窄巷》）

打给外婆的电话

　　春天的尾巴，借着下楼拿快递的机会，我准备在城市中"撒野"一把，不修边幅地穿着凉拖鞋，慵懒地坐在木椅上，低头看着新买的书，偶尔抬头望望纯蓝的天空，一丝杂质也没有。天空被高楼、树木框出不规则的一块图案，在这块图案的明暗变换中，时间流逝着。天渐渐黑了，旁边的坝坝舞音乐响起。去小饭馆吃面条，我边走边给外婆打电话。

　　"外婆，你在做什么？"我在成都平原的繁华街道，想了解远在数百公里之外的外婆此刻在做什么。成都的天蒙蒙黑，山里的乡下一定漆黑了，山里的夜总是来得很快。

　　"我才吃过晚饭，在洗碗呢。"外婆听到我的声音，轻松欢喜地回答着，"天黑了，你在做什么，幺幺？"

　　"我准备吃面条，然后散散步。"我告诉外婆，脑子里却不自觉地出现了灶前鼎罐里咕嘟嘟冒泡的腊猪蹄，咽了咽口水，我在面馆里坐下来。

　　"这会，老家都在做什么呢？"在城市求学多年的我，似乎对乡下的生活状态有些陌生了，残留的那些景象是宝贵的记忆。再者，城市的物候和乡下也是不一样的。城市里，除了树木花草绽放绿叶，高楼不断冒出，其他的变化似乎不大。拿吃的来说，辣椒和四季豆只是餐盘里的菜肴，或许从遥远的大棚基地运来，或许是成都本地农民种的，可我不得而知。而乡下的辣椒和四季豆，却是我亲眼所见，那些绿油油的可爱的精灵们。

"我在点豇豆种子，还有地瓜。"外婆回答我的问题，我的脑海里出现一幅画面，外婆蹒跚着腿在菜地里点种子。

"还种些什么呢？"

"茄子、四季豆，乡下种菜，主要是这些。"外婆是勤劳的人，把自己的青春和岁月献给了这片土地，养活了我的几个舅舅，我的妈妈，还曾抚育留守儿童的我和姐姐。

那些小小的种子，被外婆一颗颗地撒在地里，一场雨后，慢慢冒出嫩芽，再不断成长，长出丝蕊，外婆又会给它们插上"栈栈儿"，用于牵引丝蕊的攀爬方向，起到支撑的作用。童年的乡村清晨，我提着竹篮去菜园子摘菜，那些四季豆、豇豆、茄子等都在讨好我，在风中摇曳，舒展着美丽果实，似乎在说"雨儿公主，快来摘我吧！"我用小手摘下那些瓜果，不一会就满载而归。

在城里可不这样，我和妈妈去菜市场买菜，那些菜没有菜地里的可爱，它们也竭尽全力地讨好我，可我不爱看它们。妈妈买菜，我只管拎菜，用塑料口袋，而不是菜篮。

"外公今天进城了，这会天黑了，有点怕呢，我把电视声音开得大。"外婆的话让我想起来，她家是单独的院子，隔壁的三外婆前几天过世了，坎下的大外婆也过世几年了。平时，外婆家就只有她和外公、嘎祖三位老人了。山里乡下的夜确实令人害怕,一来人少,都是老人,显得清幽,逢年过节的乡下稍微热闹一些,年轻人和孩子的到来给古老的村寨增添喜庆的气氛。二来山里树木竹林繁茂,风吹时沙沙响,兴许还有些野猪之类的野兽跑动。三是乡下没有路灯,屋内的灯光是全部的光源。整个山头村子,一两盏灯光如豆。

以前,天黑时,外公不让我们去后院公路玩,那边竹林也不让去,怕撞见不干净的东西。乡下对这些未知的东西,是十分敬畏的。供土地菩萨,供白果树神,源于对神灵的敬畏,对自然的崇拜。

在城市里的我们,却在夜晚兴奋不已。城市的夜,光怪陆离,五光十色,灯红酒绿。或许那些鬼神也被城市里的酒灌醉了,不能再兴风作浪了吧。

"明天,再去点海椒种子,"外婆说,"你喜欢吃干豇豆儿,到时我多晒点。"干豇豆儿来之不易,从种豇豆到采摘,水煮晾晒,十分烦琐。十斤生豇豆才晒出一两斤干豇豆。干豇豆、干洋芋片、干豆豉,是外婆每次送给儿孙的土特产。

"外婆,您辛苦啦,别太累了,保重身体哦!"面条来了,我准备挂断电话了,"有时间,真希望在老家多待一些,就像小学那时的寒暑假一样。"这样的时光于我是多么奢侈呀,再去种菜、摘菜、刨地瓜,再和外婆一起晒干洋芋片、干豇豆,想想都觉得幸福。近些年来,我回乡的时间越来越少了。

"只要你爱来,外婆当然欢迎咯!"电话那头,外婆笑了。

挂掉电话,心里有种说不出的感觉,思念,心疼,失落。

大山深处的外婆在老屋里收拾家务,而我在繁华都市的街道吃面条。不同的场景,不同的生命节点,我都曾经历,也正在经历。一个电话，串联起不同的生命状态。

我还能在城里吃很多次面条，也能"撒野"很久，可电话那头的人能陪我多久，告诉我她在春天的尾巴点豇豆种子？

或许，我本是一颗豇豆种子，从前的人和事是我在乡下时的"栈栈儿"。如今成年后的我，要努力成为自己的"栈栈儿"了。

爷爷的小南海

　　爷爷 73 岁那年去世了，直到临终前他都没能去小南海看看。这几年，爸爸和奶奶偶尔向我说起，要是你爷爷还在多好，带他去小南海看看，免得他一直挂念着。爷爷和小南海未了的缘分，像一道疤戳在了我的心里，偶尔会麻麻的痒，淡淡的疼。

　　2007 年的春天，爷爷病得厉害，爸爸把他接到城里检查身体。周末放假，我和姐姐在家陪他，听他提了一下想去小南海看看。那年我才 13 岁，上初二，也没有去过小南海。那时黔江的交通不像现在这般方便，加上家里没什么钱，去小南海就成了一个奢侈的心愿。小南海多远呀，那是一个很美好但遥远的所在。爷爷告诉我，他听别人说小南海是一百多年前因地震形成的，水下埋了一个大家族的祠堂，如今湖畔山光水色十分美丽。爷爷还说，小南海应该像一个很大的脸盆，装了许多许多的水。爷爷的描述，是我对小南海的最初印象。要是能坐着船游览小南海就好了，爷爷说这句话时充满着向往，他瘦削苍白的脸上流露出淡淡的神采。

爷爷很快就回乡下老家了，爸爸为生计奔忙着，我沉浸在初中的学习中，爷爷的心愿就这样被搁浅。那时我还小，没有钱带爷爷去小南海看看，我想着等长大有钱了再带他去吧。可是谁知道两年后，爷爷就匆匆地离开了。他带着未了的心愿，永远地合眼，睡在了离祖祖不远处的坟茔。那时我在重庆读高中，没能赶回来见他最后一面。想到以后再也见不到爷爷，再也不能带他去小南海看看，我独自在寝室哭得撕心裂肺。

　　直到 2011 年高考结束后的暑假，我才第一次见到了小南海。小南海在城区东北方向，距城不过 30 千米。车子在山间蜿蜒颠簸，山色美景不断变换，没一会就到了景区。那造型各异的石头，碧波万顷的湖面，苍翠的山峰，让我产生一阵莫名的感动。啊，小南海，我终于来到你的身边了。我想起爷爷说的小南海像脸盆，只不过这是个不规则的脸盆，装了碧绿湖水的大大的脸盆。我坐船荡漾在湖面上，欣赏美景，又想起了爷爷，要是他老人家健在，一起泛舟湖面该是多么幸福的事情。

　　过去这几年，我多次来到小南海。小南海的朝晖夕阴、波光粼粼也给予我无限的灵感。在山间长大的我面对这一湖清水，心里产生了无限的柔情与依恋。这依恋里，也有对爷爷的愧疚。爷爷生前罹患肺气肿，缠绵病榻。他在喘着粗气和一声声咳嗽的病中，是否还会惦记着去小南海看看。他的心里，是否还有一只荡漾于湖心的小船。爷爷自然无法告诉我这些，我只能猜想。他一生都在大山深处，对广阔水面的向往成为晚年的一个寄托，对小南海的向往也成为晚年时的一个梦，只是梦未实现，爷爷就被病魔带走了。

　　这些年，我爱上了旅行。利用勤工俭学挣来的钱，我在假期去过泸沽湖、青海湖、海南岛等。我见到了比小南海更广阔的水面，它们令我震撼、触动。我很庆幸如今交通的便利，也庆幸自己长大了可以独立出游。而在为自己庆幸时，我越发为爷爷未竟的心愿感到悲哀，为那些年家境的困窘感到悲哀，不过二三十千米的距离，不过是荡舟湖面的小小心愿，竟让一个老人惦记了好些年，成了此生的遗憾。

爷爷一生守在大山的村庄里，躬耕直到逝去。他是我生命的上游，我从他的血脉出发，12岁就离开乡下进城求学。这些年，我在知识的海洋里见到了更多山水，也在脚下的旅行中见识到了更广阔的天地。从某种程度来说，爷爷想去小南海看看，想坐船的心愿是我爱上旅行、爱上行走的动力。从山川到水域再到山水相逢，从步行到坐船再到行者无疆，我带着祖辈的期待和梦想走进大城市，行走在广阔世界中。

爷爷的坟在对面山坡的菜地里，坟前是一坝绿油油的田，田的尽头是我们家族的吊脚楼。这两年暑假，我去爷爷的坟前烧纸，看那绿浪层叠的稻谷天地，有时风吹过，那稻田翻滚着绿色的光。我对着坟说道："爷爷，小南海也像这稻田一般绿油油的呢，您就安心地看吧、睡吧……"说完，眼泪又簌簌地落下。我真想从小南海带回一捧水，哪怕就几滴也好，洒在爷爷的坟前。如果爷爷在天有灵，感受到小南海清水的润泽，那他心里就多少宽慰些，说不定脸上的皱纹也会舒展惬意。

我从大山深处出发，见到小南海，再见到广阔无垠的大海，另一个世界的爷爷也会为我欢喜欣慰吧。爷爷从未到过小南海，在我看来，爷爷心中的小南海即是远方，是梦的期盼。爷爷的小南海，也是我的小南海。爷爷未曾到达的远方，是我出发的起点。这样想着、念着，爷爷的心愿疤痕就在小南海的清水润泽下，渐渐晕染开来，在我心里开出一朵灿烂瑰丽的花。

（载于《武陵都市报》2020年9月1日副刊《吊脚楼》）

爷爷的摊位

回宋家湾必会经过马喇镇上的街道，然而这些年，我对镇上的街道越发感到陌生了。街道并不长，车子开到街道中间时，我习惯从左边车窗探出脑袋去看那个吊脚楼阶沿的左侧角落，曾经的摊位现下空空如也。不知何时，连那吊脚楼也变为了崭新的砖房，阶沿和角落彻底消失。我终究失去了爷爷的摊位，不免怅惘失落。

爷爷在吊脚楼阶沿左角的摊位曾是我去赶场的动力，也是温情的奔赴。可是如今，我弄丢了这个摊位，连同丢了的是整个童年的赶场故事。当那个一平方大小的混合着头发酸腻气味和肥皂泡沫味的摊位浮现在脑海中，那些往事又鲜活起来。

爷爷和他的父辈、兄弟一样，躬耕于大山深处，生计艰难。除了种庄稼，爷爷还学过木匠、裁缝手艺，但没挣到多少钱。后来他学了剪头发的手艺，被人们称为"剃头匠"，并在镇上寻得一个小摊位。这个摊位所在的吊脚楼，静默地伫立在一个小斜坡与主街道交接的位置，主人家姓钟。面朝吊脚楼，一楼的阶沿左右各有个角落，爷爷的摊位在左边这个角落。右边的角落是我幺爷的摊位，他是爷爷的亲弟弟，一位个子矮小、为人温和的长者。镇上的人都知道宋家两兄弟是剃头匠，手艺不错且价格公道。

爷爷的摊位布置简单，靠墙是一个粗朴的木板小桌，放梳子、剪刀、推子、肥皂之类的用品。小桌右侧有一个齐腰高的木质洗脸架，搁着褐色胶盆和帕子。剃头用品需要爷爷自己带，主人家提供木板小桌、一条灰长的木凳子、洗脸架，还有烧热水的锅灶、柴火等。一个月，爷爷向钟家缴纳几元钱的摊位费。那时给人剃头，连同刮胡子在内只收五毛钱，好些年后才涨到一块钱。

每月逢三号、八号是马喇镇的赶场天。一到赶场天，爷爷便脱下干农活的衣服，稍微收拾后背上灰麻的牛仔包到镇上摆摊。遇上赶场天，我和姐姐放学后就往镇上跑，奔着爷爷的摊位而去。到摊位的时候，爷爷正在忙碌，我们欢快地叫上一声"爷爷"，他答应着，招呼我们等会儿，于是我和姐姐在一旁玩耍。有时，我们站在一边看爷爷剃头、刮胡子，他先往坐着的人脸上抹上肥皂，揉出泡沫后再用剃刀刮胡子，待冲洗完那混合着胡须的白色泡沫后，就会露出干净的下巴。我看了一小会就抬头看看楼板，一些蛛网泛白发着光。低头时，我看到爷爷脚边的地上洒落了一些发团，白的灰的黑的头发夹杂着，看着有些发怵。灰长凳子上坐了四五位等剃头的老人，那些穿着青布衣服的老人，头上包着白帕子，帕子有些发黑，没被遮住的头发露出来，看上去油腻黏着的样子。那些老人估计是不常洗澡吧，头发和身上有股酸臭的衰老的气味。那气味不好闻，但我并不排斥。

有时等的时间稍微久了，我就去爷爷摊位旁边的棉絮加工店，站在门口看师傅弹棉花。师傅用巨大的棉弓打着棉花，发出"噔噔噔"的声音，这特殊的音乐在喧闹的集市中显出别样的魅力，我听得十分入迷。爷爷忙完了，会喊我们一声，等我们回到摊位边，爷爷便从兜里掏出一块钱给我们姐妹俩，叮嘱"雨雨，俊娃，你们不要乱花钱哟"。从爷爷手里接过钱，我们就飞快地跑开了。

拿着爷爷给的零花钱，在街上逛着，我心里有些小小的得意。因着爷爷在镇上的小摊位，我感到骄傲和满足，仿佛自己已然变为镇上的孩子，步子越加轻盈欢快。买一串油汤圆或者吃一盘两毛钱的米豆腐，我们便心满意足地回到爷爷的摊位，给他打声招呼，就开心地回家了。那时年幼，不知道爷爷站一整天的辛苦，只知道找他要零花钱。爷爷从镇上收摊回家时，从水果贩子那里买些降价的桃子、香蕉之类，尽管那些水果不新鲜，我们仍吃得欢快，嘴里发出吧唧吧唧的声音。等爷爷收摊带零食水果回家，成为我们姐妹俩赶场天的盼望。

2003年秋天，姐姐考去县城读书，赶场天就剩我独自去爷爷的摊位了。后来我也去城里上初中，失去了去爷爷摊位要零花钱的机会。暑假回家时，我们从镇上汽车站走到爷爷的摊位，看到他站着给人剃头。或许是长大了些，也或许是进城见到了新式理发店，我对爷爷的摊位感到一种凝重和哀愁。那样古老原始的剃头手法和工具，那样衰老仍坚持的容貌和身姿，让我对爷爷的摊位产生了一种独特的敬意。

爷爷本来身体就不太好，由于干农活和长期站立等多方面因素，他越来越衰老、病弱。去世前的那几年，他仍坚持走路去镇上摆摊，可是却不能走回家。站一天下来，他实在太累了，只好花五块钱坐个摩托车回村里。除去摊位费、摩托车费，以及买生活用品的花销，他一天的辛苦收入所剩无几。即使如此，他还是坚持背着他的牛仔包去赶场，仿佛和摊位有个坚实的约定。

2009年春节后不久，罹患肺气肿的爷爷永久地离开了我们，离开了他操劳一生的村庄和剃头摊位。因在重庆主城区读书，我没能及时赶回来见他最后一面，这成为我无法弥补的遗憾。暑假，我回到镇上，见到爷爷的摊位空空荡荡，想到他在摊位前辛劳的样子，想到再也没有人答应我喊的一声"爷爷"，温热的眼泪簌簌落下来。之后的日子，每次经过镇上，我都会走近那个角落，试图搜寻爷爷的身影，还有空气中弥漫的油腻的头发味道。可是，我一无所获。

渐渐地，马喇镇街道两边的木房子被砖房取代了，不知何时爷爷摊位所在的那栋木房子也消失了。镇上出现了好几家新式理发店，年轻人走了进去，不少中老年人也走了进去。街上的剃头匠成了历史，人们还记得钟家阶沿的宋家剃头匠吗？一栋崭新的砖房夺走了记忆中的阶沿和爷爷的摊位。我为马喇镇的发展变化欣喜，也为失去爷爷的摊位而感到失落。

爷爷一生温和善良，抚育了曾是留守儿童的姐姐和我。他教我们识字、打算盘、写毛笔字，在作业本上签字。我看他"吧嗒吧嗒"地抽旱烟，记得他身上的烟火味。光阴似水，爷爷离开许久了，很多记忆渐渐褪色，我甚至记不清他说话的声音。唯独印象深刻的是，他站在摊位前给人剃头、刮胡子的样子，他端着盆穿过小巷子，到木房子底楼灶房打热水的样子。

爷爷的摊位像一个港湾，是儿时的希望和愉悦所在。当我长大离开老家，摊位如同一个守护的老者，静默地等我回来。爷爷的摊位还在时，哪怕只是个空空荡荡的角落，我也感到一丝微薄的慰藉。如今，镇上的建筑焕然一新，许多老人不在了，新鲜的面孔让我感到陌生。消失的木房子和阶沿，消失的摊位，我的慰藉一并消失，回到镇上的我成了一个没人疼爱的孩子。现在的我接触过不少新鲜事物，也将见识更多大世面，却再也见不着爷爷的小摊位了。我欲哭无泪，感到沉沉的凄凉和悲伤。

简陋的剃头摊位，凝聚了爷爷改善家庭生计的付出，承载了我儿时活泼欢乐的赶场心愿，容纳了我无限的思念与哀愁。永远的爷爷，永远的摊位。

（载于《武陵都市报》2020年8月18日副刊《吊脚楼》）

和奶奶摆龙门阵

老人在客厅沙发独自坐了许久，有些闷了，用手撑着沙发缓缓起身。她拿上门口的布袋子出门去，坐在小区花园凳子上，看着孩子跑来跑去，脸上泛起一丝淡淡的笑容。

"奶奶，你在做么子？"

"是雨雨啊，我在楼脚晒太阳……"秋阳打在她深红色绣花外套上，她微微眯着眼，和孙女聊着。

她是我的奶奶，我是那个远在数百公里外陪她摆电话龙门阵的孙女。奶奶老了，平静得像一潭沉寂的水。偶尔的龙门阵是一颗颗或大或小的石头，掀起她生活的涟漪。

2009年春天，爷爷去世了。奶奶独自在乡下生活了三年，之后被爸爸接到了城里。像一株老树，被连根拔起，只带着些许的土，奶奶开始了城市生活。

起先那几年，奶奶还算硬朗。她偶尔走到楼下晒太阳，或走去河堤上，和老头老太们摆龙门阵。如果对方是城里人，奶奶就和他们聊孙子孙女读书上学的事。对方也是进城老人，奶奶就和他们聊乡下的事，种庄稼，喂猪喂牛等。有时，奶奶只是出门晒晒太阳，不和任何人说话，默默地坐着，发发呆。

放假回到县城，我去看奶奶。她和我讲起摆过的龙门阵，有时也提起老家的一些人和事。奶奶成为我获取老家信息的一个渠道，从她口中我得知谁家生了孙子，谁家娶了媳妇。"哎，可惜我晕车，不然真想回去看看。"奶奶叹息着。我知道她想念老家的生活了，主要是在城里能说上话的人实在太少。

在乡下生活时，不缺龙门阵。吃饭时，隔壁、坎上的奶奶们端着碗来串门，奶奶给她们夹上几筷子菜，自然而然聊起来。猪儿长了多少膘，红苕长得如何了，今年栽几斤苞谷，家务农活是龙门阵的核心。

进城后，这样的龙门阵去哪里摆呢？我知道奶奶的孤独，课余常给她打电话，聊上一会儿。能聊的其实很有限，问问天气如何，提醒她加减衣服，出门走路不要摔倒，记得带钥匙。我明白，这样的龙门阵只是聊胜于无。比起遥远的问候，我能陪她一起出门散散步，晒晒太阳该多好啊。

和奶奶当面摆龙门阵，起先她可以和我聊许多不同的事情。渐渐地，我发现奶奶能记住的事似乎越来越少，她的记忆领地在缩小。

"你祖祖心善，给人烧麝香捻子……"祖祖的故事几乎成为每次龙门阵的开头。接下来，就是爷爷的故事，年轻时候那次受伤差点致死，再接下来就是爸爸和姑姑们的儿时趣事。一遍，两遍，三遍，我耐着性子听奶奶讲着。

读研后好几次回黔江，因为时间匆忙，陪奶奶待的时间很短。我顾不上听她从祖祖的故事讲起，便直接打断她——"奶奶，这些我都听过了"。奶奶的眼神暗了下来，不再说话。我意识到自己的不耐烦，便又让她讲点关于小姑父的事情。她又像孩子一般，重新高兴起来，讲了一些小姑父的故事。其实，这也是我听过好多遍的。

毕业后我定居成都，有时接到奶奶主动打来的电话。起初我耐着性子陪她说话，后来因为工作忙碌，不再陪她说上许多。每次龙门阵末尾，她都会问"雨雨，你好久回来？"一次两次地问，我感到被牵挂。多了之后，我感到了一种愧疚，甚至生出一种逃离、躲避之心。我不再期待接到奶奶的电话，怕自己无法给她一个归期，也怕听到她的叹气"还有那么久哦"。

我躲着奶奶的龙门阵，但是时间久了，我又惦记她，主动打去电话问候。心怀歉意，回到县城的我和奶奶当面摆龙门阵。奶奶的龙门阵里，难得地冒出一些关于我的往事，连我自己都忘却的。她说我从小就勤俭节约，顾家懂事。"六年级那年野炊，你把同学们剩下的饭菜都背回来喂猪……"奶奶提到这件事，我很惊讶。在城市生活多年的我早已忘却这么小的事，早已忘记自己曾经是这样一个节俭懂事的农村女孩。我的心里生起一股暖意，借由奶奶讲述的往事，我的童年记忆仿佛又擦亮了一点。

奶奶说起祖祖曾经帮忙带我的场景。"你祖祖那时候身体还可以，帮忙背你，背篼斜挎着，我背着苕藤回来看到你在背篼里晃来晃去，吓得我赶紧上去接过来"，听得我都跟着紧张了，奶奶又接着说，"但是你祖祖一次也没摔着你……"跟随奶奶的龙门阵，我仿佛穿越时空，变回那个幼童，在乡村院坝生长，被祖辈们疼爱着。

虽是留守儿童，我却话多，放学回来后喜欢和奶奶说话，学校的新鲜事啦，什么时候期中考试啦。多数时候，奶奶一边做着手里的事情，一边听我说着。这些原本讲给妈妈的话，变成了我和奶奶之间的龙门阵。有时，奶奶会给我讲民间故事，这是我最期待的。

这些年，和奶奶聚少离多，面对面的龙门阵少，更多的时候我们在电话里摆。我和奶奶的电话龙门阵里，她讲过最让我惊讶也最感动的几句话。

"雨雨就像我心头的太阳，一想到你，心头就热和。和你摆龙门阵，心头舒服好几天。"前年四月的一个下午，我在学校快递站门口，接到奶奶打来的电话。这是我第一次听到奶奶这样说话，只读过几年书的奶奶口中蹦出的比喻句充满了诗意，这份诗意让我停下来，专心地回应她："奶奶，你是不是想我了。再过两个月就放暑假了，我回来看你，陪你摆龙门阵。"

那时的我不会想到，那竟是龙门阵的"高光时刻"。接下来的时间，奶奶患上了阿尔茨海默病，病情发展迅速。暑假回去，我发现奶奶变得沉默了。她不再主动提起祖祖和爷爷的故事，她有些呆呆地看着我，打量着，仿佛不认识我。我主动提起了一些家族往事，奶奶只是简单地应答着。

再后来，我给爸爸打视频电话，让奶奶来接。我们对着视频打招呼，明显她的反应变慢了许多。她愣愣地看着我，努力辨认着。"奶奶，我是雨雨，你吃饭没有？"我大声地说着。我的心里升起一股悲伤，奶奶已经不能如往常一般灵敏地辨认我了，还如何与我摆龙门阵呢？

奶奶不再主动给我打电话了。我给她打去，有时好几次才能接通。电话里，她费了好大力气，才听出是我的声音，简单聊几句，便挂了。爸爸说，奶奶现在几乎不下楼了，她的腿脚疼痛，加上记忆力减退许多，只好每天待在家里。

去年五一节，我回去陪奶奶住了一晚。分别时，我含着泪扶她上床休息。她躺在床上，微微抬起身子安慰我，"放心，雨雨，奶奶不得死，先生算过了，还能活几年。"听她这么说，我的泪滑落下来。即使奶奶活到八十多岁，我又能见她几次，摆上几回龙门阵呢？

苍天无情，剥夺了我和奶奶摆龙门阵的机会。很快，她已经不能接电话，更别提拨电话了。我只好打给爸爸，再让他开扩音器，和奶奶说上几句话。就这么短短的几句话，我听出奶奶的声音如此纤细，细若游丝。我多么渴望接到奶奶打来的电话，再和奶奶多说一会儿，如同往常摆龙门阵啊！

爸爸把奶奶带回乡下，重返这个离开了十一年的村庄。可是她再不能辨认出那些邻居，再不能与他们摆龙门阵了。她呆呆地坐在阶沿，看着屋檐，成为村里既熟悉又陌生的老人。奶奶因为患病，变得越发沉默。回到久违的老屋，我和奶奶挨着坐，握着她的手，她也只是看着我，带着微微的笑意。"雨雨，你回来了……"她缓缓地开口，我答应着"奶奶，我回来了"，期待着她说更多的话，然而她不再说话，只是默默地坐着看向电视。

我的心撕裂般的痛。我曾经逃避过的车轱辘般的龙门阵，在此刻变成最大的渴望。我渴望奶奶再讲一遍祖祖的故事、爷爷的故事，不，不止一遍，哪怕几十遍，我一定会耐着性子认真听，就像每一遍都是全新的龙门阵一样。

可是，我没有这样的机会了。奶奶带着她摆过的龙门阵，还有未摆出的龙门阵离开我们了。我在她的坟前痛哭，向她道歉，恨自己为什么不在她生前多给她打几个电话，恨自己为什么不能在回黔江时，多陪她待些时间。

我反思自己的虚伪、自私，甚至懦弱。我明明知道在城里独居时的奶奶是多么渴望有人说话，可我以忙碌的名义切断了这条沟通线。我明明知道自己哪怕编几句谎言，告诉她"奶奶等我，我就快回来了"，却心生逃避，害怕接到她的电话。在她独自生活、出门的日子里，在漫长等天黑的日子里，我偶尔打去的电话擦亮她孤寂的生活。可我却如此懒散，只是如萤火虫一般，照亮她的晚年。

奶奶，对不起，我不是你的太阳，而是一只小小的萤火虫，飞得远远的，偶尔飞回你身边带来温暖和光亮。奶奶不再答应我的呼唤，不再回应我泪水演绎的龙门阵。只有坟前的松树随风发出飒飒的响声，像是回应，也像是安慰。

直到失去和奶奶摆龙门阵的机会，我才彻底意识到，我们祖孙相互的牵挂、陪伴、彼此照亮，都在这些或长或短的龙门阵里了。之于我，这些龙门阵是一支橘黄色的蜡烛，摇曳地照亮成长的记忆。之于奶奶，我陪她摆的龙门阵是枯井般的老年生活里偶尔投进的一抹阳光，一树花影。

"奶奶，我是雨雨……"这个再也打不通的电话，这段再也摆不出的龙门阵，想到奶奶已经离开我近一年了，祖孙再不能相见，顿时泪如雨下，长声痛哭。

妈妈解梦暖我心

　　"妈妈，昨晚我梦到在老家小路捡杉母刺和干树条，捡了好多，抱进外婆家，炉子火正燃得很旺呢。"早上七点多醒来，仍蜷在被窝里的我给妈妈发了这样一条微信。洗漱过后，我收到她的回信："不错，梦到捡柴和炉子火都是财喜哈。"

　　如此，我便安心地看书、备课，心里涌着一种莫名的暖流，仿佛那梦里的炉火真的烤得我浑身温热。那暖是有缘由的，谁让这是一个有关捡柴火的梦呢！梦里的世界，天色不够晴朗，一点点阳光让这条两旁长满杉树的小路显得温和静谧。我在这条小路上不时地弯腰，拾起发黄枯落的杉母刺。没一会儿，我抱着一大堆柴火进了外婆家，把柴火放在灶前，进屋烤火。那炉子门开着，像一张小嘴，露着激情的火苗之笑。这样真切的梦，和现实中的经历多么相似，近乎是一模一样的了。这样的梦境，源自儿时的生活经验。

　　妈妈解梦，柴即"财"，既符合中国传统解梦的谐音附意，又有她宽慰我的心意在其中。关于财喜好运的梦，乡下有许多说法，比如梦见蛇、水也表示有财喜，要么进财，要么有好事发生。果然，我午间收到了一笔稿费，算是圆了夜间的梦，妈妈的解梦真是神奇呢！类似的说梦与解梦互动交流，数不清有多少次。不知不觉间，我已经依赖上妈妈为我解梦了。从某种意义上说，妈妈就是我的周公，她为我解答着梦境的含义。不同的是，妈妈这位解梦人更加懂我顾我，总是用温润且充满力量的语言为我解梦。

从小到大，我总爱做形形色色的梦。梦境真是五花八门，有时我在悬崖边上要掉下去了，有时我被狗追着咬，有时我被一头牛顶着，有时我看到大蟒蛇进了家，等等。我甚至梦到过李白、鲁迅等文化名人。因此，妈妈也跟着我的梦境分享，体验到了不同的心绪，她解梦的语言会随梦境变化，而不变的是她对我的信心和期待。

上大学时，有一次我梦见在书房写字，旁边是李白在高声朗诵诗。我把这个梦境告诉妈妈，她高兴地回复："幺儿好样的，你好好加油写作，一定能名扬四海。"从梦境醒来后，本来就欣喜的我听到妈妈这般解释，激动得简直要飞起来了！受到梦境鼓舞的我，越加努力读书、创作，一篇篇文章也不断得以发表。妈妈把刊载我文章的报纸收捡起来，等我回家时看到存放得有条有理的资料，心里一阵触动。很多时候，我也梦见老家的房子、童年的经历，或是去世的亲人。妈妈听完我的梦境叙述后，总安慰我别怕，那些亲人们会保佑我。她说，她也会替我给那些逝者烧些纸钱。

事实上，妈妈不仅为我解梦，也为我的现实遭遇解忧。记得高考结束后，她和外婆去重庆接我，我们一起去杨家坪动物园游玩。考前发高烧，上考场也晕乎乎的我，发挥有些失常，因此游玩兴致并不高。经过树林时，突然一小坨鸟粪"吧嗒"一声落在我的左手虎口处，灰白清稀的鸟粪看起来十分恶心。我"啊呀"一声，脸色变得十分沉郁。妈妈一边为我擦去鸟粪，一边说："没事的哈，鸟粪落在手上是喜事，说明你会金榜题名，梦想成真！"听她一番带着预言般的解释，我的脸上才露出了一丝悦色。

填报志愿后，我心里很紧张，万一落榜了呢？紧张兮兮的我梦见老家后阴沟里三条黑蛇横着躺卧，乌泱泱的有些吓人，妈妈则安慰我不要担心，梦见蛇也是好的，一定会收到录取通知书，一定会金榜题名。"三横为三，三竖为川"，后来，我顺利被四川大学录取，也算是对寒窗苦读十二年有了一个交代，至少不算太差。这么来看，妈妈对三条蛇的解梦预言"你会金榜题名"，果真实现了。

那一年，我没能考上心心念念的北京大学，郁闷伤心的我甚至在想，是不是那坨鸟粪带来了霉运。但经过这些年的点滴磨砺，我放下了落榜北大的心结，心想是自己实力和运气都不够，怎能怪那坨落在手上的鸟粪呢？相反，应该感谢妈妈当时用一番话语安慰了高考结束后失意低迷的我，也应该感谢她为我解梦，那三条蛇成为我进入川大的预兆。

解梦的过程，并不总是通畅愉快的。青春期叛逆的我有时也和妈妈发生别扭，甚至吵闹一番。每次和妈妈赌气斗嘴后，我感到撕心裂肺的痛，不再告诉她梦见了什么。就在这时而憋着梦境时而畅快说梦解梦的日子中，我渐渐长大，妈妈渐渐变老。我也发现，有些梦境是妈妈不能解的，或者我不愿意告诉她。我隐秘了一些梦境，也隐秘了一些心绪。

上大学不久，敏感的我因种种因素而抑郁，甚至陷入生命危机。最绝望的时候，我在学校给妈妈发去了这样的信息："妈妈，我怀疑自己不该被您带到这个世界上来。我近来总梦见灰色的天空，一切都是灰色的……我很抱歉，不能如期长大，陪您变老了……"她回复我："我的宝贝，我从未后悔生过你。你只是生病了，一切都会好起来的。天空暂时是灰色的，要相信你的世界会重现彩色与快乐。你是妈妈的一切，你若是放弃了，妈妈要怎么活下去啊……"妈妈很快来到学校，陪我办了休学手续。在辅导员办公室签字的那刻，她突然转过头痛哭起来。

后来，她告诉我她痛哭是因为替我心疼，做了这么多年的大学梦好不容易实现了，如今却中途受阻。但比起完成大学梦，她更在意我是否身心健康地活着。离开学校后，她带我回家，去看医生，去乡下调养身心。她说，只要健康地活着，梦想总会完成。果然，在母爱的宽容与精心照顾下，在放空身心回归乡野、回归童年的日子里，我渐渐恢复了身心健康。妈妈陪我重返学校，她鼓励我："宝贝回去读书吧，去完成你的学业，但不要给自己太大压力了，快快乐乐学习，健健康康生活。"重返川大，我依然爱做形形色色的梦，妈妈总是第一时间为我解梦，告诉我不要害怕，不要紧张，不要胆怯。

与其说妈妈是我的解梦人，不如说她是我的造梦人。世人常说，人生如梦。我来到这个世间，也像一场梦，一场有惊无险的梦。妈妈怀上我，因一些原因准备打掉肚中胎儿。阴差阳错，我最终还是来到这个世界，体验悲欢喜乐。曾是留守儿童时，远在武汉的妈妈构成了我对外界的梦境想象，妈妈打工的地方是否也像老家一样有美丽的青山绿水？有没有电视里出现的那些高楼大厦？我曾做过梦，乡下的鸭了花船载着我流向长江，把远方的妈妈接回家。

　　小学的第一本作文书，是妈妈买的，那年我过 10 岁生日。她用并不秀美的字迹写着"祝我的宝贝学业进步"，那本作文书开启了我的写作之路，是妈妈为我种下了写作的梦。后来进县城读书，在周末和假期我时常去新华书店蹭书看。她心疼我怕饿着，给一些零花钱叮嘱我买点东西吃。好几次，妈妈陪我路过杂志摊，翻看那些花花绿绿的报纸杂志。我告诉她，总有一天我要让自己的文字出现在书上和报纸上。她微笑着回答我："加油幺儿，你一定能实现这个心愿的！"时光匆匆，当年那个懵懂稚嫩的小女孩实现了心愿，在报纸杂志上落下了自己的名字。妈妈说，我的名字像一朵小花绽放在报纸杂志上，她喜欢这朵花。这个"名字之花"的隐喻激励我多读多写多发表，让妈妈看到我的"名字之花"落在不同的花园。妈妈时常在我的微信公众号里留言，她质朴的充满温情的语言为我的文学梦增添了母爱的力量。她的留言成为一种新的造梦和解梦方式，我为这样的方式感到庆幸，妈妈和我在文字的桥梁连接下更加地熟悉彼此的生命脉络了。在写作这条路上有她的陪伴和守望，我不会孤独，也会不断成长，渐渐成熟。

　　这两年，妈妈开始分享她的梦境，我也试着为她解梦。我学着做一个解梦人，通过她的梦境走进她的内心世界。我发现，妈妈的内心竟有许多隐秘的地方，是我不曾知道的，或者是过去这些年她不曾向我倾诉的梦境。为此，我感触颇多，猜想她或许是怕我担心和分心吧。耐心地倾听梦境，分析梦境细节，然后说出令对方信服的话，这些话还得给人信心和温暖。如果这梦本身就温暖，那还好说，但如何把一个焦虑紧张的，或者灰色的梦转化重构，解得温情脉脉呢？我才发现，解梦不是一件容易的事情，而这件不容易的事情，妈妈已经为我连续做了许多年。

解梦不易，我为她的坚持和细腻感到敬佩，也充满感恩。妈妈只有初中文化水平，但她慈悲善良，善待身边的人，用她全部的生命爱着我，也用全部的智慧为我解梦。即使长大后的我明白那些解梦的语言有些是牵强附会的，可那又怎样呢？妈妈用解梦这样的方式，一次次激励失意的我不至跌落，一次次鞭策得意的我不至忘形，一次次宽慰不安的我不至恐慌。

我想，妈妈不愧是最棒的解梦人。她的秘诀是爱，是对我无条件的信任与支持。未来，我还会做许多五彩的梦，也将实现许多不同的梦。生活，做梦，解梦，我和妈妈在梦境与现实的互动中一寸寸地织密亲情的绒毯。我祈祷着，请上天眷顾，让妈妈这位深情而朴实的解梦人健康长寿。从造梦到解梦，被妈妈满满地爱着、信任着，即使人生如梦，我也有了可触摸的幸福。

（载于《武陵都市报》2020年10月23日第11版副刊《吊脚楼》）

春风里的妈妈

正月初九那天下午，我带妈妈去看电影《你好，李焕英》，因为没有选到相邻的位置，我和她分开坐着。从电影院出来时，我才发现妈妈的眼睛红了。

"妈，你咋哭了？"我有些不解地问她。她揉了揉鼻子，回答我："我和电影里的妈妈一样，希望孩子健健康康的生活，你平时读书写字不要太累了，经常熬夜会伤身体。"这是第二次带她看电影，就把她弄哭了，我心里有些过意不去。

"我们去河滨公园走走吧。"我拉着妈妈小碎步地跑起来，跑过谭家湾的下坡路，到了河边。阳光照在身上暖暖的，河面波光粼粼的，甚是好看。沿着城北河，我们边走边聊，妈妈回忆起我小时候的一些事情。听她讲织毛衣的往事，我仿佛看见了一个年轻的妈妈靠在床头，指头翻飞穿梭在针线间。我说小学三年级那年，她出门打工时，我和姐姐抱着在被窝里大哭了好几个晚上。她提到那些年出门打工的日子，充满了感慨，很抱歉地说没能好好陪伴我们的童年。我拉着她的手轻轻荡着，嘻嘻地笑着说：

"没关系，我们不是也健健康康地长大了嘛！"

我接了一个电话，脚步缓了下来，妈妈松开我的手往前走去。我一边接电话一边看眼前的妈妈，穿着灰麻呢子外套的她不紧不慢地走着。没一小会儿，她走近路边的几树红梅，红色灼灼的梅花映得她的背影高挑，长发在风中轻轻飘着。这一幕很美，我的心里一阵触动，心动却又害怕，害怕这一刻的美好过于短暂。我冒出一个念头，想留下这美好的瞬间！于是我很快挂掉电话打开相机。

"妈，你等一下，我给你拍个照片。"她听到我的声音转过身来，给了我一个微笑。这一幕真是美极了，春风中的妈妈和盛开的梅花一样绽放笑容，我许久没有看到过这样的画面，定格下这样美好的瞬间实在太有必要了。

妈妈面向我站着，我退后几步蹲下给她拍照，她双手合十，在镜头里显示出一种庄严、慈悲，此刻她就是我的菩萨。这些年和妈妈相依为命的时光突然涌上心头，我的鼻头微酸，拿手机的手也微微颤抖了。拍了好几张照片，我递过手机给她看，她有些不好意思地说好久没拍全身照了，都不晓得怎么摆姿势，只好做出礼佛的动作。我不在家的时候，她下班后独自在家时常会读读经书，打坐静心。双手合十的动作，已经成为她的习惯了。

妈妈专心地看着照片，露出会心的笑，我在一边专心地看着她。我注意到她的发际线后退了不少，宽大的额头露出来，鬓间有了丝丝白发，眼角也有不少细纹。我抬头看梅花，正绚烂地开着，点点阳光映在我脸上。在如此美好的春色里，我忽地生出许多哀愁。我担心自己成熟的速度赶不上妈妈变老的速度，我怕她也像外婆那样变得衰老多病、腿疾缠身，那时她还如何陪我行走千山万水呢？

　　想到这些，我的眼泪滚落下来。妈妈见我哭了，忙问怎么回事。我把自己的担心说了出来，她笑我真是个傻孩子，宽慰我要想得开，顺其自然，就像草木经历四季，人也有春夏秋冬，最终都会变老的，相处的时候好好珍惜就足够了。我抱着她泣不成声，"妈妈，我不要你变老，我怕"。妈妈把我揽入怀中，抚摸我的背，"幺儿别怕，我们都要好好地生活，妈妈会一直陪你的"。

　　听了妈妈的话，我心里安定下来，擦干眼泪，抬头冲着梅花笑了笑。就像电影《你好，李焕英》里的情景一样，我的妈妈也曾拥有人生的春天，也曾是一个明丽的少女，当她走进婚姻，生育了我和姐姐，就告别春天步入夏天，转眼，又到了秋天，我和姐姐都已长大成人……在春风和煦的日子里，母女俩幸福地共赏春色，讨论生命与季节，我何尝不是她人生的春天呢？我正处于人生的春天，妈妈处于人生的秋天，春秋相遇时，就是母女情浓处。

　　固然春色短暂四季更迭，母女深情却是温暖永恒的。沐浴在母爱的春风里，我是多么幸福呀！想到这些，我不再感到悲戚，牵着妈妈的手继续前行，漫步在杨柳轻拂的河滨小径，身后几树梅花灿烂地笑在春风里。

（载于《武陵都市报》2021 年 3 月 24 日副刊《吊脚楼》）

孔明灯暖亦高飞

　　天上的月亮渐渐圆起来，元宵节的脚步近了。我和妈妈放灯的故事浮现眼前，像一盏轻盈的孔明灯飘在记忆时空中。

　　第一次放孔明灯，被动且尴尬。大一上学期，我因种种原因陷入了抑郁状态。寒假回到家，我的脸一直黑沉着，妈妈小心翼翼地陪在身边，有些不知所措。少了母女往日的欢声笑语，家里变得凄冷寂寥。元宵节那天，妈妈带我出门走走，说是看看圆月或许心情变好些。广场上不少人叫卖孔明灯，天上飞起了星星点点的灯笼。

　　兴致不高的我看到微微飘动的孔明灯，心想热闹都是别人的，自己只感到薄薄的凄凉。妈妈却说放飞孔明灯可以祈福，花十块钱买了一个，不知怎的，在拉开折叠的灯笼时，扯破了一个小口。"要漏气的，这个算是废了，"我嘟囔道，"都说了不买不买非要买。"妈妈笑了笑，宽慰着说："没关系，再买一个就是。"这次终于把灯笼牵开弄好，她拿马克笔写上了心愿："希望幺儿健康快乐！"这小小的灯笼能带走我沉重的心事和烦恼吗？我无比怀疑。

我面色冷淡地看着妈妈在小贩的帮助下托着灯笼，再点蜡烛。底部蜡烛燃了小会，那灯笼渐渐鼓了变得饱满，她轻轻一往上托，灯笼便离开头顶飞了起来。我的心颤动了一下，很快又沉了下来。那孔明灯飞了没多高忽地掉落下来，无力地趴在地上。这下我彻底失望，生气地说道："什么破灯，根本不可能飞起来的！"我愤愤地离开了，妈妈在后面跟着，安慰我，我也不理。

之后的日子，我休学回家调养身心，慢慢恢复健康。很快又到了元宵节，路过广场，妈妈抬头看了眼天上的孔明灯，又看了一眼我，没说什么。之后的两个元宵节，我们路过广场，依然没有放灯。第一次放灯的阴影没有散去，但变得健康快乐的我又隐隐期盼着重新放一次孔明灯。大四考研结束的寒假，我们再次迎来孔明灯漫天飞舞的时刻。这一次，我主动提出想放灯，妈妈欣喜地答应了。

虔诚地拉开灯笼，我写下"考研成功，梦想成真"的心愿，那灯被我托起，妈妈负责点蜡烛。这一次，我们成功了。我感到了一股上升的力量，顺着拉力往上一托，那孔明灯就飞了起来。我们抬头望着，它越飞越高，我们脸上的笑窝越来越深。直到我们的灯汇入天上的灯群，分不清，视线里呈现出一片星星点点，我感到一种说不出的温暖和感动，拉紧了妈妈的手，妈妈动情地说："幺儿别担心，你一定会梦想成真的！"

之后的四年元宵节，我们都放一盏孔明灯。妈妈每年写的心愿大同小异，多是祈祷我学业有成，健康成长。时光悄然流逝，不变的是灯光照在妈妈的脸上时那种祥和温润的光辉，以及她专注的神情。而改变的是我，由最初那个颓靡抑郁的少女成长为健康阳光的女孩，由最初的质疑到信任孔明灯可以带来幸福，由被动接受放灯到主动提出放灯。

　　硕士毕业第一年的元宵节，放孔明灯时，看着飘飞的灯笼，我心绪涌动。离开学校走向社会将在成都扎根，自己何尝不是一盏飘出妈妈视线、飘出故乡的孔明灯呢？妈妈的支持与鼓励是我起飞的原动力，她用力地托举，助我腾空飞起。我渐渐飞起，渐渐离她远去，她抬头望着，笑中带泪。在漫长的时空里，妈妈不也是守在故土的一盏明灯，给予我温暖力量，照亮我前行的路吗？只是曾经我不够成熟懂事，忘记了这盏灯也需要问候和陪伴。岁月如灯，妈妈是守灯人，那时的我不能体会到守灯人的寂寞与辛劳。想到这些，愧疚与感恩之情涌上心头，泪水湿了我的眼眶。妈妈得知了我的心思，便安慰我，说她是甘愿奉献青春与生命的蜡烛，不离不弃，无怨无悔，助力女儿高飞。当然我飞得再远也飞不出她的心，因为爱永远把母女连接着。天上的孔明灯碰触着，地上的母女相拥着，灯光点点，泪光点点。

　　一年一度的元宵节，是属于我们母女放飞孔明灯的节日。用爱点燃充满祝福和期待的孔明灯，它带着心愿腾空，飞向美好的天际。转眼又到了元宵节放灯的日子，今年妈妈会写下什么心愿呢？估计是祈福我爱情圆满，事业顺利。孔明灯暖亦高飞，我和妈妈手中的灯又将飞起，徐徐上升，汇入灯群。我仿佛又看见了青色天空，星星点点的灯海，荡漾着无限的柔情与温暖。

（载于《武陵都市报》2021 年 2 月 26 日副刊《吊脚楼》）

我的诺诺

"小姨，这是我准备在你婚礼上当花童时戴的头纱。我都排练了好久怎么上台，结果没能去……"我坐在诺诺家的沙发上，她从小箱子里拿出一个粉色的嵌着头冠的头纱递给我看。我拿着头纱抚摸着，看着有些委屈的诺诺正想安慰她，诺诺却先开口说："没关系的，我参加其他活动也可以戴的。"我说："是呢，诺诺，以后小姨有其他活动也叫上你，你戴上头纱，就是美丽的小公主啦。"诺诺笑着说"好"，转身把头纱放回箱子，我们又玩闹起来。

看到扎着两条辫子的诺诺快乐地玩着，我有些感慨，光阴飞逝，那个呱呱坠地的婴儿已经是个上一年级的小学生了。2015年的春节，老大穿着婚纱站在舞台上时，一颗种子已在她的腹中萌芽，只是台下的我并不知晓。打电话回家，得知这颗种子让老大头晕呕吐，我心疼起她来。八月，我回到黔江，看到老大隆起的浑圆的肚子，好奇地用手摸上去，心想：是个怎样的小家伙搅得我亲爱的老大夜不能眠呢？

十余天后，家人们都焦急地在产房外等着，期盼与新生命见面。诺诺被裹在小毯子里，由医生递出来，我第一个冲过去，与那双清澈的眸子对视。刚出生的诺诺还没有名字，我把她称作"俊俊儿"，因她父母名字中都含有俊字。"写给俊俊儿的第一封信"算是小姨送给这个新生命的第一份礼物吧。三天后，我花了80元打车费把母女俩接回家。在家里陪老大母女俩儿天后，我又回到学校，继续考研学习之旅。

　　很快，我得知了"俊俊儿"的正式名字，杨子诺。从此，"俊俊儿"成为过去式，诺诺成为她新的昵称。看着老大发来的照片，诺诺一天比一天长大了，我为诺诺的成长感到无比欢喜，为那种生命力感到惊奇。最让我感动的是，第一次听到诺诺叫"小姨"。大约是2017年的四月份，诺诺一岁零八个月时。我在成都春游，给老大打电话，听到了诺诺奶声奶气地叫我"小姨"。"姨"的发音不标准，听起来像"爷"，我笑起来："哈哈，小爷也不错啊，诺诺终于可以和我对话啦。"真好，曾经那个用目光和我对视的小生命如今会喊小姨啦，用语言沟通真是令人激动的事情。

　　暑假回家陪诺诺玩，一起吃西瓜。她把西瓜汁抹在头上，说是用西瓜洗头，惹得家人哈哈大笑。在广场上，我带诺诺坐碰碰车，她笑得咯吱咯吱的。阳光下，胖乎乎的我和西瓜头的诺诺欢笑着，在风里旋转着，这是多好的一幅亲情画。很快，诺诺上了幼儿园，她喜欢拿起画笔画下线条，画下一些花朵，我给她买了画笔画纸寄回去。我在给诺诺新的信里写道："期待诺诺能早点给小姨回信，用画回信也是不错的。"

　　2020年春节期间，因不方便走动，即使我们都在黔江城里，也没能见面。我们每天打视频电话，诺诺在电话那头给我唱歌跳舞。我们聊了许多，她说她是天上的孩子，在天上选妈妈，她说喜欢画画，喜欢云朵、面包等。我被诺诺的童真和想象力触动不已，把她的童言童语记录下来，形成系列童诗，想着等她再大些送给她。困在家里的防疫时光，因为有了诺诺的远程陪伴而变得充实快乐。

2021 年，我把"铁丝"带回黔江，诺诺喜欢这个未来的小姨父，亲切地称呼为"兵哥哥"。大人说诺诺不许没大没小，我却说没关系，孩子喜欢铁丝，怎么开心就怎么称呼。看着诺诺和铁丝玩得十分开心，我在刹那间竟生出一种渴望，渴望自己将来也有这么一个可爱的孩子，体验亲子之乐。我逗诺诺，你说小姨好久有孩子呢？她一脸认真地说："小姨，要等你结婚了才能有孩子哦，不过也快了，你和兵哥哥结婚时，我来当花童吧。"

我和铁丝的婚期定下来后，家里开始布置。妈妈后来告诉我，诺诺一个人就吹了几十个气球，问她累不累，她说："不累，把小姨的婚房布置漂亮点，累一点也是开心的。"我想象着诺诺小脸鼓着、吹气球的样子，她一定是把满满的祝福也吹进气球里了。看到妈妈发来的照片里满屋的气球，我觉得温暖无比，房间里全是家人们的祝福与爱意呀。

黔江的出阁宴上，诺诺送上了一首诗歌《我长大了》。清脆有力的朗诵声中，我想到了自己从懵懂孩童长为新娘，想到了诺诺一路长大的点滴，眼眶有些湿润。在南充办婚礼，妈妈带来了诺诺的礼物，一幅画着公主与彩虹的画，用拼音写着"亲爱的小姨，祝你新婚快乐，我爱你"。这真是最最珍贵的礼物，得好好珍藏起来。情人节那天晚上，我牵着诺诺走在街上。我们聊到魔法，聊到王子与公主，诺诺蹦蹦跳跳地说着："每个女孩都是公主呀！"那一瞬间，我很触动，心里想着诺诺你永远是小姨的公主。

快分别时，诺诺突然递给我一个蝴蝶结发夹，是我前天弄丢的那个。不知掉到何处，原来落在诺诺家沙发上了，她发现后收拾好还给我。拿着失而复得的发夹，我想到，哦，诺诺，你是小姨遗失的童年和天真。在诺诺身上，我看到了生命的来路，童年的印迹。她像童年的我，却比那时的我更加聪慧活泼。

相聚的时间短暂，每次陪伴诺诺的时光都如此匆匆。我说，诺诺，小姨在成都等你来玩哦。她脆生生地回答，好的小姨。诺诺，我可爱的诺诺，我们共享生命的血脉之河，愿你健康成长，向阳向善。写给诺诺的信，也会一直坚持下去，期待诺诺能用文字回信，和我交流。

"诺诺，你要多读书认字，给小姨回信哦。"

"好的，小姨，我会做到的。"夜色中，诺诺给了我一个响亮坚定的回答。我把蝴蝶结发夹别在头上，这份亲情的承诺也印在了我和诺诺的心里。

盲人大舅

　　小时候，我常去外婆家，对隔壁的盲人大舅较为熟悉。他个子小小的，眼睛微微闭着，有时拿根竹棍探路走着，有时摸着板壁慢慢前行。那时我还小，不怎么懂事，好几次悄悄出现在大舅面前，用手在他眼前晃动，可他的眼睛并不眨一下。神奇的是，他却能根据声音辨认我，笑眯眯地说："宋雨，你好久来的外婆屋，你外婆给你煮了什么好吃的？"我们舅甥俩便愉快地聊起天来。

　　外婆家的房子和大舅家只隔了十几步小路，我时常去他们家玩。每次看他提着满满的一桶猪食走过院坝，摸索着下台阶去吊脚楼底楼的猪圈喂猪，我心里都为他捏一把汗，生怕他摔跤或者被绊倒。夏天，他喜欢赤脚斜靠在自家阶沿角落的磨子边上打瞌睡。他爱打呼噜，嘴巴一张一合，小胡子一抖一抖的，很好玩。他的听觉极好，每次我们姐妹俩和小伙伴在他家院坝上嬉戏打闹，他总关切地提醒我们"小心，莫摔跤哦"。我很好奇，大舅作为一个盲人，是如何做到自己穿衣做饭，甚至帮忙宰猪草、煮猪食、喂猪的。那时的我，并不知道是生活的艰辛和苦涩逼得他"看见"一切，只是觉得盲人大舅很厉害。

不知从哪年起，大舅便消失了。我越长越大，去外婆家的机会少了，再也没见过大舅。每次从他家的院坝过路，看见他家门前那个磨子静静地待在那，我就想起大舅靠在上面打瞌睡的模样。不知大舅去了哪里，是否过得好。直到去年，我听妈妈说，大舅学手艺回来了，在西沙桥开了一家盲人按摩店，生意还不错。我很惊讶，小个子的盲人大舅开了按摩店？刚好我那几天肩膀有些僵硬难受，心想何不去找大舅做做按摩，也顺便去看看他。

根据妈妈给的地址，我找了去。在西沙桥头，我看见了一家名叫"康林"的按摩店，径直走进去，我见到了大舅，他正在给一位客人服务，便没有打扰他。他小小的个子依然显得精干，只是穿着干净利落了不少，胡子刮得干干净净的，看起来比以前还年轻了。他按摩的动作很娴熟，似乎也不费劲，我静静地看着，脑子里又出现儿时和他相处的画面。

过了一会，我轻轻地喊了声"大舅"，他愣了一下，估计没料到我会出现在这里，也或者不太确定我是姐姐还是妹妹，问道："哎，是宋俊还是宋雨啊？"我说："我是宋雨。"他笑着说："啊呀，好久没看到你咯，先坐下休息哈。"听到他说许久没看到我，我又感动又难过。感动的是时隔多年他仍记得我们姐妹俩的声音，难过的是他何曾真正"看过"我们呢？

我坐下来，思绪纷飞，打量着这间不大的店面，挂着筋络图、穴位图、养生注意事项等。他忙完后，摸索着给我接了一杯水，自己也坐下休息，我们便聊起来。他说我和姐姐的声音从小就像得很，加上多年没听到我们声音了，刚才一时间没辨出来，我便咯咯地笑了起来，说自己的声音比姐姐的莽些。我得知他这些年是去了重庆，学习按摩手艺，现在技术到位，也有了一点积蓄，自己就回来开店了。

我不时伸伸懒腰、扭扭脖子，发出细微的咔咔声，他问我是不是肩颈不舒服，我如实回答。大舅说："躺下嘛，我帮你按一下。"我便脱了鞋，趴在按摩床上。他一边按，一边说对应的穴位以及相关的保健方法，提醒我看书写字时注意姿势。我问他如何记得这么复杂的东西，他回答这是下苦功夫的，一遍记不住，又来第二遍。他还买了一个播放器，经常听《黄帝内经》之类的书。我很惊讶，心里佩服他们盲人学习东西的毅力和决心。

大舅又接着说，他们在学习期间，要定期考核理论知识，也要检验按摩手法是否到位。我便开始想象，一群盲人努力地听电子书，记忆穴位，他们相互按摩，考察手法，真是很感动和震撼的画面。他们在对一个个筋络穴位的按压摸索中摸出了一条属于自己的光明大道。大舅的手法果然不错，按完全身后，我觉得轻松了不少。时间不早了，和大舅道别后，我就离开了他的按摩店。

没过多久是端午节，妈妈让我给大舅送些粽子，好让他过节。

大舅接过我的粽子，连声道谢，我们又聊了许多。大舅告诉我，他当年也是在老家听收音机时，无意之间听到相关部门招录盲人学习手艺的消息，他便抓住机会，离开老家去了城里学习。果然，他的人生从此改变。这样一来，我对大舅的敬佩之情又多了几分。是啊，一个盲人都能抓住稍纵即逝的机会，何况我们五官四体健全之人呢？

　　大舅从农村出来，到了城里学习手艺，安身立命，保持着乡下人勤劳善良、踏实肯干的品质。他努力学习按摩手艺、针灸、拔罐、刮痧等，不仅能养活自己，还可以补贴家里。小小的店面，装着他大大的生计和梦想。大舅告诉我，《武陵都市报》曾对他做过采访。我想，他的事迹一定感动了很多人。我看着眼前这个瘦小、精干的盲人，尊敬和感动从内心深处涌起。上天是公平的，它关闭了大舅通向光明的道路，却给他开启专注精神和发展机遇的大门。大舅小小的个子没有被黑暗的魔鬼打败，反而挺起脊梁面对生活，成为生活的强者。大舅不是小个子，而是一个不折不扣的巨人。

　　我的盲人大舅眼盲心不盲，他清楚地看见生命的使命和方向，努力践行着生命的意义。他在身体诸多的筋络穴位中摸索着，摸到了自己生命清晰的脉络，踏实坚定地向前走着。我为他欢喜，为他祝福，也由衷地敬佩着他。

生命的托举

那年初夏，我不满 20 岁。本该是鲜艳的年纪，却蒙上了一层灰，灰得密不透风，灰得沉重，把我拉得很疼，很低，低到一个深不可测的黑洞中。在我以为坠落得无可救药时，他的一番话将我托住了，哪怕短暂地托了一小段时间，也让我多了一丝重返光明的机会。

他脸庞有些沧桑，花白的胡茬细密地分布在脸颊和下巴，脖子和手臂是长期被阳光晒过的黄红色。我猜，他大约 50 出头吧。当然，这是我几天后才观察到的。他第一次进病房时，我已经在医院里躺了一天了，像一个虚胖的蚕蛹，空洞苍白。长时间躺卧着，我感到眩晕、恶心，却又不能自由活动。没有社交，没有阅读，就那样躺着，脑袋里充斥着无限的悲哀、迷茫、绝望。

我待的那个病房共五个人，都是年纪较大的患者。我最小，也最引人关注。我感到困窘，不爱说话，也不想和家人或者其他患者搭话，我沉浸在自己的痛苦中。他母亲的病床在靠窗的位置，安顿好母亲后，他出来时要经过我的床尾，他看了我一眼，露出淡淡的笑，我忘了自己是否回馈他一个同样的笑，估计没有。

因为一天进出好几次，他中等身躯不时经过我的床尾，我对他渐渐熟悉起来。那天早饭后，妈妈去买东西了，我一个人寂寥地躺着，有时也对病房里的咳嗽声感到厌烦，但我只能忍着。谁叫我不争气，困在这白色病床上呢？

"小妹妹，你哪个了哟，看起来你这么小。"我正郁闷时，他不知何时来到我的床头边了。即使在病中，我还是保持基本的礼貌，低低地叫了声："伯伯，您好。"

"你莫动哈，我看你是这个病房最小的，关心一下。"他见我想要撑着起来，赶忙拦住了我。"哦，谢谢你，我没啥子的。"我保留着自己的戒备心，其实我的病因在床头的患者牌上一目了然。

"哦，你这么年轻，要好好的哈，身体是第一位的。"他大约扫了一眼我床头的患者牌，带着劝慰的语气，"你有啥子需要帮忙的，可以给我说一声，都是一个病房的，我在照顾我老母亲，你不要客气。"他的话像说给自家子侄一般。"好的，谢谢伯伯。"我疲惫地回顾他。

自那天搭了话后，他好像真把我这个年轻女孩当作自己的侄女一样关心，有时主动拿了洗过的水果放在我床头，有时和我妈妈简单聊几句，但我依然紧张，我怕，怕自己的秘密泄露。

在接触的过程中，他应该大致勾勒出了我的生命样貌——一个抑郁焦虑的大学生，对前途感到悲观失望。有一次，他得知我就读的是四川大学，带着夸赞的语气和我说话："呀，小妹妹你好厉害哟！能考上那么好的大学，一定很聪明，一看你也是有福气的长相，你要爱惜自己，生命还长着呢!"听他这样说，我感到淡淡地欢喜，考上名校的经历为我在病房里争得了一点荣耀，可是此刻我躺在病床上，却是冰冷无助的事实。

大概是我在病房待的第六天吧，他看我妈妈在替我整理衣物，走过来对我妈妈说:"妹子，我想和你说个事。我这几天和你家女儿简单聊了下，觉得她是多乖的一个娃儿，你要是不嫌弃的话，我想介绍我儿子给她认识。我儿子今年 26 岁，开了个小药店……"听到这里，我妈妈有些诧异，打住了他:"啊，我么儿还小，大学还没毕业，何况她现在生病了……"

"没关系的，我看得出小妹妹是有福气的人，只是年纪小好多事没想开才生病的。等她出院了再安排嘛。"这是他第二次说我有福气，我躺在病床上，感到苍白里有一丝暖意。我大致明白了，原来他看中我了，想要我成为他的儿媳妇。我不禁在心里笑了，躺在病床上的我竟然还有人相中呢。这给黑暗中的我带来一丝光亮和温暖，原来我不是一无是处。

可能我精神确实有些萎靡不振，言语中透出不想回大学读书了，他又对我说了这样一番话:"小妹妹，别担心，不读大学也没关系的，你人聪明，学个其他手艺也能养活自己。我看你胖嘟嘟的，五官长得好，逗人喜欢，所以想介绍给我儿子。"见我没回答，他又说:"你莫嫌伯伯啰唆，我说的老实话，人生难免走许多弯路、错路，但不能自寻短路。从娘胎里出来走一遭，不容易，你不要自轻自贱，读不完大学怕什么，还不是那么多人没读大学，也过得好好的。你听伯伯一句劝，先养好身体，啥子事情都会好起来的!"

听他这么说，我几乎要哭出来了。第一次有人告诉我读不完大学也是没关系的，我还可以有别的出路，比如学个手艺，比如找个合适的人结婚。我突然对这伯伯产生了一种依恋，因为他的理解和慈悲，因为他质朴的生存哲学。

如果说努力考大学、读大学、顺利毕业是一条路，我就在刚走上大学之路时遇到了重大挫折，击败了我。我把自己逼到了绝路，我以为路断了，世界塌了。这样的绝望，使我躺在了病房。可是如今这位伯伯的话，却仿佛为我开了一扇窗，尽管粗粝，但它透出求生的光芒。我开始对活下去有了新的期盼。对呀，我还可以去学手艺，去相亲，万一遇到的小哥哥适合我呢？

那时，我羞涩、天真、迷茫，并没有主动问他的儿子多高，长啥样，是什么学历。我只是觉得，他的儿子似乎成为一座桥梁，连接着我对新生活的期待。原来我在病中，也可以有一份潜在的恋爱和婚姻等着我，那我何必想不开，我得好起来，说不定真可以去见见伯伯的儿子呢。这样想着，我对病房外的日子多了一点期盼。在医院二楼的小小天台山，我吹着凉风，看着外面的车水马龙，感到不再那么陌生和害怕。可不，我是有准男朋友的人了，即使不再是大学生，我依然可以有新的身份和生活啊！我感到一种被托举的温暖与希望，不再于黑暗中继续下坠。

最后几天，因病房调整，我要去另一间病房，收拾东西离开时，伯伯不在房间，我有些淡淡的失落。自那之后，我再也没见过这位伯伯。我也不知他的母亲何时出院，他们何时回了正阳的老家。当然，我的准恋爱也消失了。我感到淡淡的伤心，但很快在阅读和家人的关爱中调整了回来。

后来，我渐渐地恢复了身心健康。大学，依旧是我未完结的梦，我得回去。我重新回到川大，开始新的学习，直到硕士毕业。重回川大后，我爱上了写作，并在这条路上摸索前行。私人日记和公开发表的文字成为我生命不可或缺的一部分，在写作的过程中，我慢慢体验到托举、被照亮的感觉。在一段段文字中，在一次次的回望和展望中，我把自己的喜怒哀乐托举了起来，时而轻盈时而沉重。身边人的故事也照亮了我，时而明朗时而黯淡，这种感觉和当初伯伯劝慰我的那番话是一样的。他让我感受到，即使在生命最低处，也是有希望托举着的。如今，写作成为我的托举，即使处在生命最低处，即使我一无所有，我还可以创作呢。好的爱情和婚姻也能成为生命的支柱，托举着我们前行。我期待自己可以拥有写作、爱情、婚姻的支柱。

如果我当初没有重回川大，说不定真的就相亲结婚，过上了朴质充实的家庭生活呢。命运的列车还是载着我驶向了最初的轨道，读完大学，再进入热滚滚的社会生活。我渐渐懂得了，被爱，被看见，被理解，被宽容是多么不容易，尤其是当梦想之弦绷得太紧时，听到一句暖心、令人放松的话多么幸运。

那位伯伯只是一位朴实的农民，他却让我看到生命更多的可能性，即使读不完大学又怎样，还是要珍惜自己，好好活着。当我蜷缩在生命逼仄的角落时，他的话犹如一双温暖的手伸向我，把我拉向这生机勃勃、悲欢交织的人间。他的话，也曾托举过我，给我重生的温暖和向上的力量。我至今未与伯伯重逢，也未见过他的儿子，但我心里仍想说，谢谢你们，在我绝望无助时托举起我，给我希望。

生命的价值有许多面，这一面灰暗时，不要忘记另一面还有光芒。走过生命的最低处，闯过最黑暗的日子，如今我壮硕有力地活着，真如伯伯说的，我是有福气的人。身心健康地活着，不紧不慢地前进着，有生命的托举，不就是最大的福气吗？我这样想着，脑海中又浮现出伯伯那沧桑质朴的脸。他笑着说，从娘胎里出来一遭不容易，要爱惜自己，好好地活着。

（载于《武陵都市报》2020 年 9 月 18 日副刊《吊脚楼》）

感念师恩月饼情

我猜，广寒宫的桂花一定很香很香，月亮是个爱香的美人，使劲闻啊闻的，不知不觉就把自己闻圆了。是呢，天上的月亮一圆，人间的中秋节就来了。月饼是人们捏在手中可以吃的月亮，香香甜甜的。我吃过口味各异的月饼，而最令我难忘的是高中母校里充满师恩情意的月饼。

中考后，不足15岁的我选择去重庆主城区的松树桥中学读高中。我之所以去主城区读书，是想见到比县城更大的世面，也想离家远些，锻炼自己的独立生活能力，还有一个原因是当我听到松树桥中学的名字时，心里产生一种亲切感。松树让我想到翠绿长青的姿态，桥让我觉得充满智慧，松树桥这三个字连起来有一种童话般的美好，又寓意着学习是成长之桥。哦，天真的我就爱这样联想呢。就这样，我走进了松中的校门，成为来自较远区县为数不多的学生之一。

进入松中没多久，中秋节来临。因离家数百公里不便往返，我只能留在学校过节。那天是周末，我在操场漫步，满校园的桂花香气触动了思家之情。我走到教学区一楼走廊边的公用电话亭旁，停了下来。一张长方形的小蓝卡插入电话机，连接了几百公里外的妈妈和孤单的我。妈妈说买了一些我爱吃的月饼，可惜离得太远了，听到这样的话，我的眼泪簌簌地落下来。倚着电话亭，我忍不住抽泣起来。妈妈鼓励我要坚强一些，去超市买些爱吃的小月饼，一个人也要开开心心的。我哭着答应好的，心里像有人捏着似的疼。

就在我耸动着肩膀抽泣时，刘校长从走廊边走过来，见我在哭，他关切地问怎么了。得知是想家想妈妈后，他拍拍我的肩膀说："好孩子，别哭了哈，一会打完电话来我办公室一趟。"和妈妈结束通话以后，我往刘校长办公室走去，这应该是第二次去他办公室。第一次去是刚开学时，他在办公室和我聊天，欢迎我选择了松中，并鼓励我好好学习，还说有什么困难要告诉老师。

我边走边擦眼泪，很快到了刘校长办公室门口。我深吸一口气，让嘴角上扬，欢乐的中学生模样又回来了。轻轻敲门进去，刘校长招呼我在靠门边的沙发坐下，他从身后的柜子里取出一盒月饼递给我，我有些意外。啊呀，校长送这么大盒月饼，怎么好意思收下呢。我推脱着，他笑着说道："雨霜收下吧，这是我的一点心意，你小小年纪离家这么远来求学不容易，这月饼就当我送你的中秋礼物。"听到他这么说，我收下了月饼，眼泪又在打转了。他关切地问我开学以来的体验，功课难不难，有什么需要帮助的。我说很好，我喜欢松中，喜欢老师们的上课风格，同学们也很好相处。他笑着送我走出办公室，我的眼泪收回去了。

提着沉甸甸的一盒月饼穿过操场回宿舍，我的心里暖暖的，脚步也轻快了不少。刘校长如此关心一个异乡求学的学生，可见他是一位慈爱温和的长者。我离家虽远，但收到了他送的月饼，就像爸爸关爱孩子一样。如此，松中就是我的家了。渐渐地，我不再时常感到孤单，更加专心致志地学习，快快乐乐地玩耍。在这个春有迎春花绽放、夏有睡莲浮动、秋有桂香诱人、冬有蜡梅扑鼻的美丽校园里，我不断汲取着知识的营养，变得越加成熟大方。

我喜欢晨读，尤其是在阳台上大声朗读自己喜欢的诗词歌赋。每天早自习时，我提前十分钟到教室，拿着课本来到阳台边，这短暂的晨读时光给我很多自信和满足，思绪随着那些美丽的富有节奏感的字眼飞起来了，忽高忽低，自由自在。有时刘校长在各个楼层检查，经过我身边时，我停下朗读，向他问好。他笑着说，不错，继续读吧。

高二那年的秋天，桂花香气涌进教室，中秋节又快来临了。那天早上，我在阳台晨读，刘校长经过我时，我照旧停下来向他问好。他从口袋里掏出两个紫色小月饼递给我，那一瞬间，我简直激动得快要跳起来。他像一位魔术师，变出了两个小月饼，给我无限惊喜。接过月饼，两个小东西在我手心跳动着，像要飞起来了。他说，过几天他不在学校，所以提前给我带了小月饼，希望我开心每一天。刘校长继续去检查其他班级了，看着他离开的背影，我的心说不出的暖。我把月饼揣进兜里，也把一份激动和喜悦暂时揣起来。好几天以后，我都舍不得吃掉它们，这给我惊喜和感动的小月饼令我眷恋不已。

其实，在松中求学的三年里，刘校长何止送过我月饼，他知道我爱看书，主动买了一些散文书送给我，还把办公室的书籍借我翻阅。他也鼓励我读书之余，积极参加各项文娱活动，全面提升自己。他时常带着温和的笑容，看到我时目光里充满了关爱与希冀。我是幸运无比的，离家较远异地求学，遇到如此友善的刘校长和其他师长，对我关爱有加。我在松中不仅收获了知识，还收获了勇气和明朗。

如果说我曾是一个小月饼，师长们的关爱就是很关键的馅料，伴我渐渐成熟，越加圆润大气。这充满师恩情意的馅料给予我学习的动力和生活的底气，助我度过迷惘的青春期，拥有阳光积极的中学时代。曾经在中秋节哭鼻子的中学生，如今长大了，也将走上讲台教书育人。可爱美味的月饼，是刘校长送给我的有形礼物，滋味情浓，温暖我的心灵。给予学生无私的关爱和成长的勇气，是母校松中送给我的珍贵礼物。它如月饼一般，教育哲学是其内核，这是一生的礼物啊！这满怀爱意暖柔与教育情浓内核的"月饼"，也将恒久温润我的心房。永远的月饼，永远的师恩情浓。爱的"月饼"，如一轮圆月朗照，伴我在人间前行。

（载于《武陵都市报》2020 年 9 月 30 日副刊《吊脚楼》）

我家老大育桃李

　　她是我的姐姐，不知哪年开始叫她老大，她叫我老二。向外人介绍姐姐时，我颇为得意地说："我老大是高中英语老师哦。"的确，那语气里有几分骄傲，因为自己是老师的妹妹，仿佛也沐浴在桃李春风里。我时常想象着老大在讲台上青春洋溢的样子，不知不觉，老大从事教育工作已经第七个年头了。在教师节来临之际，我没有什么贵重的礼物相送，唯有简单真挚的文字聊表心意。

　　老大生于1991年，我比她小两岁，生日在她前一天。小时候，我们几乎都是同一天过生日，穿着打扮也像双胞胎。大约十五六岁后，我渐渐发胖，把清瘦的她远远甩在了秤盘后边。童年记忆中，老大是我的"老师"。遇到不会的题目，我习惯第一时间去问她。她多数时候耐心地讲解，有时被我问得烦了，就略微生气地回一句："你自己不晓得动脑筋吗？"

　　第一次高考失利后，老大选择复读一年。那一年，老大没怎么笑。第二年，超过600分的文科成绩刷新了民族中学的复读生成绩纪录，她的脸上重新变得阳光起来。选择学校和专业时，考虑到家境不好，加上中学时想做英语翻译的梦想，老大最终选择了西南大学的免费师范生英语专业。就这样，她踏上了成为一名老师的道路。后来我也上了大学，和她通电话了解她的课程，学习教育学理论，练习粉笔字、钢笔字之类，听起来很有趣，我有些羡慕。

2014 年，老大毕业了，回到家乡黔江的民族中学，成了一名真正的老师。记得那一年的中秋节，我在成都给她打电话，问她站上讲台感觉如何。她说，有些紧张又充满期待，会努力做一名受同学欢迎的老师。我鼓励她，老大加油，但愿几年后的你会实现今天的心愿。果然，老大在她的讲台上不断历练着，变得越发成熟。过去几年，每逢妇女节、教师节等节日，她在朋友圈分享一些学生送的贺卡。"宋老师，你不仅是我们的好老师，也是我们的好姐姐。""你用你的真诚感动了我们，你是我心中的太阳。"诸如此类的话语，着实令我羡慕。

近两年在新闻领域的学习经历，让我越发喜欢观察和访谈。于个人，老大是我的好姐姐，于职业，她是如何成为受欢迎的老师的呢？带着对老大职业成长的好奇，我曾好几次造访她的课堂和办公室，也多次和她聊天。在她办公室，我见她课下和学生聊天，那耐心温和的态度确实如同一位大姐姐。在课堂上，她的授课神采飞扬，师生互动也十分热烈。此外，她会设计一些英语小游戏激发学生的学习兴趣。我有时在想，要是老大是我的英语老师，说不定我的英语成绩会更好呢。事实上，她也算是我的英语老师，在平常的交流中，我们不时用英语切磋。她偶尔纠正我的发音，分享一些诸如浊化音、爆破音等小技巧。更多时候，她给予鼓励，说我胆量充足，对英语有激情。老大的这份鼓励与认可，对我是莫大的动力，毕竟她是英语专业的科班生。

老大不仅是一名优秀的英语老师，更是一名勤于奉献、爱生如子的班主任。她曾告诉我，她眼中的班级是一个大家庭，她要努力扮演好家长的角色，既是引导者，又是监督者。在接手一个新班级时，她建立学生档案卡，及时掌握学生的家庭、学习情况等，以便因材施教、因人施爱。我们两姐妹就曾因父母离异饱受磨难，因此她特别注重人文关怀，在老大的班主任生涯中，这一点体现得很明显。对那些单亲家庭、留守家庭的孩子，她格外关心和照顾。晚自习结束后，她陪着那些孩子走回宿舍，了解他们近期的困惑和问题，及时化解。在夜色茫茫中，那些路灯点亮了她们师生的路，而老大也如一盏灯点亮了学生心中的路。

在老大的工作总结里，她如此写道："班主任工作有味道，有'嚼劲'，我乐在其中，享受这种充实、幸福、温暖的感觉，我也将不断探索班主任工作的艺术……"真好，老大收获了自己的职业幸福感和满足感。我前几年的祝福和预言实现啦，我替她欢喜着，我也能明白为何清瘦的老大能迸发出十足的能量，因为教师工作带来的收获与幸福是她最大的动力。

老大在入职一年后生了女儿，对于如何平衡家庭与工作的关系，她回答说："我是一个很幸运的人，家人都很支持我的工作，是我坚实的后盾。正是有了家人的付出与支持，我才能心无旁骛地投入教学工作中。"说这话时，我看到她眼睛里闪烁着温润的光，充满对生活的感恩和对工作的满足。工作的繁忙充实也让她对女儿诺诺产生亏欠感，她说会尽可能地多陪伴孩子，毕竟孩子的成长是转瞬即逝的。在陪伴宝贝诺诺时，她又是一名知性、有耐心的妈妈。妈妈、老师，这两个身份让老大散发着母性温润的光芒。

前几天我们一起散步河滨公园时，路过一个唱歌的摊点，她停了下来，原来她的一个学生正在倾情演唱。老大专注地听完了歌曲，走上去和学生说话。后来我问她为何那么用心听学生唱歌，老大笑着回答我："那个学生成绩一般，可是唱歌不错呀，发现他的优点并加以鼓励，说不定能增加信心，也能拉近我们的距离呢。"听完这话，我发现老大将激励式教学渗透到了生活的点滴中，是呀，自己的老师耐心听自己唱歌并加以鼓励，学生会觉得这是多么温暖、有力量的体验。

宋家两姐妹在各自的人生路上成长，不断成熟。我擅长中文写作，记录心灵的跌宕起伏；老大擅长英语，以教师身份陪伴学生们的一段青春。难得的假期，我们时常一起漫步河堤，交流文学与教育等话题，耳边回旋着曼妙的音乐，驻足休息时，我又想起老大分享过的话，"文学和教育是相通的，都是着眼于人的灵魂，追求心灵的感动与激荡；教育也和文学一样，充满激情、浪漫、意趣"。想到这些，我觉得老大的教育事业正像是一首动听起伏的歌曲，她用自己的爱心与细心引领、感动着学生，师生共同谱写青春与生命之歌。这歌声化作春风，滋润着青涩桃李，而我家老大是乐在其中的园丁。

（载于《武陵都市报》2020 年 9 月 4 日副刊《吊脚楼》）

朝向春天的友谊

　　"嘟嘟"，手机 QQ 信息提示声响了。"雨霜姐，我怎么越看越觉得这个语文老师像你。"原来，是静发来的信息和图片，一个脸型微胖、穿着衬衣的短发女士，确实与我有几分相像。紧接着静又发来一个坏萌的表情，在手机屏幕上跳跃着。心里一暖，我回复："是有点像我哦，胖乎乎的可爱。"同样，我也发去一个坏笑的表情。两个表情，两句逗乐的对话，开启了一场朝向春天的友谊。

　　"雨霜姐，把我们老家的春天送给你哦。"静发来了好些自己拍的花草，白的樱花、红的桃花、嫩绿的三叶草等，我表达了谢意，也夸她拍照构图精巧。她说之前拍得不好，这段时间宅在家里学习之余，就观察房前屋后的花草，练习拍照技巧。自学能力不错，善于发现美、分享美，为这个可爱的妹妹点赞。

　　静今年 14 岁，在攀枝花市读初二，再有 3 个月我们相识就两年了。2018 年 7 月，我参加了川大自强社的暑期支教团，和队友前往攀枝花市盐边县温泉乡中心小学开展暑期夏令营。除了担任 4 个班级的礼仪课老师，我还担任了初中班的语文老师和班主任。班里共 34 个学生，其中文气又不乏活力的静给我留下深刻印象。12 岁的她瘦瘦小小的，刚小学毕业，稚气未脱，一双清澈的明眸讨人喜欢。

静在我的语文课上表现很好，作文课结束后她交上来的作品从想象力到文笔都可圈可点。在"我的梦想"主题班会课上，她说自己的梦想是成为作家。课间，其余同学都出去打闹了，她喜欢靠在我身边，让我推荐更多的课外书。经过我简短的培训后，她和另外几个孩子担任了闭营仪式的主持人。看着静在台上报幕有模有样，我在心里为她的自信、淡定点赞。

短暂的夏令营结束后，我和静通过 QQ 联系。初一刚开学不久，她发来一封邮件向我寻求帮助，说自己对初中生活有些迷茫，不知怎么办。我回复邮件，告诉她我也曾经历过成长的迷茫，要学着去适应，找到让自己舒服的学习、生活方式。除了读书写文，我也告诉她学会"读人"，身边的同学、师长值得我们用心对待。

初一下学期，她又发来邮件，相比之前笔调欢快了不少。最喜欢的老师、班上同学趣事、室友相处的变化等，从她的邮件中我看到了一个积极阳光的中学生，我为她的进步欢喜着。

此刻，她初二下学期，看着她发来的自拍照，少女美取代了曾经的稚气。我给她打去电话，一聊就是 40 分钟。她绘声绘色地和我分享青春期和父母相处的变化，还讲到帮父母采桑叶的事情。我们又聊到了语文学习的方法，写作的积累，还有未来想考的大学等。因现在网络发达，查询资讯十分便利，14 岁的她对自己的定位、对外界的认知远胜当年的我。想着她在乡下买书不方便，我承诺会给她寄去一些课外书，帮助她的学习和阅读。

　　成长路上遇到良师益友是莫大的幸运，我曾遇到过很多善良的师长朋友，如今的我也希望去帮助年轻的孩子们。就如高中班主任王雪梅老师曾告诉我："邂逅一朵朵美丽的花和一颗颗可爱的心灵，陪伴她们的成长，是莫大的幸福。"

　　我和静相遇相识的暑假，温泉乡小学校园一角开着绯红的龙牙花，火热的生命力让人感到蓬勃的希望。在这个樱花盛开的季节，我们则共赴一场朝向春天的友谊。冬去春来，四季更迭，友谊之花也将常开不败。

（载于《成都日报》2020 年 4 月 13 日副刊《锦水》）

幸得恩师伴成长

近来，成都文理学院校园的三角梅开得生机蓬勃，我想川大校园的三角梅也该开了吧。今年五月末，我和男友铁丝回到母校川大，漫步在氤氲着初夏芬芳的校园，看着满树繁花，回忆着曾经的点点滴滴，真想见见曾经的老师和同学。我给教导员文家成老师打去电话，笑着说："文老师您好，胖妞妞回母校报到来啦！"刚好他在望江校区，便约了在体育馆见面。

沿着操场散步，我们一如往常交流写作、人生经验，折叠的往事记忆也随着脚下的步子一点点舒展开来。岁月悄悄流逝，和文老师已相识第九个年头。我从一个青涩苦闷的"问题学生"成长为一名青年教师，离不开文老师的悉心指导和无私关爱。

"同学们，我向大家介绍'山字经'，希望大家要合理分配时间，学业有成、健康成长。山字厚重的底部笔画是指主要精力用于学好专业课，打牢基础，向上的几个笔画是指其余时间可以发展爱好、多读好书、多参加实践活动，实现全面发展……"台上一位中等身材、面容和善的老师讲着课，台下一个坐得笔直的女孩认真听讲，不时低头记着笔记。那是 2013 年 9 月下旬的形势与政策教育课上，我与文家成老师的初次见面。在辅导员周俊老师的介绍下，我知道学校从 2012 级开始设置教导员这一教育方式，返聘退休的优秀教师到各个学院开展思政教育工作，为学生的健康成长保驾护航。文老师便是我们经济学院的教导员，他在自我介绍中提到自己于 1969 年参军，当兵 25 年，昆明陆军学校毕业，曾任上校正团职军官，荣立三等功两次，转业到四川大学任正处级调研员。

军人的刚毅正直与老师的温和慈善完美融合，加上他关于大学生成长的经典论述让我激动、欣喜不已，这么好的老师来指导，简直太幸运啦！课后，我拿着小纸条第一个去请教文老师，渴望和他多沟通，请他多多赐教。"雨霜，你好！很开心认识你，下来我们多多交流哈……"得到文老师的认可，我蹦蹦跳跳地离开了教室。那天，19 岁稚嫩的我只是沉浸于初识优秀师长的喜悦中，并不知道与文老师的相遇相识会化作一束光芒，照亮我迷茫孤独的青春。

不满 20 岁的我，经历了生病休学、复学归来，几番折腾才顺利升入了大二。只是我依然抗拒着国际经济与贸易专业，沉浸在自己的文学梦里。上完课，我积极参加各类文艺类社团活动。几天后，我在青桐诗社的活动上再次遇见了文老师，他坐在第一排嘉宾席，我坐在第二排。一个小笔记本传递着师生情谊，原来文老师也热爱文学，这个发现让我越发想要亲近他。去了他的办公室，他送我前些年出版的诗集《泄密的秋风》。在交谈中，文老师发现了我的"秘密"，想了解我为何抗拒自己的专业。那个阳光明媚的下午，我向文老师讲述了自己在单亲家庭长大的经历，以及来到川大后的曲折与不快，讲到动情之处我竟哭了起来。

"雨霜，不哭哈，慢慢讲，我愿意倾听你的故事……"文老师递给我纸巾，温和地安慰我。那天下午的倾诉让我感到别样的放松，这是上大学后第一次有人如此耐心地听我分享。或许在同学和其他老师眼中，我真的就是个"问题学生"，不爱自己的专业，甚至还经历了抑郁休学这样的事情。我自卑、矛盾着，在经济学院度日如年。而文老师不一样，他耐心地倾听我的故事，帮我剖析心事，开启了一扇通往新生的大门。

"既来之则安之，雨霜，你既然已经进了经济学院的大门，就不要再抗拒了，那样只会伤害你自己……换个思路，成长的道路会宽阔许多。"在文老师的引导下，我初步接受了他"三七开"的时间分配模式，也就是说用七分精力完成国贸专业的学习，三分精力去追寻文学梦。这是他基于我的实际情况制定的"成长战略"，希望我好好践行。

得良师指导，我的心开阔了不少。自那之后，我便认真地上好每堂专业课，即使听不太懂的课程，还是尽最大努力去理解，课后去请教老师、同学。每当心绪烦躁不已时，我习惯去找文老师倾吐苦水。他的陪伴与引导使我的烦躁苦闷从奔腾大河变为涓涓细流，渐渐平静下来。有时我把自己写的文章给他看，他也鼓励多读多写。有时一起去食堂吃饭，他主动帮我刷卡，为我点好几样丰盛的菜。"学生娃娃需要补充营养，吃好一些。"他记得我爱吃煎鸡蛋，每次都单独给我点一份。这些细节让我悄悄红了眼眶，缺失父爱的我在心里把文老师当作了父亲。得知他生日后，我准备了一个笔筒送给他，他几番推辞后才收下，说："不该花钱买东西，你的成长和进步就是给老师最好的礼物。"

冬去春来，很快到了大二下学期。我得知文新学院有个"双特生"招生计划，迅速报名参加，渴望以这样特殊的机会转入文新学院，而需要文科方面的专家写推荐信，可是我哪里认得呢！我带着渴望找文老师求助，他问我："雨霜，你确定要转入文新学院吗？这样的'沉没成本'有点高哟，可要想好了……"我们聊了一会，他见我去意已决，还是支持我的想法。"既然你心意已决，那我还是支持你去追逐热爱的专业，你去找干天全老师，就说是我推荐来的。"就这样，我像一阵风似的跑了出去，跑向一个新的天地。

经过笔试，终于到了面试那天，我有些紧张，文老师鼓励我不要害怕，展示出自己对中文专业的热爱和端正的学习态度就好了。意外的是，主面试官也向我提出了"沉没成本"的问题，意思是我如果转学过来就会降级补课，学习时间、学费都会花更多，让我再仔细想想后做决定。

离开面试间，我有些矛盾，低头走着。曾心心念念转入文新学院，如今面临选择机会却有些犹豫。想着要离开待了两年多的经济学院，去到新的学院学习新的专业，延迟毕业、多花学费、未知的学习压力等都在心头打结、下沉，压得我闷闷的疼，我又一次迷惘了。关键时刻，我再次走到文老师办公室求助。这一次，文老师的建议是安心留在经济学院，再坚持一年就可以通过考研去文新学院。就这样，我彻底吃了定心丸，也彻底接受了文老师"三七开"的建议，专心完成经济学院的学业，为考研进入文新学院做准备。

之后不久就是端午节，文老师专门从家里带了两个沉甸甸的粽子，叫我拿去借用宿管阿姨的微波炉热了吃。得知我在吃中药调理身体，又细细嘱咐我不要吃雪糕饮料。加热好后回到宿舍，我一边吃粽子，一边回忆这一年来文老师的关照，想到马上要搬离江安校区，离开文老师了，滚烫的眼泪禁不住落下来。

在搬去望江校区之前，文老师专门陪我绕着明远湖走了一圈，那天草木芬芳的气息永远氤氲心间。"雨霜，望江校区那边处于闹市，环境复杂，各种诱惑也多，你是女娃娃，一定要保护好自己，不可虚度时光。"他叮嘱我，又分享了一些其他青年学生的故事，看得出文老师对我寄予厚望，希望我守住初心，健康成长。就这样，带着文老师的嘱托和祝福，我到了望江校区，开始大三学习。我不时怀念着在江安校区的日子，快乐有文老师分享，焦虑有文老师安抚。好几次，我在文华活动中心担任活动主持人，邀请了文老师当嘉宾。活动结束后，他祝贺我在舞台上的成长，也指出我的不足。渐渐的，我的主持能力越来越好，得到了文老师的表扬，他也说我的文笔越来越好，但仍有很大进步空间。

2016年夏天，我顺利考上了文新学院的研究生，文老师向我发来信息祝贺，我们关于文艺、人生的交流越来越深刻了。从十四舍搬到十五舍后，他的办公室布置得越发典雅温馨。墙上挂着其他学生送的书法作品，书架上陈列着不少书籍字画等，在墨香书香浓郁的办公室，我沉浸在师生交谈的愉悦中，走时带上一本他赠我的文艺评论集。"文章因思想而立，思想因文章添彩"，这是他多年来分享的写作思想，作品思想性与文采性并重的理念也深入我的内心。"在孔方兄肆无忌惮的年代，还有人维护着诗歌，在这个看脸的时代，还有人维护着诗歌。太阳还在，诗歌就不死，生命还在继续，诗歌之树就会常青。"离开办公室，我们在操场散步讨论诗歌，他关于诗歌的表达令我印象深刻。

读研期间，我加入了学校《星期日》杂志社，实现了编辑心愿。2017年晴朗的秋日，我带着参与编辑的第一期杂志和一封感恩信回到江安校区拜访文老师。他像往常一样带我去食堂吃饭，专门点了煎鸡蛋给我。回到办公室，他泡好茶，拿出花生招待我，我笑着说："回到文老师这里真好，物质营养和精神营养双丰收呀。"因我长胖了不少，他笑着喊我"胖妞妞"，我也乐呵呵地答应，这个昵称更显得他对我的关爱和心疼。在快乐轻松的氛围中，我们又聊起了文学、学习经验，他建议我把"三七开"倒过来，七分精力用于文艺创作，三分精力用于关注经济金融方面的知识和思想。在他看来，一门学科就是一个世界，跨学科融合可以促进写作，扩大格局，提高境界。

都说"一日为师，终身为父"，这些年每次去拜访文老师，他都热情招待，像一位父亲等着女儿回家。当我这个女儿硕士毕业走向社会成为记者时，他又叮嘱我"铁肩担道义，妙笔著文章"，同时要学会韬光养晦，保护自己，无论是工作、生活，都要做一个有心人。在工作之余，我依然坚持文学创作，文老师是引导者，也是我微信公众号的忠实读者，每次看到他深情的鼓励的留言，我都感到暖心。坚持写真诚质朴的文章，既是文老师对我的期待，也是我坚持多年的准则。多年来，听我聊土家吊脚楼，看我笔下的文字，了解我家族的百年变迁故事后，文老师一直鼓励我多收集素材，将来写成小说。想着他充满期待的话语，我的创作动力越发充足。

多年来，文老师兢兢业业，无私耕耘着。他在思政工作、写作事业、大学授课等不同领域如鱼得水，不知疲倦。言传身教意义非凡，他的身体力行为我们这些学生做好了榜样。作为四川省作家协会会员、云南省东南亚学会理事、中国指挥与控制学会国防教育专业委员会顾问，文老师编著出版军事理论教材以及学术著作 11 种，发表论文 30 余篇，发表小说、散文、诗歌、报告文学、文艺评论多篇（首）。他先后在四川大学、西南财经大学、成都体育学院、中央财经大学讲授"军事理论"课程近 20 年，在成都信息工程大学讲授"中国近现代史纲要"课程数年，生动的授课风格与深厚扎实的人文素养广受好评。如今我成为一名大学写作教师，他教导我"知识和经验在分享中增值""因材施教，用心教学""做人做事写文章皆是如此，要大气有格局"。文老师对我的教导方式本身就是鲜活的教案，我从中学到了为人师者的耐心、细心、热心，也感悟到了倾听、引导的重要性。用心写好文章，真诚对待学生，是文老师给予我的重要启示。把教育融化到生活、工作的点滴中，也影响到我，我现在喜欢和学生在课后散步校园，在愉快轻松的氛围中分享成长体验。

江安校区十五舍门口的樱花树和文老师办公室窗前的石榴树在季节里坚守，也见证着诸多学子的成长，它们更像朋友般默默陪着文老师这位爱生如子、无私耕耘的智者。春天樱花盛开时，文老师发来美丽的樱花照片，邀请我回去赏花，这令我无限感怀。或许我就是那一朵孤独的樱花，文老师的鼓励与启发让我鲜艳绽放。五月石榴花开，我念着江安那株石榴树是否也一身火红了。

德国著名哲学家雅斯贝尔斯对教育有一段精彩且富有诗意的表述，"真正的教育，是一棵树撼动另一棵树，一片云推动另一片云，一个灵魂唤醒另一个灵魂"。最好的教育从来都是一种潜移默化而深远持久的影响。文老师就是优秀、睿智的教育者，帮助学生排忧解难，引领学生探寻自我，找到生命的价值，向着光明的未来走去。

这样美好的川大时光，这样独特的教导员制度，这样巧妙的相识缘分，我得以在文老师的指导和关爱下健康成长，度过迷惘、孤独的青春期，走上灿烂明朗的人生正途。我对此深深的感恩，也将不忘初心，继续用更好的作品、更好的教学回馈母校、报答恩师。从明远湖畔到沱江之畔的地域变化，从学生到老师的身份转变，从青涩时代到渐渐成熟的历练，不变的是一颗热爱生命、热爱文艺的赤诚之心，我会带着母校与恩师的爱与暖扬帆起航，在新的工作岗位和生活区域绽放精彩。

得知我的首部散文集《生命的芭茅花》即将由四川大学出版社出版，文老师竖起了大拇指，鼓励我创作更上一层楼。"把文章写好，把书教好，把家安好。"文老师恳切地告诉我，也对我和铁丝提出希冀，爱情与事业并重，早日在成都扎根，安家立业不负韶光。"一张嘴、一支笔是我对学生的要求和期待，目前你是做得最好的一个，胖妞妞继续加油哟！"听到文老师如此夸赞，我又增加了许多动力，笑着回答："我会再接再厉的！"晚霞满天，清风吹拂，我们继续漫步在操场，四周的三角梅随风摇曳，为这师生交流盛宴增添了许多温暖与深情。

有光照亮， 不畏远航

　　盛夏，噙着眼泪送别远行的本科同学。六月底，一封绯红的研究生录取通知书让我欢呼雀跃。"川大，我留下来了。文新学院，我来了!"带着期待已久的梦，我踏入文新学院的殿堂，进入王炎龙老师门下，成为一个"小龙女"。

　　从小喜欢写东西，坚持多年的记录、创作习惯延续到了读研生活。在自己的微信公众号里，我新增了一个栏目"和雨霜一起读川大研究生"。我想把自己读研的所见所闻、所思所感记录下来，加以酝酿创作。在川大文新学院，不仅仅收获一个硕士文凭，更收获一段美丽、充实、进取的时光，文字是很好的记录载体。这么想着，我也努力践行着。"小龙女"的读研生活正式开始了。上课、读书、写作，日子过得充实饱满。导师有时也转发我的文章，这让我倍受鼓舞。

　　可是上完三周课后，我发现有些苗头不对。某些课程的难度有点大，超乎预想；每个上课老师都布置了许多阅读书目，让我有些不知所措。茫然焦虑中，还要接受导师布置的新闻考评训练，我开始焦躁和紧张。微信公众号写作，也受到了影响，陷入僵局。沮丧、焦虑的我竟然开始怀疑，选择读研是否错了。困惑中，我决定向导师求助。给王老师写了邮件，表明自己有学习目标和学习方式等方面的困惑。很快，他回复我的邮件，约周六上午在体育馆见面给予指导。

周六上午，我提前几分钟到了体育馆。没过一会儿，王老师带着他的儿子往体育馆方向走来。等他们走近，我上前去打招呼。原来王老师周末会陪着儿子到操场锻炼，多么温馨的父子关系，我在心里想着。

小师弟绑好沙袋后，开始跑步。王老师和我边散步边聊天。他首先肯定了我的写作习惯，对我的文章也加以赞扬。王老师说："坚持观察和感受学习、生活的点滴，努力写作，是一个好习惯，要坚持。同时，你也要明白，现在读研了，随着知识积淀加深和认识水平的提升，要不断提高写作层次和内容深度。"我点点头。

我提到目前的功课有些吃力。王老师指着跑步的小师弟说道："你看弟弟跑步，我要求他绑着沙袋跑，先紧后松，把力量练好，以后跑步就轻松了。你现在学习也一样，刚进来学习研究方法之类的课程，初次接触是有一定难度。但你不要畏难，要知难而进，把基础打牢实，以后的学习相对就轻松了。"

我若有所悟，点点头。小师弟跑完几圈了，来到我们旁边，我递给他纸巾擦汗，王老师关切地问弟弟要不要喝水，给他零钱买水。一旁的我，很受感动，这一刻，我似乎就是他们的家庭成员之一，俗话说"一日为师，终身为父"，这句话在王老师的指导和此刻温馨的场景中得到很好体现。

关于编辑出版学专业的学习内容和方式以及研究选题，王老师告诉我："雨霜，你是跨专业的，首先要努力把编辑出版的基础知识夯实一下，其次要加强学术阅读和积累，最后是要树立大的出版文化视角、阅读文化格局观。不仅仅从书本到书本，从文献到文献，更要从广阔的生活空间、社会现实、人群状况中去看待出版问题。另外，可以考虑把本科专业结合起来。如何挖掘出自己想做的选题，还需后续努力探索。"

小师弟的跑步锻炼结束了，我和王老师的交流也告一段落。临别前，王老师提醒，个人微信公众号末尾的作者标签可以完善一下，提高辨识度和审美体验。这让我再次触动，原来他是一位如此细心，也对我的原创天地很用心的导师。

回到寝室，我给王老师写了封感谢的邮件。后来，他回复："我们往往容易触动，却不曾想过触动我们的事物背后意味着什么。不能只是当场触动，之后就一动不动。从触动到行动，把别人触动你的点化为自己常态化的训练和坚持，这需要很强的自我管理和定力耐力。希望你听懂后，去做到。要明白在读书、写作、学术积累中，是一次次地超越自我。合理安排时间，平衡上课、读书、创作、研究选题等事情。读多读少，做与不做，差别很大的。在读书过程中，不仅仅是知识增加，更是眼界扩大、思维方式提升、胸怀格局扩大的过程。读研、读博，不仅仅关乎学位，更关乎你的修养和境界。"

王老师的当面指导和邮件回复如一盏明灯照亮我读研的路，温暖又富有力量。在之后的读书会和"龙门"见面会指导中，他又多次强调要做一个有境界、有胸怀、有修为的研究生。每次他说到这话时，眼里总会闪烁着智慧和深邃的光芒。在这光芒的温暖照耀下，我和同门其他同学都快乐、充实地过着"小龙女"读研生活。

从一个编辑出版学专业的门外汉到硕士研究生，导师引我入门，这是一个兴趣加深、思考提升、视野扩大、专业度增加的过程。从一个读者到将来可能是编者、出版者，感受身份的转变，对应思维的变化。从本科生到研究生，以及将来的探索，开启了新的学术思维和研究技能，丰富了看生活、看世界的角度，也扩大了有限生活的无限未知性和可能性。我坚信，在今后的学习和生活中，有王老师的指导和鼓励，我会一直踏实且坚定地走下去。无论将来是否从事学术研究，在川大感受的历史人文底蕴，在文新学院接受的文化熏陶，在"龙门"的扎实学术训练，都会是我一生最宝贵的财富。

王老师的指导和鼓励是我读研历程的第一束光，温暖无限，光芒闪烁。光芒照亮前行的方向，也是困惑低落时力量的源泉。一束光，两束光，三束光，所有的指导和思维碰撞将形成巨大的光源，照亮我的川大生涯、文新时光，照亮我未来前行的路。有光照亮，不畏远航。

亦师亦母念卢妈

"雨霜真棒,写的文章越来越好了!"看到卢妈的留言,我的心里很温暖。卢妈跟她的名字一样,温润芬芳,给予学生希望,她叫卢希芬。回复她的信息后,我忽然感到时间确实过得飞快,不知不觉今年已是我们认识的第 9 个年头了。想起卢妈温和的笑容,和她相处的点滴又涌上心头。

在四川大学读书多年,我很自豪地说自己是川大人,更是自强人,因为我是公益社团自强社的一员。自强社成立于 2008 年,由汶川地震灾区受灾大学生组建,开展各类公益活动回馈社会关爱。卢妈是川大学工部副部长,也是自强社的指导老师。大一时,我加入了自强社,认识了卢妈,最初我叫她卢老师。第一次的社员见面会,这位个子娇小、说话温和却充满力量的老师让我印象深刻。

在卢妈的鼓励和关爱下,这些来自贫困家庭的大学生变得越发自信,策划、组织、参与爱心包裹、爱心宿舍等公益活动。在一次次的活动中,我和社员小伙伴们收获快乐,也不断提高综合能力。每次活动总结会，卢妈总是面带笑容，耐心温和地倾听社员们的分享，她细心的总结又给予我们更大的鼓励。

除了日常的指导和关心，卢妈还给予毕业社员一份独特的暖心礼物。毕业季到来时，卢妈总会挑个合适的日子邀请毕业生们去家里吃饭，这成为他们最温暖的记忆。2019年我硕士毕业，卢妈亲自带着我们去菜市场买菜。我跟在她后面，就像以前跟在妈妈身后一样，学着她如何选菜、如何讲价。在厨房里，我们一起洗菜、切土豆，厨房里的烟火气氤氲着师生情。

十多年来，卢妈陪伴着一届又一届的社员，凝聚爱心、传播温暖，带领着自强社从成立时的20余人发展到800余人的庞大队伍，因此自强社在川大被誉为"永不落幕的社团"，是无数荣誉社员在川大暖心的家，而卢妈就是那个守候我们回家的妈妈。

"聚是一团火，散作满天星"是卢妈时常提起的话，她说荣誉社员像火把和星星分布在全国各地。在社员微信群里，我们分享自己的工作生活情况，卢妈也会给予祝福和问候。回去见她时，她能准确说出那些相处的感人点滴，我被她的用心和记忆感动不已。

"传递社会关爱，锻造自强之才"是自强社宣誓词里最核心的内涵。卢妈自身就是一个自强不息、拼搏进取的女性，为我们做了很好的榜样。她曾是一名中学老师，结婚生子后又努力考研，在川大完成学业后进入学工部工作。她多次在社员大会上分享自己的奋斗经历，言语中充满了对我们的希冀。在川大学工部从事学生资助工作及公益社团指导工作的卢妈兢兢业业、勤勤恳恳，获得了学校的肯定和学生的敬爱，她多次被评为十佳学生资助工作者，也代表川大出席全国的学生资助工作会议，还出版了

《高校学生资助制度的演进与实践——以四川大学为中心的考察》等著作。想到她温润坚定的话语，躬身于电脑前专注工作的神情，参加社团活动时的身影，我总觉得个子娇小的卢妈身上蕴藏着巨大的能量。

"甘于奉献，多为学生做一点事，你自己也会发自内心感到愉悦"，"爱是最好的答案"。以前我担任校园记者时曾采访过她，为什么对资助工作和社团指导工作如此上心，她这两句话令我印象深刻。是啊，无私的奉献精神、专注的工作态度、大爱的教育胸怀让她被学生们称为卢妈，这一声卢妈里饱含着学生对她的感激与热爱。

如今也是一名老师的我时常会想起卢妈说过的这些话，我立志向她学习，做一个甘于奉献、温和有爱的教育工作者。即使已经离开母校，从卢妈身上学到的宝贵品质也会激励我变得更加优秀。卢妈用自己的爱心与细心引领、感动着学生，师生共同谱写生命之歌，自强不息是这首歌的最美音符。

（载于《成都日报》2021 年 3 月 8 日副刊《锦水》）

柿子如眼望远方

那天下午，我独自沿着沱江边的小路骑车，在一处小斜坡邂逅近一棵矮小却挂满红果的柿子树。心里一阵触动，那些和柿子有关的往事浮现眼前。

2017年国庆节，我回到外婆家帮忙晒谷子，做些杂事。忙完事情后，我撒欢地玩。天那么高，那么蓝，蓝得没有一丝哀伤，我游走在山野里的秋天。

路边盛开的野棉花勾起儿时记忆，又看看清静的山谷，暗自伤怀。在田野、小河边逛了一圈回来，我感叹着："现在乡下好清静哦，看不到年轻人和细娃。"外婆回答我："幺外婆屋的轩轩应该在家，你去陪她耍嘛！"

哦，原来还有小朋友在乡下，我带着一点零食兴冲冲地一路小跑到幺外婆家。女孩叫轩轩，是我幺外婆的孙女。从外婆家吊脚楼西侧沿着小路走，翻过一个长着小丛竹林的路口就到幺外婆家了。幺外婆正在院坝上翻谷子，一个穿着红色外衣、留着齐刘海的小女孩坐在阶沿边玩耍，小女孩应该就是轩轩。

打过招呼，幺外婆给我端凳子坐，又告诉轩轩叫我"二姐"。轩轩怯怯地看着我，清澈的眼眸里透着羞涩，又有一种期待，愣了一会，她小声地喊着"二姐"。我把零食递给她，开始逗她，问她几岁了，她伸出小小的三根指头。聊天中，我发现轩轩的眼神有些躲闪，也有些不属于这个年纪的哀伤。

轩轩还是婴儿的时候，我就认识她了。那年春节，她由妈妈抱着来我外婆家串门。轩轩的妈妈和我一般大，辈分上我得叫她舅妈。她是老人口中的"外地媳妇"，来自广东，和轩轩的爸爸在厂里打工认识，相爱后有了轩轩就回老家生活了。虽只简单聊过几句，我对这位年轻的舅妈印象不错，看起来能干，口齿伶俐。她抱着轩轩和我聊天，散发出母性的温暖。

如今，轩轩的妈妈在哪里呢？我问三岁多的轩轩，她说妈妈打工去了，挣钱给她买糖糖。我心里一下明白过来，原来轩轩和儿时的我一样，是留守儿童，对她的爱怜又多了几分。

过了一会儿，幺外婆递给我们一人一个红彤彤的柿子。那柿子的皮薄薄的，仿佛看得见里面流动的汁液。我用柿子现编了一个小故事，轩轩咯咯笑了起来。我问轩轩，你想妈妈吗？轩轩点点头。我又问，妈妈给你打电话吗？她摇摇头，眼睛里噙着泪。

我一下子自责起来，觉得自己不该这么问，引得孩子伤心。我赶紧剥开柿子，准备递给轩轩。轻轻一撕，柿子皮就破了，液态的果肉像眼泪一般喷出，淌在我的手上，又流在了地上。轩轩接过柿子，默默咬着，一旁的我心里很不是滋味，也默默咬着手里的柿子，柿子的甜味里有一丝幽幽的苦涩。

吃完柿子，轩轩牵起我的衣角去院坝一侧的田里捡银杏叶。一棵小碗粗的银杏树长在土坎边，挨着的田里撒落了一些青黄的叶片。她捡了一片较大的叶子遮在眼睛上，冲我咯咯地笑着。阳光下，这个穿着红色外套，留着齐刘海，长着大大眼睛的小女孩是那么可爱，惹人爱怜。我想到了儿时的自己，是否也是这般怯生生的可爱模样，在乡下等着妈妈回来。

我看见不远处的柿子树上还挂着几个红彤彤的柿子，像红色的眼睛与我对视。澄澈明朗的蓝天下，红彤彤的柿子看上去显得更加孤独，我的眼睛悄悄湿润了。我想到轩轩的眼睛，会不会因为想妈妈而哭泣，变得通红，就像这枝头红彤彤的柿子一般。

回到家里，我把这番心事说给外婆，她叹了一口气："哎，妈妈不在身边的娃娃可怜啊。不过你么外婆还是细心，把轩轩照顾得不错。"想到儿时，外婆也是这般照顾作为留守儿童的我，我给了她一个久久的拥抱。

今年暑假回家探望病重的外婆，看到曾经脸庞红润的她变得如此瘦弱苍白，我的眼睛哭得通红。古老的吊脚楼仿佛也和外婆一样喘息着，挣扎着，我不敢去想失去外婆的样子，在沙发上迷迷糊糊睡去。

不知何时，一声脆生生的"二姐"把我叫醒，原来是七岁多的轩轩来找我玩。因过去两个春节我都在外婆家过的，和轩轩也越发熟悉。再次见到轩轩感到惊喜，我便起身跟着她出门去玩。

骄阳下，我们撑着一片芭蕉叶当伞。我给轩轩讲她三岁多那年国庆一起吃柿子、捡银杏叶的事情，她便拉着我去柿子树下。盛夏时节的柿子躲在油绿的叶子间，看起来坚硬、青涩。轩轩仰头指着柿子说："二姐，等柿子熟了，你又回来陪我吃哦。"我高兴地答应着。

轩轩带我去摘路边的脆红李，淡定地说着哪棵树上的更好吃。我问她咋知道的，她有些得意地说："我去年就吃过了呀，今年也刚尝过了。"

我一下子意识到，此刻的轩轩多像曾经的我，在村里蹦跶生长，和果树花草交朋友，对什么果好吃、什么花好玩十分了解。相比一年仅仅回两次乡下的我，轩轩更像个小主人，向我介绍着乡间趣事。那会儿，我已经知道轩轩的妈妈好几年没有回来了。为了不让轩轩伤心，我决定不再问关于她妈妈的事情。

我接妈妈打来的电话时，轩轩在一边安静地玩着狗尾草。我打完电话，轩轩突然很悲伤地说："二姐，你知道吗？我妈妈好久没有给我打电话了。"接着，她又讲起在城里读书的事情。她说别的同学放学了都有妈妈来接，而她却总是奶奶来接。

说完，她长长叹口气："哎，我也想妈妈来接我。"我只好安慰她："妈妈会回来的，也会给轩轩打电话的。"

一阵凉风吹来，竹林沙沙响着，我们又去了柿子树下玩。我告诉轩轩自己小时候在柿子树下写作业，许愿考去城里读书，结果真的实现了。轩轩听得有些惊奇，也闭着眼睛，双手合拢在柿子树下许愿，小嘴念叨着什么。我没听清轩轩说的什么，大致也能知道。一个七岁孩子的心思还是好猜中的，但我没问她许了什么心愿。

十月，又到故乡柿子通红时。叶子落尽，枝干赤裸，蓝色天空下一颗颗柿子像红色的眼睛挂在枝头。或许，它们在望着远方，它们在流泪，泪光里闪烁着希望。

红色的柿子，孤独的眼睛，寂寞的故乡。想到故乡，不免想起逝去不久的外婆，我的眼睛再次变得通红。柿子如眼望着远方，我的眼睛却再也望不到外婆。

青涩的柿子在季节里渐渐成熟，轩轩也在没有妈妈陪伴的日子里慢慢长大。

轩轩家的柿子肯定又红了，她的妈妈好久回来呢？我祈祷，轩轩在柿子树下许的心愿早些实现。

第二辑
青春年华

●

●

●

即使青春是一本翻得太快的书，
我们也期待能有机会驻足观看，
细细品读。

我心归处是黔江

晚上在超市买菜，收到飞扬哥哥发来的微信，他说"乡土黔江"微信公众号成立三周年了，希望我继续投稿。我惊讶之余，心里有些触动，为这个暖心的网络生命体感到高兴。那种感觉就像看到一个聪慧的孩子，从呱呱坠地不知不觉间已然三岁了。作为网络平台，三岁的"乡土黔江"是年轻蓬勃的，可是其中承载的乡土记忆和乡土情感却是古老厚重的。在这样的情思下，我想写下身为黔江人的体验，以及对这个微信公众号的一些感悟。

我生于1993年，12岁以前生活在黔江马喇镇一个叫宋家湾的村子。在乡下的日子，黔江于我意味着城头，那里有好多车子和商店，有散发着香味的面包店。在黔江城里读初中，又去了重庆主城区读高中，这期间的我仿佛有了县城妹儿的心态，对车水马龙和超市商店习以为常。18岁时考上了大学，我离开黔江去了成都，第一次感受到山区和平原的差异。成都城区没有坡坡坎坎，没有抬头可见的隐隐青山。

大学同学来自五湖四海，说起彼此家乡时，"我来自重庆"

只是大范围的回答。若是问得再细，我则回答说是黔江。他们以为是湖北那个"潜江"，也有人听成"綦江"，然后我解释黔江是重庆和湖北交界的位置，"黔"是"黔驴技穷"的"黔"。从大学开始，"我是黔江的"取代了"我是马喇的"，这也印证了我距离黔江更远了，要以更大的地理坐标来定位自己的家乡。

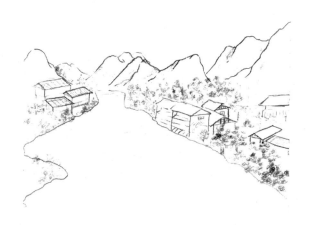

中小学时代，我是学习上的宠儿，原以为到了大学会一切顺利。然而对经济学专业的不适应，以及家庭变故带来的压抑等，导致我在上大学的最初两年感到无比的沮丧和痛苦，我将所有的委屈、迷茫沉闷在心里。一些年长的朋友听说我来自黔江，感叹道："黔江比较穷哦，你能考上川大不容易呀……"我又想起曾听过的"养儿不用教，酉秀黔彭走一遭"，这样的话也印证了我的家乡黔江的落后、闭塞。那些瞬间，我为自己的家乡是黔江感到自卑，为什么自己的家乡不是成都平原，不是富饶的江浙地区呢？那时的黔江于我，是物理空间本身，没有产生精神层面的联想和延展。

直到我读到更多的乡土散文和怀乡诗歌，加上有了属于自己的电脑，开始写作，区别于中学作文的写作，我对家乡黔江的认知和认同才有了不一样的感受。

创作起步，写什么呢？从自己熟悉的家乡写起吧。2012年，我的处女作是发表在《武陵都市报》上的散文《在城市的怀中想念乡村》，其中写了熟悉的吊脚楼、菜园、童年游戏等。看到自己的文字变成了铅字，我感到激动、自豪，也有一种微妙的感觉。虽然人在成都，可是我的记忆和文字连接着家乡黔江。也就是从那时起，我开始了散文写作，以乡土题材为主题。

当我模仿其他作者的笔触和观察视角，再回到黔江县城，回到老家，我有了不一样的收获。学着去提问，关于农业生产、乡村风俗、人情世故等，学着去观察和记录，像蜜蜂采蜜酿蜜一样，我学着把素材变为文章。在这几年返乡的途中，我在成长和成熟，也写了不少关于黔江的文章，因而对于家乡的情感认同不断增加。

在这个过程中，随着年龄增长和阅历丰富，我也慢慢体会到了古人怀乡诗歌的内涵。可以说，乡愁是因为距离产生的，而距离又是因为出走产生的。物理空间维度上，我们离开村寨，离开城镇，走向远方，乡愁由此产生。时间维度上，随着长大变老，我们离童年、往事越来越远，于是我们思乡怀念。

譬如此刻我想起了一首古诗："君自故乡来，应知故乡事。来日绮窗前，寒梅著花未？"现在的我也想知道黔江的梅花是否开了，乡下的油菜花是否开了，开得如何。当然依靠现在的科技手段，我们可以随时"线上回乡"，但心里那份渴望回归家乡的心情却是任何技术不能弥补的。有多少身在异乡的游子，会和我一样渴望亲自拍上一张家乡的美景照片？

是的，我是学子，也是游子。外出求学让我不断远行，可是思念的本能又让我回归。现在，黔江对于二十多岁的我而言，有了"母亲"这样的概念。这位乡土母亲和我的妈妈一样令我想念和牵挂。绿豆粉、米豆腐、腊肉等美食，仰头山、八面山等美景，打糍粑、杀年猪等民俗都让我怀念无比。

正是学子加游子的身份，黔江于我有着物理家乡和精神家园的双重意义。2017年，我于偶然的机会认识了"乡土黔江"微信公众号的创办者飞扬哥哥。他也是马喇人，"80后"的哥哥。同为老乡，我对他感到亲切、信任，浏览他的"乡土黔江"微信公众号，我同样感到熟悉和亲切，一方面其文章作者以黔江人为主，另一方面其内容涉及黔江的方方面面。

看过费孝通的著作《乡土中国》，对于乡土体验有了理性认知，加上曾在农村生活，我对乡土性有部分感性体验。在这个微信公众号里，我看到了关于黔江的各个维度的记录和阐释，以诗歌、散文、视频及图片等多种形式，我感到不再孤独和困惑，原来还有这么多黔江人和我一样用文字抒发着乡情和乡愁。他们中有的在黔江，有的在他乡，我们的精神家园在这里有了交汇，在"乡土黔江"这个微信公众号里交汇、碰撞。

"乡土黔江"微信公众号成立三年以来的数百篇作品，呈现了一个过去与现在交融、怀念与激励并存的精神空间。这个空间的名字叫"黔江"，它有着原野、山川、河流，也有着人来人往的集镇故事、红白悲欢的更替。以文学的名义，"乡土黔江"微信公众号把我们这群从黔江出发的游子拉向一个广阔的、交织的天空，让我们不禁思考生命的由来与归宿。

"乡土黔江"微信公众号在这个浮躁的时代、快节奏的社会弥足珍贵。其创办者飞扬哥哥辗转全国各地工地打工很是辛苦，可他没有忘记乡愁，建立和维护这个公众号，把一群黔江游子集合在一起，产生共同的记忆，迸发出的力量激励我们不断前行。

　　写到这里，我才真正认识到故乡黔江的意义。从生命本身来说，它是我祖辈的生活之地，我的血脉里流淌着祖辈的血液，我的躯体曾汲取家乡土地、山河的营养。从文学层面来说，家乡的故事与变迁是写作的重要题材，家乡、母亲，是写作者的母题。

　　此刻，我非常庆幸自己生于黔江这片土地，这里有农耕文化、民族文化的变迁，这里有丰富的美景美食，这里有城镇发展的痕迹，这里有生生不息、昂扬向上的精神品格。黔江是武陵山区腹地的明珠，我此刻真正读懂了这颗大山明珠的质朴与内涵。武陵山的巍峨，阿蓬江的灵动，黔江人的精神，如此种种，我深深地为自己的家乡感到骄傲，感到无比的依赖。

　　当然，对于黔江的情感不止于过去，也有奋发的现在。黔江的交通条件越来越便利，城市建设越来越好，乡村建设也欣欣向荣，这些属于黔江的现在和未来，我们不应该忽视。毋庸置疑，不断发展变化中的黔江不正是新一批孩子们的故乡吗？他们也将从这片土地长大，走出去，返回来，再走出去。

　　"乡土黔江"微信公众号的各位供稿者都在以自己的方式为黔江的进步和发展做出贡献，有的在建设别人的家乡，也有的在建设我们自己的家乡，这也反映了这个流动的时代，流动的中国。在流动中，我们对家乡的地理定位，对思乡的怀念牵挂才更显珍贵。

　　我为每一次能回黔江感到激动，也为读到"乡土黔江"微信公众号的文字感动。每一次阅读，何尝不是"返乡"呢？这种体验于我们，是舌尖上初绽的椿芽，是土里冒出折耳根的生命力，是母亲、外婆在田间劳作的背影，是儿时捉泥鳅、抓螃蟹的童趣，是在吊脚楼屋檐下听雨的慢时光……

期待我们更多的乡土记忆在这个公众号集结，聚合多维度叙事文本，形成一个名叫"黔江"的精神空间，一个同频共振的精神磁场，让全国各地游子感受来自家乡黔江的慈爱与温暖、厚重与质朴。

我们一生都在出走，我们一生都在返乡。巍巍武陵山，秀美阿蓬江，我心归处是黔江，与诸君共勉。

掉眼镜的故事

八月盛夏，清水中塘河流，青年男女畅游水中。周围是清秀的山，静谧清幽。

"你们看好了哈，我要跳水了。"站在水塘一侧大石头上的我突发奇想，想来个"花式跳水"。

"边上有石头，往中间点跳。"石头上的一个陌生男子提示着。

"注意安全哦，要不别跳了。"正在畅游的好友回过头看我。

沉默，紧张，纠结二十秒，最终回归童年的玩性战胜了胆怯。

"扑通！"沉闷的响声，我落在了河里，一阵乱划水。"哈哈哈哈哈哈！"随之响起的是其他人的笑声。

之后是一声尖叫"啊呀，我的眼镜"，当我脚踩在河底，用手抹脸上的水时，才发现眼镜掉了！

"哎呀，我忘了戴着眼镜的……"还来不及回味跳水的欣喜和刺激，我就被弄丢眼镜的焦虑包围。

回到河滩上，我有些懊恼，懊恼自己太大意，忘记了戴着眼镜玩什么跳水。就算要跳，也要摘了眼镜呀。是当我跳下的那一刻，眼镜就已经落入水中了，还是当我沉沉地落入水里时，巨大的冲击力打掉了眼镜？我不得而知。

我只知道，此刻周围的景色都是迷蒙的。"哎，哎"，周围人小声的议论更让我烦闷了，之前还兴致勃勃地跳水，一下子就变成霜打的茄子。

这条中塘河，水质虽好，但不像游泳池那般清澈见底。眼镜究竟掉在哪里了呢？我有些不甘心，叫上好友，回到我起跳的石头上。站在石头上，我回顾那勇敢一跳的路径，圈定可能掉落的范围。

这样的画面，有点像成语"刻舟求剑"的那个人。虽然他找剑方法不对，且不能寻得宝剑，但那份找剑的心情，我是能够体会的。我这会"圈河寻镜"，不也是这样的心情？只不过，这里的河水较浅、流得缓慢些罢了。

然而，河面缓缓地淌着水，并不见底的河水，让我有些泄气。

"要不，我试着潜水，帮你打捞一下吧！"好友见我闷闷不乐，安慰着我。

"哦，要不你试试？"听到这话，我立马精神抖擞起来。

一出潜河捞眼镜的好戏上演。

好友潜第一回时，我心里十分紧张，大约下去了几秒钟，我却觉得过了好久，怎么还不出来，不会出事吧？等他冒出水面时，我长吁一口气，"哎呀，吓死我了"。

看着他冲我摊摊手，我知道没戏。

"我再试一次咯!"还未等我答应,他又已潜入水中了。一样的焦急等待几秒钟,他从水里冒出来,说道:"这个河水不够清,啥都看不见。没办法,你只能去配新眼镜了。"

"算了算了,旧的不去,新的不来呢!"我安慰自己,也算是谢谢好友的一番心意。

管它风景迷蒙,看不清楚呢,我又回到水里,欢快地玩起来。

游累了,我们坐在岸边休息,叫了一碗油炸土豆。

吃着土豆,看着缓缓流淌的河水,我突然想起了一个小学课本上的故事,大致是说寺庙的石狮子滚落河里,数年后重建寺庙,众人打捞无果,又沿河往下打捞不得。后来听一老者解析,溯游而上打捞便得石狮。

好友上岸休息,我把想到的这个故事说给他。

"你说,若干年后,我的眼镜会不会也像石狮子那样,翻滚到上游?"我素来就是有很强的代入感的。

"哈哈哈,你太天真了。你的眼镜那么轻,就算沉入河底,也会很快被冲走的,当然是往下游走,"好友笑着回答我,"此外……"他话到嘴边又收回去。

"此外什么,你快说呀!"我是要追问到底了。

"你的眼镜是板材的,也就是高分子材料,很快就会被河水侵蚀,消失掉的。"好吧,理科男就是这样的直接。

"那可不一定,万一呢。若干年后,来这里玩的人发现了一副眼镜,兴许问道,这是谁的眼镜呀?"文科女的我爱想象,脑海里出现一个画面,如我描述的那样。

"服了你,一副眼镜嘛,再去配个新的就是了。"好友不知道该安慰我，还是友善地嘲讽我的天真。

"这不仅仅是眼镜的问题，这说明很多事情，或许是我与这副眼镜的缘分到此尽头了，也或者说我要给后来人留点东西……"我依旧沉浸在自己想象的世界里。

"哈哈哈哈，河水流淌，日月如梭，几十年后，这里变化可能你都不认识了。"理科生真的很直白。

"你说得也对。变化的是这里的环境，或者眼镜也终究不见了，但在这里掉眼镜的故事是永远不变的呀……"

于是，从跳水掉眼镜到捞眼镜，再到关于河流时间变化的问题，我们聊了许多。关于河流与时间，当然离不开孔子的名言"逝者如斯夫，不舍昼夜"。时间从未改变，年年岁岁变化的是我们。

中塘河缓缓流淌，青年男女依旧是欢快畅游，岸边的老大妈炸着金黄的土豆。这样清静的一块地方，仿佛时间放慢了。

在这里，失去了一副眼镜，但收获了一段愉悦自由的时光，也是值得的。坐在回城的车上，我变得坦然起来。

眼镜到底是离开我了，永久地被埋在河底，又或者是被河水侵蚀改变模样，最终消失不见。但我写下这个暑期的欢乐小插曲，这个故事带给我的起伏心情与思绪是永恒的。人生长河，我们失去的何止一副眼镜，在得到与失去的过程中，我们就这样成长、成熟了。

这样的年纪

　　这样的年纪，是怎样的年纪？是她此刻躬身于电脑前的年纪，是惆怅与欢乐并存的年纪。这样的年纪，早已过桃李年华，又不及而立。这样的年纪，像一朵郁金香，比桃花更成稳，又不及玫瑰艳丽。

　　这样的年纪如夏天，欢乐时觉得热烈如艳阳，失落时则觉得没有春天的青涩，也没有秋天的丰收。这样的年纪，略微有些尴尬。她抬头看看周边的人，仿佛就剩了她一个，呆呆的样子。身边有不少声音在说，抢凳子游戏开始了，于是转瞬间情感的椅子就被一抢而空。她呆呆的，还在判断那凳子是否适合自己，而别人早已坐下了，只有她，站在边沿，懵懂地站着。

　　这样的年纪，她想继续像16岁时雨季般忧郁，可是现实的轮子转得太快，她稍微慢下来就会被甩出时光的年轮。这样的年纪，她装模作样的成熟，绯红的口红下藏着一张烂漫的口。

　　这样的年纪，她偶尔蹦蹦跳跳。别人低估她的年纪，她窃喜，转瞬感到不安，仿佛这是偷来的青涩，很快就要还回去。这样的年纪，穿梭在高高的爸爸家和矮矮的妈妈家，有时她感到不知所措，像一只小青蛙跳啊跳，何处才是真正安身的水塘？这样的年纪，她渴望一个坚实的怀抱，可是这个怀抱偶尔也会疏离，忽远忽近的情意叫她琢磨不定。一句走心的关切足以令她欢喜好几日，只是关切如春雨珍贵。

这样的年纪，她为一个温润充实的小生命感到欣喜。小小的婴儿，或是甜美的幼童，那实在的欢喜叫她难以抵挡。这样的年纪，她害怕自己不足以承载一个涌动的小生命。喜欢多简单，但爱不容易，她怕自己对未知的它，喜欢而爱不足。

这样的年纪，雨天和晴天大抵相当。她笑时，别人见她是笑的；她哭时，别人见她也是笑的。笑得久了，她以为自己真的会笑，且笑得真。这样的年纪，她没有成套的化妆品，只有成套的三毛文集。她埋在书里，那些文字像一个个触角，挠得她心动。她没有他，她只有梦里的远方。这样的年纪，她一边听着散文一边漫步，心也跟着飞翔了起来。有时，她跟随着音乐起舞，一步两步，转圈回旋，身姿轻盈。

这样的年纪，一天仿佛比一年更难过。有时，那一天的起伏旋转让她眩晕迷离。这样的年纪，居于青春的中间，比开头更重，比结尾更轻。这样的年纪，没有人告诉她该去哪里，哪里有花朵与蜂蜜。她时而大步流星，时而蹑着脚步，她想，只要往前走总不会错。这样的年纪，她是一棵未生根的树。风向，雨滴，可以开辟一个新的天地，她说风带我飞吧，或许哪天就到了一个崭新的世界。

这样的年纪，一切都是回忆。这样的年纪，一切都是创造。这样的年纪，在夜雨的经书听读中变得殊胜庄严，不悲不喜，不急不躁。每个年纪，都值得珍惜，就如每朵花上的露珠，转瞬即逝的美更需要被时光铭记。

追光的孩子

　　宋家湾在山沟西面，马喇小学在东面。出村口，沿着小路到了大路，顺着小河一直往东，走上约一个小时就到马喇小学。儿时上学放学路上，趣事窘事多多，都令我怀念无比。然而令我印象最深刻的，是那些追光的日子。

　　太阳在院坝里撒上薄薄的光辉，却不见太阳的脸颊。伴着晨雾，伴着露水，我追着太阳柔和的脚步一路蹦蹦跳跳地去上学。太阳在学校尖山子那边的山头露出来，一点点蹭出来，像是诱惑我早点到学校。我小跑起来，想和太阳比比谁跑得快。到了学校后，有时我站在阳台上读书，抬头看着太阳越爬越高，晃眼睛了便拿手遮住阳光，低头看书时，那些字也变得迷离起来。

　　轮到我们班打扫校园卫生，一群孩子便拿着扫帚在校园里挥舞起来。早晨的阳光轻柔得很，像是给操场铺上细软的薄毯，那些细碎的阳光在花坛的兰草花、美人蕉上跳着舞。有时我看着这些跳舞的阳光，竟看得发呆，直到身边的小伙伴叫我才回过神来。有时我和小伙伴打闹，争相踩对方的影子，一个踩，一个躲，真是童趣无穷。

太阳在学校上空一寸寸地挪着脚，我们也一节节地上着课。下午放学时，太阳又偏到我回家的方向，往白溪盖山上去了。它依旧是炽热的样子，却不如中午那么威猛。或许，太阳也和我一样上了一天的学，有些饿了，有些累了，想回家吃饭吧。追着落山的太阳，我走在回家的路上，肚子里咕噜噜响着。不知是何时开始，追着太阳回家的我，竟有了淡淡的哀愁。我开始感到惆怅，觉得今日过了就不会再来，我好像在落山的太阳里明白了些什么。

哦，是时间，是消逝的时间，是消逝的光阴永不再来。体会到这一心绪，我仿佛一夜长大了，我越发珍惜起每一天的日子来，认真地读书写字，认真地放牛、做家务。很快到了六年级，我们每天下午要补上一节课才能回家。等我走到校门口的河堤上仰望回家方向，太阳仿佛已经先我走了一截路，我赶紧飞奔起来。我还得回家吃爷爷奶奶给我留在锅里的饭，写作业，然后做晚饭呢。是的，我跑得飞快，想比太阳先回家。上学的路上，我也飞奔起来，我想早点到校多背些课文，再检查数学题目，我想考得更好，去城里读中学。就这样追着太阳上学放学，很快我迎来了小学毕业。

我坐着汽车离开了镇上，那天没有阳光，阴沉沉的。我有些闷闷不乐，太阳也不来送送我，真不够意思。等我到了城里，一轮明晃晃的太阳冲我嘻嘻地笑着，仿佛在说："雨儿，欢迎你来到城里生活。"我开始了在城里追光的学习和生活。在人民中学的日子，那些从树梢上升起的朝阳，那些蓬勃生机的朝阳，那些酡红如醉的夕阳，那些面色惨白的夕阳，陪我度过了一段难忘的青春。

　　我不知道太阳会不会变老，反正我是长大了。后来偶然读到了林清玄的文章，他也曾追逐太阳，想要跑赢光阴，令我感触不已。我想到了儿时的自己，那个追着太阳奔跑的孩子，而现在，我明白了人生就是一场追光奔跑的游戏。追着太阳跑去上学，想要跑进城市读书。跑着跑着，我从童年跑进了少年，跑进了青年，不变的是一颗追光的心。跑过忧伤和黑暗，我跑进了一个叫作文学的世界，渴望用稚嫩的脚步留下点点印记。有时懈怠沉闷，我就想起追光的日子，它们在我心里照出一片神奇光明的天地，我在光束下跳着舞，心情也变得灵动起来。

　　这些年，我回到老家，自然而然地仰望尖山子和白溪盖山头，它们是太阳与我见面和告别的地方。凝望它们，我仿佛又看见了曾经那个追着太阳奔跑的小女孩，那个黑黝黝皮肤、清瘦的小女孩。我在生命的旅程上时而缓行，时而奔跑，在文学的世界里追逐着，渴望着。我愿永远做个追光的孩子，向着爱与暖的所在奔去。

　　　　　　　　　　（载于《武陵都市报》2021 年 6 月 4 日副刊《吊脚楼》）

车窗外的风景

火车载着我的生命已经轰隆隆地走过十四年了。我和它一样时而穿过黑暗幽深的隧道，时而奔驰在油菜花开的春天。岁月变化，不变的是我爱趴在车窗边的姿势，迷恋车窗外的风景。

我第一次坐火车是在 2007 年初二的暑假，在妈妈和班主任的陪同下去重庆主城区领取团中央颁发的奖学金。上了火车后我趴在窗边，对火车前进带来的景物变化感到惊奇不已。大约我真切地体验到了物理书上说的相对运动是什么感觉，我感到惊喜，几乎要叫出来。那种树木、房屋迅速向后移动的视觉是车窗外风景带给我最初的刺激。车窗外的风景刺激和主城区所见所闻的刺激，混合成为一颗叫作梦想的种子，不知何时埋在了我的心底。

列车奔驰着，追逐前方风景，也把一路风景留在身后。我想让更多的景物后移，体验前进的快乐。果然，如车窗外景物后移一般，初中毕业后的我也把家乡留在了身后。14 岁的我背上行囊独自前往 300 千米外的重庆主城区读书。于是，我有了更多趴在车窗边看风景的机会。从初春时节的大地朦胧到盛夏的郁郁葱葱，再到国庆节假期的稻谷丰收，车窗外的风景随季节变化。我如一株小树苗，也在车窗外风景更替的岁月中不断成长。从 14 岁到 17 岁的三年，火车带来的时空穿越给予我饱满欢快的体验，偶尔也有身处人流拥挤的尴尬困窘。那时我仿佛是一只不知疲惫的小鹿，蹦跶在武陵山的风景中。谁让这只小鹿有爱有梦地生活在这片叫家乡的天地呢？小鹿渴望去山外，去看看外面的世界长什么样。

　　高考毕业后，我坐着火车从武陵山来到了天府之国，这一坐就是九年。在这九年的寒来暑往中，我依旧爱趴在窗边看风景，习惯依旧，只是风景多了些滋味。是长大的缘故吧，或是读了更多书，我看着窗外的青山隐隐感到莫名的厚重与哀愁。这样的山脉连绵，要多大的勇气和努力才能走出去呢？火车穿梭在山间，不时与乌江相遇，烟波浩渺的江面飘起薄薄的白雾，飘逸神秘的景象令人思绪翩翩。再后来，火车穿越乌江，进入长江逆流而上到了锦江。山色美景与平原风物交融，新的风景在我眼前展开。

　　我爱看车窗外的风景，因为它们流动变换，与其说景随车动，不如说景随心动。回顾高中三年的离乡学习，某种角度上说是为了逃离重组家庭的压抑，而大学选择异乡求学则是基于对未来的追求。祖辈的生命列车行驶在大山里，用缓慢原始的速度前进，最终停留在一方隆起的坟墓中。父辈的生命列车曾短暂驶去大城市，又归于小县城。我曾搭载他们的列车，看到一些风景，只是随着我的成长，这些风景不再能满足我的需求。于是，我渴望乘上属于自己的列车，去看看车窗外的风景。

　　如果说过去的十四年我乘坐的是成长学习的火车，带我跨过高山河流，抵达知识与梦想的远方。那么如今，我跨上了一列叫作社会生活的火车。它呼啸着、奔腾着，不由分说地把我叫上车，甚至没有标明方向是哪里。这辆车里，有无数为了生计奔忙的人们，有平实质朴的欢乐，也有暗流涌动的迷茫与痛苦。我在这辆车上，有时被闷得慌，于是渴望着一扇窗户，趴在窗边看窗外的风景。有人钱包鼓囊，换乘高铁，感受速度与激情。我不想那样，我喜欢速度适中的火车，感受心神遐想之妙，岂不乐哉。

社会生活这趟火车开得很快时，十分酷炫，稍不注意会晕眩迷失。当它被困住停下许久，不安与烦躁渐渐生出，如迷雾渐浓渐厚。我喜欢在车里观察，有时和人交谈，收集人群中的故事，有时也会感到孤单和窘迫。幸好我有趴在窗边的习惯，当对车内的所见所闻感到困惑烦闷时，又可以看窗外的风景。有时，我望得痴迷，别人问我车窗外有啥东西那么好看，我笑了笑回答，好看着呢，有奔流的江河，有缥缈的云雾，还有在风中摇曳的白桦树。

车窗外，风物时而清晰时而模糊，山色空蒙与大地宽广交替。车窗内，则充满平凡世俗的欢乐，我听到"啤酒花生矿泉水"的叫卖声，我闻到夹杂着汗水和婴儿奶香的气味，我看到啃鸡爪的大妈和打牌的大爷。同样的，生命的列车内，我也看到啼哭的婴儿和少妇哭红的眼，听到为柴米油盐斗嘴的争吵声，闻到贫穷的酸涩气味，体察到欢乐景象背后的一缕孤独。

我喜欢风物变换、思绪流动的感觉，我害怕逼仄沉默的空间。车窗外的风景流动变化着，激起了许多沉睡的记忆。我拿出一支笔、一个本，记下这些画面。乘坐在车内，似乎是必然的，而趴在窗边看风景，则是偶然的。我发现，不是所有人都乐于看风景，我管不了那么多，先自己看够看爽吧。

如今，我坐着列车短暂地回到县城，不少亲友基于关心和爱护，提醒我安上一扇叫作婚姻家庭的窗户。他们的心意我领了，却不愿意过早地安上这扇窗户。我有些惶恐，担心这扇窗户如有色玻璃般会让车窗外的风景变色。我也迷茫，不知这扇未知的窗户是否会让车窗外的风景变窄变少。也有人提醒我，不要太多凝望窗外的风景，要关注车内的动向。我依旧笑着回答"好的，我会注意的"。当车身抖动时，我知道风景变换又要开始了，一双眼不知何时又转向了窗外。迎接我的，将是怎样的风景与启迪呢？

　　十四年，我与火车一同奔驰着，呼啸着，呜咽着。车窗外的风景由最初的刺激与惊喜变为如今的丰富与深沉，我不再是曾经的我，我依然是曾经的我。奔驰的生命列车，我要的不多，只要一扇窗足矣，请让我继续趴在你的窗边凝望畅想。有限的车内空间里，或站或坐或卧，保持闲心和童趣，自在与从容，乐于凝望车窗外的风景，这趟生命列车才不枉走一遭啊。

（载于《武陵都市报》2020 年 8 月 21 日副刊《吊脚楼》）

静远书香安吾心

2020 年九月之前的大半年，着实是艰难心酸的，裸辞后经历考博失利，以及感情危机等，我的心有说不出的苦闷。每天在出租屋里，我和我的那些书相视无言。有时，它们中的一个化作朋友来抚慰我寂寥的心。九月底，得到成都文理学院的教职后，我无比欢喜，预感到一个新的转机出现了。

带着被子、衣服和少许的书，妈妈送我去学校。路上，妈妈开玩笑说，有点像多年前送我上大学。我也笑了，嘿嘿，是有点像，不过如今我是老师啦。啊，我居然是一名大学老师了，就这样带着几分欣喜、几分惶恐走进了校园。

宿舍所在的楼栋叫静远居，顶楼靠楼梯的那间就是我的房间。房间里空荡荡的，除了两张单人床、两个小衣柜、一个书桌，什么也没有了。这种空荡荡的状态，就像我此刻一般，什么也没有。我安慰着自己，不过也好，什么也没有意味着机会，意味着我可以按照自己的想法填充空间，当然更重要的是充实自己的内心。

收拾妥当后，我便住下来，在这里开始新生活。我把带来的一些书放在靠窗的书桌上，书桌依然空了许多地方，像没有吃饱的孩子张大嘴巴。我听见书架无声的呼喊，多放些书吧。我默默地回应着，书桌放心吧，过不了多久，你会吃得饱饱的。

为了迎接陆陆续续到来的书籍伙伴，我得先为它们找住处。在网上买了两组白色书架，安好后它们就立在进门右侧的墙边，与左侧新买的白色衣柜形成巧妙的呼应。多了书架和衣柜后的房间一下子变得拥挤起来，我尽最大努力保持空间的整洁和有序。书架有了，书也陆陆续续地来了。隔三岔五网购了许多书，朋友寄来的书，加上自己的散文集，发表文章的样刊样报等，这些书渐渐地把白色书架装满。

白色书架的身子里装满了五颜六色的书，还有一些小玩意，恰如我越来越丰富的校园生活。从最初上讲台的紧张到越来越从容，从最初课后听到学生喊我宋老师的迟疑到后面与学生谈笑自如，我越来越适应老师这个身份。除了教室，宿舍是我待得最多的地方了。除去晚上睡觉的时间，其余在房间的时间以读书写字为主。

在房间看书的姿态也是丰富的，有时我坐在书桌前撑着下巴看，有时累了我便铺个垫子趴在地上看。睡前，我习惯躺在床上，开着台灯看诗集。没课的上午，我便慵懒地趴在床上看小说。白色书架正对着床，估计它看到我卧床读书的样子也会掩面微笑吧。

哪个读书人不梦想有间自己的书房呢？多年来，我也总做着这样的梦。直到如今，梦终于实现了。这不过是一间十几平方米的小屋，是学校提供给老师的宿舍。房间里，我的书越来越多，加上我在这里备课、读书、写作，便理所当然地称之为书房了。

卧房与书房就这样完美地重叠起来，我惬意于这样的空间。上课，读书，写作，我安顿于这样清寂却又丰盈的生活。有时也会感到孤单，我便趴在书桌上给朋友写信，诉说我的心事。有时读书累了，我就在阳台上远眺金堂山，俯瞰楼下的树。弄了几个小花盆，种点花草，阳台变得富有生气。读书，看花，交替着，静远居的生活就在此刻，也有我无限渴望的远方。

静远居是整栋楼的名字，我却乐意把它当作这间屋子的名字，并为这三个字作为房间名感到欢喜。宁静致远是多好的寓意，这是我身心漂泊多年后最好的归宿。曾梦想的书房叫润物庭，现实的书房叫静远居，名字已经不重要了，有一个实实在在的空间安放我的书，慰藉我的身心，就已足够。

去年年初，偶遇书法社团写春联，我请学生写了一幅隶书的福字，四角写上宁静致远四个字，把它贴在衣柜上。今年年初，我也请学生写了一幅篆书的福字，四角的字变为笔耕不辍，把它贴在门背上。两个火红的福字为静远居增加了热气腾腾的生命力。端坐书桌旁，往右回头，就看到两个福字向我微笑着。宁静致远、笔耕不辍，我这一生能做到这八个字，就是最大的福气了。

静远书香安吾心，我深深地感恩着。在这个小小的卧房兼书房的空间里，我从回忆里打捞宝藏，也体验着生机勃勃的当下，更憧憬着温暖明亮的未来。

名字浮沉记

1999 年的秋天，班主任见我不足 6 岁，又没读过学前班，怕基础不好跟不上，便考考我，写自己的名字。我在他掌心写下"宋雨霜"三个字，他有些惊讶，能写出比较复杂的"霜"字，这小姑娘厉害哟，于是许我入学。

五年级之前，为了偷懒，我作业本写的是"宋雨双"，那时，我意识不到"双"与霜之间的内涵差别。五年级时，我觉得"双"这个字太普通了，我们村和隔壁村叫张双、王双的有好几个，就把名字恢复为笔画复杂的"霜"字。我的名字和那些什么"双"的不一样了，心里有浅浅的虚荣感。

中学时期，我有时沉溺于父母离异之痛，其余时间，是一个沉溺于读书学习的乖学生，我的名字出现在"优秀学生干部"的奖状上，出现在月考成绩单的前列。这个名字罩满了光环，因为它是一个优秀学生的名字，它带给我满足和自豪。

进了大学，因为专业带来的窘迫迷茫，加上压抑多年的青春苦闷，我的自信被击垮，焦虑和抑郁像啮齿动物一点点啃食我的精神系统。最终，我的名字出现在了休学申请表上。后来，我的名字又出现在了医院的病历书上，它显得凄凉无比。躺在病床上的我，讨厌自己的名字，不愿意听到医生护士叫我的名字，它显得我如此低沉、无能、无奈。

恢复健康后的我开始反思，我所经历的一切创伤是否和这个名字有关。又是雨又是霜，多么凄凉苦寒的名字呀！我感到颓丧，在一日日的痛苦中想要放弃这个名字。我渴望有个温润阳光的笔名，于是给自己起各种笔名，诸如"立夏""轩墨""子晴"之类的，这些笔名多美好啊，我偷偷乐着。真到了投稿时，我还是用了真名，不然别人不知道是我的文字啊。

2014年的初夏，我在双流县城的庙门口，邂逅一位算命的中年男人。他问了我的生辰八字，建议改名。"你五行缺水，本该补，但你名字补过了，反而有损你运辰……"他拿出一个小本写了几个名字："宋婉渔""宋萱秦""宋清苗""宋雨柔"。"雨柔"，会不会太柔了呢，这不符合我的气质。"清苗"，给人一种单薄的感觉，和我壮硕的身躯不符合，我摇摇头。"婉渔"，嗯，好像还可以，发音轻柔也不显得过于单调，甚至还有江南水乡的文雅气息。"萱秦"，有草木芬芳，也有大秦古典的气魄。我急迫地想要抛弃"雨霜"这个孤寒的名字，于是付了100元买下了"婉渔""萱秦"这两个名字，渴望它们带给我好运。

我终究没能成功改名，改名字得去户籍所在地的公安局，很麻烦，我依然叫宋雨霜。"宋萱秦""宋婉渔"这两个花了100元买来的名字，就像一阵青春的躁动很快过去。之后，我的情绪慢慢好起来，在暑期兼职和旅游中变得充实起来，忘却了"雨霜"这个名字带给我的不快乐。

随着发表越来越多的文章，我看着印在报纸和学校杂志上的名字，"宋雨霜"这三个字开始有了温度，像一朵小花绽放在文字世界，我重新爱上了这个名字。随着读书写作，经历过更多的痛苦和欢乐，我渐渐理解了名字和人的关系。从科学认知来看，名字只是代号，不会根本影响到你成为一个怎样的人。从风水来看，名字会影响到一个人的命数和内在认知。中国古语说"家有千金，不如赐子好名"，包含了父母对子女热忱的期盼和生命的寓意。

那么"雨霜"到底有着怎样的含义和风水呢？我生在深秋，秋雨缠绵的季节，清冷的季节，晨起有霜，这样的自然意象确实有些清冷。可是雨也是柔情的，滋润万物的，我的心有时细腻多情，如同细雨滴答。霜，寒凉微冷，在中国古典诗词里也有坚强不屈、冰清高洁之意。回顾自己的生命经历，我发现和"雨霜"这个名字如此贴合。生命里的那些痛苦，像苦雨淋湿我的心，但那些欢乐的日子也像喜雨给过我清新温暖。霜寒天冷的心情，我经历过；绝望压抑的境地，我也经历过。

我开始拥抱自己的过往，珍视这个名字。名字浮沉记，是27年的生命故事。我在纸上写下自己的名字，一笔一画，它端正庄严，和我饱满的身躯很像。念出自己的名字，唇齿间的声音确乎有种刚柔并济之感。如果说名字是种方向，那么实实在在的热爱生命、努力奋斗就让这个方向变成了过程。从一个缥缈的名字到真真切切的生命，这才是风水的含义吧。我想，热爱生命、不懈奋斗才是真正的风水。"雨霜"陪了我27年，还将陪我很多年，我得和它相依相偎，相亲相爱。

（载于《武陵都市报》2020年11月13日副刊《吊脚楼》）

书房梦

青春的我做过许多梦，最美的梦就是拥有一间书房。

这个梦在我脑海里已经存在若干年了。这个梦，从童年到青春期，成为一个越来越强烈的渴望。对书房的渴望，最初源自对书桌的渴望。

许多年前，我在老家读小学。那是一个叫宋家湾的土家族村寨，我生于此，长于此。儿时的我没有华丽的书桌，只有一张普通的小木桌。

那张木桌长约 80 厘米，没有抽屉，桌面上的绿色油漆斑驳凌乱。就是这张其貌不扬的小书桌陪我度过了在乡村的读书时光。放学后，我把小桌子搬到院坝里的柿子树下，开始写作业。柿子花，青涩的柿子果儿落在我的小桌上，像是一种点缀。

在小木桌上写作业，偶尔困了，我就趴着歇会，有时趴着趴着就睡着了。等我醒来时，书上有不少梦口水。每到这时，我就想，要是小木桌有个抽屉多好，这样就可以把暂时不用的书放在抽屉里，书写空间更大，书也不会被弄脏啦。

就这样，在柿子树下读书写作业，没有抽屉的小木桌陪着我度过了许多时光。我期待着拥有一张书桌，一张带有抽屉的书桌。

小学毕业后，我去城里读书，实现了拥有一张带有抽屉书桌的梦想。其实，那也不是一张真正的书桌，而是妈妈多年前的嫁妆。一张长约120厘米的朱红色带抽屉的桌子，平时放杂物，周末成了我的书桌。这个大桌子摆在出租屋的窗台下，它就是我中学时代的书桌。

读初中高中几年，我积累了不少书，老师们也赠送给我许多书。可是书桌实在太小，只能把书堆在地上。看到心爱的书籍放在地上，我既心疼又愧疚。

要是我有一个书房多好啊！把书放在书架上，不必担心书籍被弄脏损坏，也可以坐在书房里读书写作。

可是我的家，不过就是一个40平方米的出租屋。这个小小的屋子，挤满了生活物品，哪还有空间放下书架，更别提独立的书房了。

尽管如此，我依然梦想着有一间属于自己的书房。我给梦想中的书房起了一个名字"润物庭"，我的名字里有雨，我也喜欢雨。正如杜甫诗中所言："好雨知时节，当春乃发生。随风潜入夜，润物细无声。"好一个润物之雨！如雨润物，如雨温柔，我的书房就叫"润物庭"，在书房里读书，汲取营养，笔耕不辍，润及他人。

润物庭，我的书房，我的梦想栖息地。它不大，但是向阳。在书房的阳台上，我种上几盆吊兰，垂下春意与无限柔情。窗台下，放上古朴典雅的书桌，书房里有书架，放着我心爱的书。在书房的一角，还有我的茶台，读书累了，喝喝茶，听听音乐，那感觉美极了。

直到现在，我还没能拥有属于自己的书房。可我并不沮丧，对书房的渴望伴我度过许多孤独的时光。从渴望一张带抽屉的书桌到一间书房，这是成长的十几年。在这十几年里，我从一个流着鼻涕的小女孩成长为四川大学的研究生，读书和学习的渴望是我无限的动力。

有无书房，我都要坚持读书写作。我害怕有一天，有了书架和书房却失去了读书写作的欲望，那是一件可怕的事情。有什么比失去读书的梦想更残酷呢？纵然世界千变万化，坚守自我，向内探索，才是永恒的幸福。

青春很美，拥有一间书房是我青春最美的梦。

（载于《德阳日报》2016 年 4 月 6 日副刊）

在城市的怀中想念乡村

　　我的家乡在重庆东南部的一个小山村，祖祖辈辈生活在那里。日出而作，日落而息，平凡的岁月蕴含着淡淡的幸福。我是个女孩子，就是一只普通的山雀，不甘于永远做只鸟儿，我想成为凤凰，我想飞出大山，看看外面的世界。知识改变命运，我通过自己的努力，小学毕业后考上县城最好的中学，之后又去了重庆主城念高中。当第一次看到城市里的车水马龙，第一次看到霓虹闪烁，第一次看到高楼大厦，我深深地震撼，深深地被折服，原来外面的世界如此宏大。

　　空闲的日子，我在大街小巷游走，像个好奇的小猫想要抓住所有飞舞的蝴蝶。可日子久了，我就有些疲惫，甚至厌倦。城市里，钢筋水泥筑起的楼房少了几分温馨，多了几分冷漠，车水马龙的街道多了几分忙碌，少了几分闲适，熙熙攘攘的人群脸上写满了疲惫和漠然，少了几分自在与柔情。

　　我开始怀念我的乡村。最先想起我的吊脚楼，那散发着木质芬芳的吊脚楼。土家族人住在两层的吊脚楼上。底楼用来圈养牲口，堆放柴火，正房和厢房住人，阁楼堆放杂物。吊脚楼的房顶上铺满青瓦，就像一个个琴键，跳跃着乡村的音乐。我尤其喜欢下雨天，在栏杆上看屋檐下的雨，一丝丝连成线，那种感觉美极了。吊脚楼刻着古典图案的栏杆倚着我童年的梦想，走廊连接着乡亲们纯真的感情。那时乡下没有秋千，我和小伙伴们在走廊的房梁上系绳子，打个板凳，那便是我们的秋千，荡漾着我们儿时无邪的欢乐。

吊脚楼后是一片竹林。风吹过竹林，沙沙的声音是天籁。下雨后，太阳出来，我和小伙伴提上竹篮去摘蘑菇，那些小伞一般的蘑菇是我们心中最好的美味。春天，竹林里开出星星点点的花朵，点缀着绿竹下这片静默的土地。我常在这里采摘一种叫"老鼠屎"的草，把它扎起来做成毽子。如今，那片竹林还有我的蘑菇和毽子吗？

乡村的菜园子，一年四季青葱翠绿。我喜欢清晨去摘丝瓜、黄瓜，顺手扯下几朵喇叭花。喇叭花又被称为打破碗碗花，但我总爱把玩它们，才不在意什么打破饭碗的说法呢。秋天的乡村，田野金黄，稻谷飘香，倾吐丰收的喜悦。每当这时，我喜欢和小伙伴去摘八月瓜和刺梨子，泡成香甜的果酒，慢慢品尝。

乡村的小路，石子是散落地上的精灵，偶尔硌我的脚板。在小路上，牛儿悠闲地吃草，我和小伙伴们则摘着竹节草，玩着小魔术，欢声笑语在乡村小道上久久飘荡。乡村的山林，有太多的乐趣，不知道有多少野果等我去尝，有多少鸟蛋等我去掏，有多少树等我去爬。

如今，我在天府之国深造。磨子桥的车水马龙让我有点害怕，每次过马路胆战心惊，春熙路的繁华让我有些自卑，手里握着一点零钱。唯有人民公园的森森树木让我有种归属感，抚摸着一棵棵大树，像回到了乡村的山林，摸到了自己儿时嬉笑的脸庞。

庆幸，我在四川大学江安校区，这个山水灵秀的天堂。长桥静卧，诉说着一个凄切的爱情故事，明远泛波，恰似少女浮动的红晕。在这里，我有种回家的感觉，我的乡村就在这里，我不再孤单。而现在，我很快就得搬去望江校区，有些不舍得。我怕城市里的喧嚣，夺走记忆中仅存的温馨。

亚里士多德曾说："人们为了生活来到城市，为更好的生活留在城市。"城市也有它的优点，有它的独特之处。可此刻，我无暇顾及，只想在这个宁静的午后，在城市的怀中，静静地怀念我的乡村，那个令我魂牵梦萦的地方。

（载于《武陵都市报》2012 年 2 月 19 日副刊《吊脚楼》）

会生长的爱情

寒假期间因无人照料，我宿舍阳台上的三盆石竹花都枯死了。开学归来，看到寥落的花盆，失落和愧疚袭上心头，我觉得自己像是一个不称职的母亲，害得三个女儿遭遇生命的灾难。叹息过后，我把枯黄的枝叶埋进盆里，也把去年冬天石竹花带给我的欢喜和温暖埋进了记忆深处。校园的春色日渐浓郁，阳台却沉寂依然，每天早起看着光秃秃的花盆，心里感到无法言说的寂寥。近段时间，我的心却重新雀跃起来，为那盆中重新泛出的几芽新绿，为那新芽里潜藏的无限生机。

那新芽是几枝玫瑰梗发出的，玫瑰梗源自一束美丽的捧花。三月中旬，男友铁丝抱着一束捧花出现在校门口。我既惊讶又欢喜地接过花束，又嗔怪他浪费钱，毕竟这么一束夹着向日葵、粉色玫瑰、栀子梗的捧花得近 100 元呢。他嘿嘿地笑着说："这是我们确定恋爱关系后第一次来学校看你，当然要带上花束表示心意。"

"玫瑰代表爱情，向日葵代表活力，栀子梗代表希望，期待我和霜宝宝交往可以带给彼此幸福。"听到铁丝诚恳的表白，我笑着掐了掐他的胳膊，原来工科生也不是不懂风情浪漫嘛。拿着花束，我挽着铁丝穿梭在人群中，一种前所未有的虚荣心被满足后的激动涌上心头。那晚的约会很美好，就像向日葵在灯光下发出温润的光芒，照亮两颗年轻的心。

回到宿舍后，我把捧花立在书桌旁，洒上水，维持着鲜花的盛开。只是没过几日，向日葵和玫瑰开始凋谢，落下花瓣来，像是一些黄色和粉色的眼泪洒在桌上，我感到微微的伤感。我拆开花束，才发现一层层包裹得很紧，哎，裹得这么紧，如何能吸收水分自由盛开呢？我心疼这些被塑料扎带和花纸束缚的生命，把它们解救了出来。彻底枯萎的玫瑰花和向日葵只好丢掉，还有几分生命力的花朵被装进了花瓶，养在清水里又开了几日。

我的努力还是敌不过时间的摧残，向日葵和玫瑰花终究还是枯萎凋零了。收拾残花时，看着尚且粗壮的玫瑰梗，我突然来了灵感，何不把它们插进土里，说不定沾了土气能复活过来呢。就这样，几枝玫瑰梗住进了新家，开始了沉默的泥土生活。隔一两天浇水，我总看看玫瑰梗是否发出新芽，却迟迟不见动静，不免有些颓丧。四月忙碌起来，早起匆匆浇水后就赶着去上课，我来不及细细观察玫瑰梗的变化。

前几日难得下午没课，我在宿舍看书，看累了，伸个懒腰走出卧室，蹲在花盆边看看玫瑰梗，这一看就看出了万分的惊喜和欢乐。玫瑰梗上冒出米粒大小的嫩芽，像细细的舌头伸在春风里，吮吸着空气和微风。三个花盆里的玫瑰梗都复活了，几个嫩芽高低错落着，粗壮的梗显得多了几分柔情。我把这个好消息告诉铁丝："哥哥，我把玫瑰梗插在盆里居然长活啦，好激动哟！"

他听到我的消息，也高兴地回复，语气轻快明朗。我说，爱情也该如植物一般，扎根泥土生长，而不是被裹紧束缚起来，美则美矣却不具备持久的生命力。"霜宝宝，我认同你的说法，爱情也是需要生长的。"他在电话那头积极回应着。

这几天，我都关注着逐渐长大伸展开去的嫩芽，看它们渐渐变为嫩叶，欢喜的心越加变得富有活力起来。仔细照料着这小小的玫瑰嫩叶，我盼望着它们茁壮成长，早日开出美丽的花朵，一如现在刚萌芽起步的新恋情，何时能修得正果呢。想到上一段感情如石竹花被寒冬和干旱折磨致死，我心里不免几分悲戚，想着如何才能让新的感情健康持久。

或许，培育和守护好一段爱情比培育一株玫瑰花更难，需要付出更多的心血。所有的爱情起初都如玫瑰盛放，只是花期短暂，无法扎根于泥土的玫瑰花终究被时光摧残。爱情也是这般，缺少了宽松的环境和细心的守护，缺少了心灵的互动和滋养，终究会在猜忌、质疑、冷漠中变得枯萎，曾经相爱的两人最终形同陌路。我把这种心思写进了邮件发给铁丝，他回复说和我想法一致，爱情需要持久的生命力，离不开扎根泥土的勇气和坚韧。

守护玫瑰梗发芽花了不少时间，其间也有质疑和失意，何谈爱情呢？玫瑰梗发芽了，到待得开花，再到年年花开，又需要多大的心力去守护啊，而爱情的承诺和坚守之艰难更胜百倍于此。不过，经得住时光考验的爱情玫瑰和生命历程才更有魅力，这是我对爱情和生命的信仰。即使曾经遭遇爱情之殇，我依旧坚守着彼此写满一百封邮件再走进新阶段的约定，这是时光对爱情的检验，也是文字对彼此心意是否坚定恒久的考量与见证。铁丝说会和我努力兑现这份庄严的承诺，我说不急，时间会检验一切。在这过程中，我们珍惜彼此，相爱相助，不辜负相遇一场的缘分就好。

一如枯萎哭泣的内心遇到了新的爱情重新变得灵动鲜活，我的阳台告别沉寂，再次泛绿，这是上天给予的启迪和关爱。从一束盛开的捧花，到扎根泥土的花梗，我渴望培育自主呼吸和生长的绿植，收获富有生命力的爱情。我珍惜这份难得的机缘，会细心守护玫瑰花梗的生长，直到花开。最好的爱情，也该是具有生长性的。我盼着和男友铁丝把爱情之梗种进厚重的泥土里，用细心和忠贞、承诺和奉献培育出常开不败的幸福之花。这静默却富有营养的泥土，就是漫长厚重的生活啊！

（载于《武陵都市报》2021 年 4 月 27 日副刊《吊脚楼》）

望江的春天

日子的确过得飞快，从江安校区搬来望江校区已经是第四个年头。四年前的夏天，告别悠悠的长桥和微波涟漪的明远湖，来到古朴典雅的望江校区，开始韵味深长的望江生活。望江的四季各有特色，夏天蝉鸣，孩子们在荷花池边钓虾；秋日爽朗，银杏树在阳光下熠熠闪光；冬日安静，闻风中蜡梅沁鼻芬芳。

然而，我最爱的还是望江的春天。晨曦微微，锦江荡漾。巍巍学府，景在望江。四季皆美，我最爱望江的春天，这是说给望江之春的情话。

没有冬的冷寂，也没有夏的燥热，比秋天更繁盛，这就是春的妙处。望江的春天是在迎春花的绽放中到来的，之后就是一场花的舞会。迎春花是舞会的报幕人，它穿着黄色的长裙，几分俏皮地登场，揭开春天舞会的序幕。

海棠花的性子如同它绯红的色彩，不肯落后，你瞧它来不及发出嫩绿的芽儿，就带着花朵们闪亮出场。别看它个头不大，气势却十足。一朵朵艳丽之花，如同一个个咧嘴笑的精灵，等着你上前拍照留念。李子花、樱桃花是温润清凉的美人，她们穿着淡淡颜色的裙子，不急不慢地出场。在风中笑着，惹来蜜蜂和蝴蝶上下飞舞。这些温润的花朵增添了春天舞会的柔美，惹人爱怜。

桃花姑娘比海棠花出场慢些，却丝毫不输气场。她身着粉红裙装，带着姐姐妹妹们闪亮登场。海棠花若是和桃花碰面，那可不得了。一场颜色和裙装比赛在它们中间拉开，围观的其他花朵和人们如何看得过来呢！

玉兰花却以独立昂扬的面貌让人眼前一亮，为之惊叹。玉兰花树是有几分男子气概的姑娘，她挺拔的身材让人羡慕。那些白色的花朵，如同小手在风中举着，又如同伫立的鸟儿。玉兰花树没有绿色的外衣，只有本色的树妆，这些绽放的花朵在清一色的树干上，显得格外别致。

春天舞会的主角何止各色各样的花朵，望江之春，有蝴蝶、蜜蜂，还有大大小小的孩子们，他们在草地上打滚儿，让春天舞会热闹许多。偶尔，舞会也会迎来一位特殊而又重要的客人，那就是春雨姑娘。春雨姑娘来时，带给花朵们别样的妆容，花瓣上点点的露珠让人心动不已。有时，春雨姑娘也会和花朵们开玩笑，些许恼怒了的春雨扯下花朵们的裙子，地上就多了些散落的花瓣。

荷花池边的柳树不似花朵们色彩艳丽，也没有那么铺天盖地的登场气势。它们只是默默地戴着鹅黄的头纱出现，在荷池旁，在锦江边，在风中窃窃私语。舞会时间久了，她们悄悄换装，鹅黄头纱变成嫩绿外衣。过不了多久，她们就会受到"碧玉妆成一树高，千条万条绿丝绦。不知细叶谁裁出，二月春风似剪刀"的夸赞。

垂丝海棠、梨花们还在赶来的路上，她们不曾叫醒沉睡的莲花。她们可知道莲花爱睡美容觉，要等到初夏时节才出现在望江呢。不过也好，那时银杏的满树嫩叶可与莲花为伴。

　　望江的春天，风筝起飞了，柳条发芽了，那些赤裸裸的银杏树长出鼓鼓的小包，孩子们蹦蹦跳跳地上学，大学生们开始努力读书。学校的琅琅书声，教室里的精彩授课，操场上的碧草茵茵，空气中氤氲着花朵的香气。花朵的开放、树木的发芽、飞翔的风筝，都是春天的象征。

　　花朵带来"一年之计在于春"的启示，春天适合观赏，更适合播种。"一生之计在于勤"是蜜蜂的启迪，赏春爱春也不要辜负春天。望江人在春天懂得珍惜美景，把握点滴春光。望江之春的百花盛放孕育夏的热烈果实，储备秋的爽朗丰收。四季轮回中，望江风景已深深烙入生命。

　　一场春雨一场暖，渴望更多的春雨带来春的精彩节目。望江四季皆美，我最爱的却是一年之始的春天，不必害怕热烈的表白，只因深情难掩。春风捎去热情四溢的情话吧，四季皆美，我最爱望江的春天。

（载于《四川大学报》2017 年 3 月 26 日）

那些年的电话卡

那天和朋友们聊到儿时趣事，无意间提到各自的收藏爱好。

朋友燕子说自己儿时爱吃糖果，收藏了不同种类的糖纸。听她描述得活灵活现，仿佛空气中都氤氲着一丝淡淡的香甜。我知道那种甜蜜不仅仅是糖果本身的味道，更源于童年那种天真与惜物之心。

朋友林说他喜欢收藏小浣熊干脆面里面的动漫人物卡。有一次，他甚至连续吃了一周的干脆面，就为了集到完整系列的卡。听他说吃干脆面太多导致上火，我们不禁笑起来，为那孩童时代的傻乐与执着。

朋友们问我有什么收藏爱好。记忆的宝盒里，闪过几颗亮闪闪的玻璃弹珠，还有几条彩色手链。都是朋友互赠的，量少算不得收藏吧。就在我竭力回想时，林的手机响起。他的铃声擦亮我的收藏记忆，那是一段关于电话卡的故事。

2008年夏天，初中毕业的我被重庆主城的松树桥中学录取。主城距县城近300公里，我没法如初中一般每周回家，只有在寒暑假坐火车往返。不满十五岁的我在异乡求学，孤独不可避免，何况青春期本就是雨季。那时，我没有手机，加上平时学校管得严，也不让用手机。

如何与家里人联系呢？电话卡就自然而然地出现在我的世界里。在街边的小卖部可见那种卡，长约 3 寸、宽约 2 寸的长方形卡片。有的是联通发行的，有的是电信发行的，面额有 10 元、20 元、50 元等，蓝色卡面居多。

第一次买电话卡是 2008 年的中秋节，主城区的同学们大多回家过节了，我和另外几个离家远的同学留守学校。"每逢佳节倍思亲"的诗句早已学过，以往只是当课文来背诵，却不能真切地体会到思念之痛。超市里的月饼那么多，像是一家人依偎着，我却独自一人，悲伤与思念涌上心头。

路过小卖部，我买了一张 10 元的电话卡，来到教学楼一楼侧面的电话亭。用指甲抠开卡上的密码，显露出来的小小的黑色数字即将开启一段通话。往电话机上插入卡片，按提示操作，"嘟嘟"几声后，电话那头传来妈妈的声音。"妈……"喊一声妈，我的眼泪扑簌簌地下来，声音哽咽。第一次用电话卡和妈妈通话，千言万语蹦出来，说新入学的悲欢喜乐，说想念家里的吃食与一切。

一角钱一分钟，10 元的电话卡也只够聊 100 分钟啊。时间那么少，不够，真的不够，我还有好多话要和妈妈说呢。直到电话卡里提示余额所剩不多，才惊觉已聊了一个多小时。余额尽了，无奈挂断电话。拔出卡，看着小小的卡片出了神，想到刚才电话里近在咫尺的妈妈，又想到母女相距数百公里，鼻头再次酸起来。这张小小的电话卡，连接着我和县城，连接着我和妈妈呀。我对这小小的卡片产生了依恋，摩挲良久。

自那以后，我每隔一两周去买一张电话卡，打给妈妈、外婆、朋友们。用过的蓝色电话卡夹在日记本里，既可收藏，也能当书签用。一张，两张，三张，小小的卡片慢慢多起来，日记本里放不下了。我便找了一个饼干盒子专门存放卡片，在盒子上贴了纸条，上面写着"电话卡之家"。

电话卡也不全是蓝色的，偶尔可以买到橙色或者黄色的，卡面印着美丽的花草树木或是一些重庆特色建筑。日子久了，我的"电话卡之家"变得有些重量了。里面蓝色、黄色、橙色的卡相互依偎着，像一段段故事紧紧相连。是的，这些小小的电话卡里藏着不少故事。它们见证了我月考失利后哭着给妈妈打电话的委屈，也偷听了我打给中学好友分享的青春秘密。有一次，和好友正聊得开心，没注意 10 元卡的余额不多，结果电话被迫挂断。我聊兴未尽，跑去校外小卖部再买了一张 20 元的卡。新卡在手，时长增多，我和好友在电话里聊得酣畅淋漓。

高中三年，打电话成为一种期待，也成为一段难得放松的时光。卡片越来越多，毕业季越来越近。毕业时，"电话卡之家"增加了离愁。看着手中这些卡片，靠在公用电话机旁边打电话的场景浮现眼前。一次次的通话，一段段的心事，一个个的故事，都被小小的卡片见证着。后来，"电话卡之家"与书籍、生活用品一起被运回县城的家里。

上大学后，我用上了诺基亚手机，不再使用电话卡。日子久了，电话卡在记忆里褪色。听我聊完电话卡的收藏故事，朋友们都感慨时间飞逝。距离我第一次购买电话卡已经过去十五年了，这十五年里，从小灵通到普通手机，再到智能手机，通信技术日新月异。那些小小的电话卡，永久地安睡在盒子里。如果不是聊天提到收藏的话题，它们依旧在我的记忆深处蒙尘。

电话卡激活我的回忆，擦亮学生时代的故事，更引发一些反思。如今，打电话变得如此快捷，可是话却变得少了。我不再像十几岁时和妈妈絮絮叨叨聊许多，习惯了"报喜不报忧"，也习惯了说"妈，我在忙，晚些回复"。等我忙完想起给她回电话，已经是一两天后了。曾经，每一分钟通话都显得珍贵，我的10元电话卡得分配好，多少分钟打给妈妈、同学，又有多少分钟打给乡下的爷爷奶奶、外公外婆。如今呢？电话通讯录里那么多名字，我却不知道该打给谁。电话时长不受限，却失去了畅聊的欲望。

小小的电话卡，锁住我感情热烈、渴望沟通的岁月，镌刻一个异乡求学女孩与亲友的话语。电话卡与通话的记忆、青春的絮语永藏心底，这是我最宝贵的生命的收藏。

人生何处寻顺字

"同学们，你们的任务是至少找到十个不同颜色、不同字体、不同大小的'顺'字⋯⋯各个分队出发吧！"M 老师发出指令后，我们兴冲冲地穿梭在人民公园、长顺中街、长顺下街、宽窄巷子。经过街道名指示牌、店家广告牌、报纸栏等时，我们细细地找着，揪出一个个造型各异的"顺"字，圆满完成任务。

那是我 20 岁生日那天参加一个大学生户外实践活动所经历的，那时青春萌动，充满好奇心，对找"顺"字这类户外寻宝游戏、公众演讲活动等跃跃欲试。找"顺"字游戏，让我注意到了城市街道分布，也让我细细观察路牌造型，凝视一份泛黄的老报纸。可是，它于青涩的我而言，仍然只是一个游戏，激动过后很快就被其他丰富多彩的经历遮蔽。

直到前几日的创意写作课上，我和同学们一起玩拆字造字游戏时，这个找"顺"字的经历从记忆深处浮上来。顺，这个发音和长相皆很温和的字在心里激起涟漪。这个字是不简单的，曾经玩过的这个游戏也在时光打磨中绽放了新的意义。

顺是人们美好的向往，我们希望有人对自己百依百顺，渴望万事顺心。哪怕是一坨小小的毛线，我们也希望它顺溜。顺是心境的自如之态，是事物的流畅轻松，我们渴望顺的人生。可是人生何处寻顺字？在街道路牌和报纸上，有现成的不同造型的顺字，等年轻的我们去寻觅和发现。可是在人生的版图上，在生命的长河里，哪里有天然的顺字等着我们呢？

连生命最初都是挤过逼仄的产道，伴着母亲的剧痛，血肉模糊地来到这人间。顺产，成为新生儿的欢愉，却是母亲疼痛的经历。蹒跚学走路，踉踉跄跄地跌倒，这是不顺；幼儿学拿筷子，磨红了细嫩的手指，这是不顺；好不容易长大后，我们经历疾病失业，这是不顺；爱情之河突然断流，两颗依偎的心变得疏远，这是不顺。我敬慕的诗人李白也曾写过"欲渡黄河冰塞川，将登太行雪满山"，这是不顺。

心有千千结，何处寻顺意？盯着这个顺字越久，越看越不顺，那垂下的笔画仿佛横七竖八变得狰狞，狠狠地向我扑来。我想到了种种不顺的事情，心里失落起来，件件惆怅的往事像烟雾熏红了眼睛，我忍着不让泪珠掉下。

太阳不知何时出来了，暖白的阳光斜斜地溜了一抹进教室，估计它也想和我们玩拆字造字游戏吧。课间，我放了一首欢快的歌曲，心情也随歌声跳跃起来。

我趴在窗边，看阳光照在教室外的棕榈树叶上，温顺地投下细长碎裂的影子。我忽然想到该去何处寻找顺字了，原来，顺字不在别处，本就藏在它自身体内啊！川，是那时而顺畅时而阻塞的河流，象征大自然，亲近大自然，感悟生命与天地交融。页，是书页敞开或者翻折的模样，象征智慧，亲近书本，感悟精神与前人相接。贝，是大海的呼唤，是金钱的支撑，努力工作，挣得生存物质，然后遨游大海、迎风呼喊。

出门旅行的快乐记忆鲜活起来。伫立长江之畔，我呼啸过，对着浩浩荡荡的江水喊出自己的梦想。驱车驰骋若尔盖草原，我感到巨大的自由。阳光下凝视，我曾在安达曼海感受深蓝之魅惑。还有阅读之乐，那许多静默的书籍都是精神之友。此刻，我拥有自己热爱的工作，可以挣钱养活自己，为梦想蓄力。不过是失恋而已，双亲健在，身心健康，我是富有的，我是顺利的，还有什么理由哀叹人生不顺呢？

顺与不顺，是生命硬币的两面。没有不顺的境遇，何以凸显顺的欢悦，连那汹涌澎湃的江水有时也会凝滞婉转，连自由自在的阅读之旅也会遇到头脑昏沉之时。顺和不顺，都是生命的组成部分呀。如果很久没有感受到顺的状态，不妨去旅行吧，不妨去读书吧，灵魂和身体总有一个在路上。身心如果久了不动，就会僵直冰冷，何来柔顺美好呢？

我知道了怎么寻顺字，我要寻回20岁那年参与找顺字游戏的好奇与天真、激情与热忱。我要继续怀着一颗敏锐多情的心在生活里去寻，在妈妈忙碌于厨房的身影中寻，在静卧沙发上读书的时光里寻，在和孩子嬉戏游乐的放松中寻，在凝视一个温润饱满橘子的目光中寻。寻到了这些绿色红色的顺字，这些质感不一的顺字，我通通珍藏。这些丰富各异的顺字，如一丝一线，我要用它们织成一条细密柔和的围巾，挡住袭入生命的寒风，护住柔情的暖意。

我是自己生命里的国王，希望我的国度风调雨顺。我是人生之舟唯一的舵手，期望我的航程顺风顺水。我顺应天时，但绝不逆来顺受。如果顺字暂时消失，我就静默地等着，像一只冬眠的熊，蓄积体力。或者，我再主动一些，把自己的情感和光热变成顺滑的丝线，等需要的人取用。如果不顺时，我努力地把自己当作巨大的催化剂，把不顺的苦水化为甜浆甘露。如果不顺这块疙瘩实在太大，我最好快刀斩乱麻，把自己从纠结的状态拯救出来。

思绪纷飞，秋阳温暖，心结舒展，我的心真的开始顺了起来。我拢了拢耳边的碎发，一丝顺溜光滑之意滑过指尖。再看那阳光，如此温顺柔情地溜进了教室。或许，只有心里顺了，外界诸多事物才会顺心顺遂吧。人生何处寻顺字，谁知顺意在吾心，它们在笔尖笑着。

（载于《武陵都市报》2020 年 11 月 20 日副刊《吊脚楼》）

重塑的童年

在 6 月 1 日清晨醒来之前，我提前两天就激动了。儿童节于我这个 26 岁的大宝宝而言，那么远却又那么近。成年后的节日也多，似乎又意义重大。

只有儿童节，可以让我以孩子的心态去回忆，去畅游，去撒野。我曾写过一些童年趣事、糗事回忆。此刻，伴着清爽的晨风，我在窗前的书桌上写下关于童年的一些感受，譬如童年消失的印记。

我也不知道童年到底何时结束的。毕竟被村里的黄狗咬伤了小腿，我哭着哭着就笑了，童年还在；被水田里的长蛇吓到惊叫，被伙伴牵着回家，童年还在。追忆就像一把刻刀，在生命之河去寻找一个准确的印记，那个印记模糊，随着河流流淌，可是又清晰地在那里。

先简单说下那个印记之前的童年吧。一句话概括，那时的我，是一个身上汗涔涔地背着柴火或者满山里找兰草花的女孩，村里人都叫我"二妹"。和很多村里的"90 后"二妹一样，我勤快、活泼，偶尔腼腆。

那时，父母在外地打工，我和姐姐是留守儿童，日子偶尔苦涩，但总还是欢乐居多。一个孩子能有多大的痛苦记忆呢，床上翻个滚儿，梦里又是牛粪、茶香、汗味、稻香交织的田野。

我读四年级时，姐姐小学毕业去了县城读初中，爸爸和妈妈也去了城里。那时，我充满了期待，等待。等着他们每周给我打来电话。那时，我充满了相信，相信他们爱我，会给我带回来可爱的礼物。

那个印记出现前有什么征兆吗？不记得了。四年级的寒假，妈妈气呼呼地回家质问我："你爸爸都把野阿姨带回家了，你都不告诉妈妈！"我懵了，气了，委屈了，哭了一夜，还在日记本上狠狠记了一笔。

接下来，我慢慢明白这件事的意义——或许爸爸妈妈不再相爱，我要被抛弃了。或许，哭得厉害的那一夜，我的童年结束。之后的日子，我依旧勤劳，依旧努力念书，日子仿佛还是充满了乡村的爽朗，可是隐约又有什么变化，我说不出来。果然，小学毕业那年，我们家破碎了。童年，彻底结束了。直到如今，童年已经消失十四年，并且永远回不去了。我以如今成熟的心态回顾那个印记之前的日子，百感交集。

没有买字典的钱，可以背砖挣几块钱，但我不怕苦；没有新衣服，不能在儿童节那天上台表演，偶尔自卑但我不落寞；被嫌弃是女孩，发愤读书，我心里永远有希望。可是那个印记出现直到家庭破碎，我仿佛被时光重塑为另一个小孩。

是的，我被重塑了。曾经的纯真、阳光不见了，我变得敏感、感伤。我不想过多回忆这十四年的艰辛苦涩或者欢快青春。

无论是否接受，这段时光夹着曾经的童年，组成了现在的我。我只是想说，童年于我的意义，那是毫无条件的信任、期待、希望——信任爸爸妈妈相爱，期待他们回家看我和姐姐，希望自己可以考上县城最好的中学，再考上大学。

对爸爸妈妈的那份信任和期待，是童年的底色。我相信爸爸妈妈年轻时在山坡上的约会和依依不舍是真的，我相信爸爸写给妈妈的情书、家信是真的，我相信外公为妈妈准备嫁妆是真的，我相信妈妈含羞出嫁走进我们的村子是真的。

我相信，我和姐姐是父母爱的结晶，我们会一直幸福下去。这份相信，是童年一切快乐的来源。而那个印记出现后，这个相信被质疑、瓦解，一点点剥离、刺痛童心。童心还在吗？我渴望自己依旧还是个孩子，至少是个被爱的孩子。慢慢长大，读了一些书，哲学书籍告诉我，我们终究要成为自己的父母，以父性的阳刚和母性的阴柔完美结合，我们终究自爱。我能理解和接受这个观念，也努力实践着。

今天是儿童节，我多想告诉所有父母，请相爱，请给予孩子基本的安全感，父母相爱是给孩子最好的礼物，那是他们行走时光的底色，无惧风霜。我也想告诉所有可爱的孩子们，去相信，相信自己被爱，相信自己会幸福，相信自己是世界上最快乐的孩子！童年真美，美在纯粹，没有杂质，没有怀疑。我想回到那个印记之前的日子，在童年里做个很傻很天真的二妹。我们，终将长大，我们终究，都在经历童年。

（载于《德阳日报》2020 年 6 月 3 日副刊）

死亡的气息

我 6 岁那年，隔壁村里一位老人去世了，葬礼很是热闹。院坝里搭得花花绿绿的，彩纸飘飞，还有些穿着长袍的大人敲敲打打，挥舞间嘴里念念有词。小孩子穿梭在人群中，有时被烟雾熏到眯着眼睛，有时被尖利的鞭炮声吓得捂紧耳朵。印象最深的是，穿长袍的男人把白色米粑粑扔进火盆里烤焦，对着米粑粑煞有其事地说一番话，再分给孩子们吃，说是可以增加火焰和胆子，免得看见脏东西。我对死亡的初印象就是烟雾、烤焦的粑粑以及热闹的院坝。

那时我还小，不懂得死亡意味着什么。死亡的气息于我，还不凝重，也不曾给纯真的童年时光带来阴云。村里的孩子其实是在死亡的气息环绕中长大的，只是年幼的我们并不知死亡的沉重，所以不害怕。村里房前屋后、菜地旁埋着去世的亲人，太祖、祖祖等。我放牛时会从这些坟前经过，甚至还在坟前站一会，想象坟里亲人的样子，估计他们和爷爷一样长着花白的胡须，额头上布满沟壑纵横的皱纹。有时我摘黄瓜、南瓜，也会在坟头爬来爬去的，谁让瓜果藤蔓长到坟后去了呢。春节期间，宋氏家族的集体上坟很是热闹，我们一大群人在小路上走着，经过一座座坟依次停留，放鞭炮、烧纸钱。小孩子学着大人的样子磕头作揖，祈求祖先保佑，其实心里想着快结束上坟，好去玩闹。

渐渐地我长大了，明白了这些坟的意义，感到淡淡的忧伤，原来他们是我们再也见不到的亲人。这些坟在春夏时长满了青草，飘着清明挂青时的白色纸带。冬天野草枯萎，这些坟显得寂寥，很快又被春节炸开的鞭炮铺满坟头，像披着红色的头纱。一年年的上坟中，我也渐渐懂事起来。这些坟，散发出死亡的气息，阴冷沉默，给我的心灵铺上了淡淡的阴云。我再次经过这些坟时，想着他们生前有着怎样的经历。

在村里的生活，死亡的气息还和棺材有关。几乎每家的阁楼上都停着一口或者两口黑色棺材，就像黑色的大嘴巴龇龇地看着院坝里的人们。白天，我不怕棺材，还大胆地抬头望着它们。可是一到了晚上，阁楼上的棺材在夜色中透出幽幽的光，我胆怯起来，生怕那棺材变成一只大手把我抓住。棺材的形象，让死亡的气息变得具象了，我明白了人死后就会被抬进这个黑色盒子，埋入土中。

过完 70 岁生日后，爷爷病得厉害，总是咳嗽，上气不接下气的样子令人心疼。他躺在床上，发出呻吟，我听着心里揪得疼。我开始担心，爷爷会不会死去。死去，意味着爷爷要被装进黑色棺材，我就再也见不到他。73 岁那年，爷爷终究还是撒手人寰，离开了操劳一生的村庄，被装进了黑色棺材。可惜那时我在外地读书，没能及时赶回去见他最后一面。爷爷的逝去是我第一次感到死亡的气息如此痛苦，那痛苦像铅压在心底，很重，又像小刀，割得我生生的疼。

我总梦见爷爷，有一次梦里我问他，死了是什么感觉。他回答说，死了就变成一棵睡着的树，你趴在地上听，能听到树木和大地的呼吸。我回到乡下老家，真的趴在村口的地上，听树根和土地的呼吸，可是什么也没有，我失落，疑心梦境里的话。到了爷爷的坟前，我想象着爷爷睡在棺材里的样子，双眼紧闭，神态安详，就是生前熟睡的样子吧。可我再也喊不答应他了，爷爷，爷爷，几声没有回应的喊声催下滚滚热泪。微风中，坟前的万年青发出簌簌的声音，像是代替爷爷回应我的喊声。

我离开村庄去了城市读书，假期回到村里，感受到死亡的气息越发沉重。这些年来，幺爷、大奶奶、大爷等亲人先后去世，被装进了阁楼上的棺材里，永远地安睡在了土里。村里一座座垒起来的新坟，一个个消失的老人，死亡的气息剥夺了活人的气息，死亡真的像一只巨手把这些亲人都带走了，我无法阻止，只有无声地接受。在城市里，我也去过公墓，一个个冰冷的墓碑上有照片、名字，一排排、一行行，这些都是曾经鲜活的生命啊，如今只有一块墓碑。城市和乡村有着相似的死亡气息，原来死亡的气息无处不在。

我回到村庄，再次见到敲敲打打般热闹的葬礼。如今我明白了，那是葬礼法事，融合了道家和佛家的仪式内涵。一套独具土家特色的"敲家伙"算得上是葬礼交响乐，把对逝者的追忆怀念、对死亡的豁达认知体现出来。在一声声的葬礼音乐中，我回忆着逝者的点滴。他们曾给予的关爱，曾对我说过的话，令我感恩无比。带着这些教导的话语，他们的生命在我身上得以延续。

我欢乐壮硕地成长着，以为死亡离我很远，死亡的气息只是让我变得成熟起来，并不曾带给我的躯体压抑和折磨。直到那场病，让我以血肉之躯酝酿了死亡的气息。精神的压抑、学业的中断，我夜不能寐，脑袋里轰轰作响。最绝望的时刻，我竟盼着死去，死神把我带走，就不会这么痛苦了。可我没有自己的棺材，我死后睡在哪里呢？我这么年轻就去另一个世界见亲人们，他们会说什么呢？不，我不能轻易地死去，我还有这么多的心愿不曾完成。终究，死亡的气息被生的渴望打败了，我活了下来。只是曾经的那个我，死了。劫后余生的我，迎来了微妙的新生。

我开始明白，人的存在不仅仅是肉体的存在，也是精神的存在。即使肉身健在，如果精神状态变化，也可视为我死去过一次。如此，我遭遇了一次死亡之旅。我闻到了死亡的气息，像细腻的水流淌过我的身子。我看到了死亡的气息，像无数只黑色的小手把我一寸寸地扯着。我差一点就被杀死了，庆幸的是，我的肉身和精神历经磨难后艰难重生。在死亡之河里待过一次，我越发明白了生命该如何存在。

我在生日蛋糕上增加的数字里感到时间的流逝，在一页页翻去的台历中感到岁月的逃离，在手表一步步转动的针脚中感到光阴的悲哀。逝去的时间，永远不会再回来，它们永远地死了。昨日的记忆，笼罩了一层死亡的气息，这令我感到生而为人的凝重。在死亡的气息笼罩下，我开始了写作，用文字镌刻过去的时光，写下对未来的期盼。爱上写作后的我体验到，不记录就是对生命的背叛。我渴望用文字跑赢死亡的脚步，用热情驱赶死亡的气息。

创意写作课堂上，我和同学们一起思考向死而生的意义。伴着舒缓沉郁的音乐，我们想象自己生命最后的时刻，写下自己的葬礼，纸上的沙沙声，还有啜泣的声音，交织出一场生与死的精神之歌。以写作的名义，我们和死亡直面相对。我们思索着生前的时光该如何度过，想象着生命火焰即将熄灭时的状态。逝去的亲人在笔下复活，未来的生命在纸上展开，生与死开出一组光华灿烂的花。我真正感受到死亡的气息其实从未走远，它一直都在。它在生命的某个角落缭绕着，露出浅浅的笑。我们生着，与死和谐共处，这就是向死而生的意义。思考死亡，是为了更好地活着。嗅着死亡的气息，也是为了更好地品味生的欢愉。

我又想到 6 岁那年对死亡初印象的体验，烟雾缭绕是精神世界的氤氲，烤焦的粑粑象征着生存的苦涩，热闹的院坝是人群的交集。我也会在某一天真正的死去，吐出最后一口气，凝入死亡的气息中。在这口气息未来临前，我要珍惜每一次自由呼吸，体验每一次踏实行走。死亡的气息，是生命的伴奏，是生命的启迪。

送你一个福字

  前天午饭后，我和三个女生一起走回宿舍。路过学生公寓八单元外面，看到橘色伞棚下红纸飘飘，我们几步迎上去，原来是书法专业的学生在做文化公益活动，为师生写福字、送春联呢。淡淡的墨香弥漫在空气中，我鼻头微动吸了吸气，快活地说道："这墨香多好闻呀，会书法真好！"长书桌一侧的男生听出我的声音，走过来打招呼，他是我写作课上的学生赵俊，热情地问我："宋老师，要写个福字不？"他请了一个身着橘红羽绒服的女孩为我写福字，那女孩抬头向我微笑说："好呀，很开心为老师写字。"

  我看了挂在女孩胸前的工作牌，知道了她叫张哲珏。哲珏很快从一沓斗方红纸中抽出一张铺开，蘸墨后轻轻地问我："要不写篆书的福吧？"她埋头开始写起来，我专心地看，欣赏着笔尖的艺术。哲珏右手执笔，左手轻轻地压着红纸，落笔处墨汁在纸上晕染开去。看她专心写着，我情不自禁地感叹："一笔一画都是满满的情意呢，哲珏把自己的青春时刻也融入了这个福字里。"

周围的学生听了笑起来，很快，一个篆书的"福"字就写好了，哲珏把它递给我，问我四角要不要装饰什么。我想了想回答，要不写个"宁静致远"吧。这四个字于我意义非凡，一来我住的教师公寓名叫静远居，二来宁静致远也是自我勉励之语，三来让我可致敬母校川大的明远湖。

我以为哲珏很快低头执笔开始写，她却掏出了手机，确认"宁静致远"繁体篆书的写法。我瞬间为自己的外行和急躁感到羞愧，也可见哲珏做事很是细心。就这样，"宁静致远"四个字像四朵小花开在"福"字的周围，整张红纸显得沉稳，又充满活力。我邀请哲珏拿着福字合影留念，这个来自达州的可爱女孩欣然答应。简单交谈中，我得知她从高中开始练习书法，报考了成都文理学院的书法专业，今年刚进校。

"我以前比较急躁，练习书法后变得沉静一些了。书法带给我的快乐很多呢！"五官小巧玲珑的哲珏向我分享她的书法体验。旁边的男生用金粉调和，大笔一挥为另外的学生写了金色的福字。我退后几步，看到十几个福字贴在伞棚的顶端，像红色的蝴蝶迎风起舞，心里有说不出的温暖。另外三个女生也都领了一张"福"字，我们都为这手里的字欢喜着，分享着冬日里的暖意。道别后，我拿着这墨香悠悠的"福"字回了宿舍，贴在了墙上。素净的墙面一下子活跃起来，那"福"字像一团菱形的火焰升腾起来，整个屋子都暖和起来。这两天睡觉前醒来后，我都会看看这个"福"字，越看越开心，脑袋里关于福的想法也沸腾起来。

福，会意兼形声字。在甲骨文中，福是一个人双手虔诚地捧着酒坛敬神，表示以酒敬神、祈求福运的意思。随着历史发展，福字的写法也演变开来，含义也越发丰富，但基本内涵都是福气、好运、福贵。在生活中，对别人充满祝愿，我们会说祝福对方的话，也祈求自己和亲友幸福。对幸运的人和事情，我们会说福气满满。福，发音轻巧，宛若两唇之间吹出的一阵清风，充盈着美好与安泰。多好的福字，父母也借它给孩子赐名"福生""福贵""福全"。福和我们的生活息息相关，它轻盈的姿态跳跃在生活的每个角落。

古往今来，书写福字、分享福气是美好的传统。书写者饱蘸浓墨，挥毫之间把生命的情意汇入其中，收到福字的人们兴致勃勃地带回家。古朴的大门因这福字生辉添彩，它像眼睛闪烁着人们一年的祈求。福字通常倒着贴，所谓"福倒（到）了"，谐音双关里蕴藏着人们深情的期盼。我想象着，"福"有时像个可爱的孩子，他顽皮倒立着，轻巧的身子传递出笑意盈盈的福气。有时，福字是须发皆白的老者，他心慈仁善、精神矍铄地看着人们，把福寿绵绵、福多寿高、福寿康宁的祝愿化作滴滴甘露洒向人间。

丰盈的、无私的、大爱的福啊，它让每个平凡的生命都充满期待，从不厚此薄彼。写福字的人、收福字的人、见福字的人，都是有福的呀。我们向上天祈求平安，虔诚之心自会得到赐福。我们彼此相亲相爱，多些理解宽容，少些冷漠隔阂，社会生活自然幸福祥和。我们珍惜福，远离祸，"福兮祸所伏，祸兮福所倚"是先贤的生命哲理，也是世间事物辩证统一的逻辑。福是天上满月的一半，古往今来的人无不希望这半圆部分再持久些，再光洁些。

看着墙上红纸映衬下黑得发亮的"福"字，我又想起为我倾情书写的哲珏。她穿着橘红羽绒服低头书写的样子，像一团火温暖着我的心房。和她短暂当面交流以及后面的微信互动中，我能感受到她正幸福着，因为她学习着心仪的专业。在自己所热爱的领域努力学习，这份专注的幸福无与伦比。从四川大学的明远湖到成都文理学院的静远居，从一名学生到一名写作教师，我也感到满满的幸福，漂泊的心如船只找到了港湾，走得再远也能有所庇护。幸运的我遇到了可爱的学生们，因为写作、书法结缘，我们分享着彼此的福气，同为梦想奋斗，青春时光熠熠生辉。

"福"字静处红纸中心，位列四角的"宁静致远"几个字宛若护卫使者，也是福的动力来源。全神贯注的人是有福的，宁静致远的人是有福的，这是我对自己的勉励和期待。古时候，人们抱着酒坛、心意虔诚地向上天祈福，渴望富贵顺遂。如今，年轻的我们用双手从墨香、书香中祈福。我们聪慧的头颅向文字、纸面垂下，幸福的滋味在心底升起。在道家文化里，神道居住的地方可谓福地洞天。在我们心里有一方梦想的净土，亦是福慧双修的宝地，所谓福地不外求，安处是此心。

"福"字，是一道火焰，闪烁在中华文明五千年的长河，我们祈求五谷丰登、国泰民安。"福"字，是一眼清泉，流淌在每个平凡生命的心间，我们渴望福星高照、福至心灵。相遇即是福，以生命作笔，饱蘸热情的文化的浓墨，送你一个"福"字，祝福你今后的岁月福气满满、幸福安康。

（载于《成都日报》2021 年 2 月 15 日副刊《锦水》）

生命的窗口

　　乡下吊脚楼多是方形的木楞窗，有的是小方格，有的是万字格，也有的是冬瓜框。人们在窗框四角或者中间雕着蝙蝠、梅花、兰花等图案。一个小女孩总爱趴在窗下的桌子上，盯着那窗外看，看着那些蝙蝠仿佛振翅欲飞，看着那些兰花梅花含苞待放，空气中花香幽幽。那个小女孩就是我，在大人眼中有些呆的宋二妹。奶奶总说："雨雨又呆呆地在看窗口呢，能看出啥来？"我调皮地回答："奶奶您不知道呀，那窗口上有很多东西呢。"

　　对于小小的我来说，那些窗口真是有趣的地方。它们是一方小小的天地，虫鱼花鸟在上面飞的飞，游的游，多生动美好，大人们太忙了，他们看不见这些窗口上的风景。我觉得窗口真是神奇的地方，早上天亮了，窗口最先知道，它把光透了进来，房间里也亮了起来。周末和假期，我有时喜欢赖床到很晚才起来。窗口把一方斜斜的太阳透进来，照在木地板上，也有少部分落在我的床沿，我用手去抓阳光，什么也没抓住，只觉手心手背暖暖的。透过窗口往外面看，我看得见院坝的树，还有更远处隐隐的山。一年四季，窗口外的风景不停变换着。有时写完作业，我就趴在窗口看啊，想啊，山外面是什么样呢，爸爸妈妈什么时候才回来呢，会不会给我带好吃的和新衣服？有时在窗口下凝望，看得久了，眼泪默默地滑落，我有一种说不清、道不明的惆怅，于是将这种感觉写进了日记本。

小学毕业后，进了城读书，出租屋的窗子相比乡下的木窗子可就太普通啦，像一张长方形的大嘴巴噘着，贴了简单的碎花图案，不算好看。我还是喜欢守在窗口下看，窗户上没有蝙蝠和梅花，窗户外也没有隐隐青山，我多想念乡下的窗口啊，我感到了若隐若现的忧伤。后来家庭破裂后，我跟着妈妈生活，母女俩频繁地搬家，带着简单的生活用品在小小的县城里四处漂泊。每次搬家前，我向妈妈提出唯一的要求——房子至少要带一个窗口，这样我可以在窗口下摆放书桌学习。妈妈点点头，她的眼神里充满爱意，又充满忧伤。她说，幺儿，是妈妈不好，什么都不能给你，但我尽量满足你想在窗口下学习的要求。

周末回家的日子，我在窗口下读书、写作文、写日记。窗口下是埋头读书的我，窗口外是嘈杂的市场，于是窗户关着，台灯亮着。那时我好像有种特殊的功能，那些人声车声没有钻进我的耳朵，我对这窗口充满了感谢，感激它薄薄的玻璃像厚厚的隔音墙，阻隔了喧闹声，我得以安心地读书学习。在窗下的那些阅读时光，我感受到了文字世界的深沉与美好，萌生了一个心愿，我想成为一名作家，用文字记录生活的点点滴滴。我用省下来的生活费买了好些日记本，写一些不是日记的文字，我把它们交给语文老师看。我是一个如此幸运的人，初中三年一直教我语文的杨秀杰老师对我青睐有加，在我的本子上写下批语，鼓励我读好书，写好文。受到鼓励后，窗口下的小身子越发勤奋地读着，写着。

中考那年，妈妈带我走进了一个新的家庭。我有了一个小小的房间，一个小小的窗口。那房间除了一张小床，窗口下一个小书桌，侧面立着一个储物柜，再也摆不下其他东西。那时我正处于微妙的青春期，觉得自己不属于这里，心里像被什么堵着一样，我把心事藏着。吃过饭，我躲进小房间，坐在窗口下，打开日记本写东西。日记本像一张嘴巴，把我的喜怒哀乐通通吞了下去。这些本子原本是一张张空白的嘴巴，那一行行字就像长出的一排排牙齿，咀嚼着一段无法言说的青春时光。

高中，我去了重庆读书。高中学校的窗户简单明亮，有时我写作业累了，就侧身抬头往窗口处看看，窗外的天真蓝，蓝得令人浮想联翩。大学是个什么样呢，未来的我会经历些什么事情呢？高中的学习生活，简单质朴得如那扇窗户，没有多余的装饰，我们每个学生都奔着自己的大学梦而去。最难忘的是，高三那年我种了一小盆栀子花放在窗边，看窗口时有了一抹淡淡的绿意。六月初，它竟开出了花，过路上下的人都驻足闻香。伴着那抹窗口的栀子花香，我的高中时代结束了。

经历高考分数的失意和填报志愿后焦灼的等待，我走进了四川大学的校门。我以为读了大学，就可以打开一扇新的窗口，可谁曾想一系列的变故让青春的窗口暂时关闭了。那真是一段阴暗的时光，我的世界先是淡淡的灰，再变得深沉的灰，直至变黑变重，最终暗不见天日。我的窗口彻底灰暗了，直至休学后，我和妈妈再次踏上了漂泊的旅程，最终在乌阳桥定居，我的书桌摆在了五楼的窗口，抬头可见耸立的仰头山。

那些开窗远眺仰头山的日子，慢慢治愈了我。我重新渴望看看山外的世界，又仿佛变成了曾经那个乡下女童，爱凝视窗口，窗外的隐隐青山和绚烂阳光再次丰富了我的世界。我拥有了一台笔记本电脑，白色界面打开一扇新世界之窗。我的文字之路从作文走向了作品，我的名字出现在报纸上、杂志上。这么多年来，除了读书旅行，更多的时候我都端坐在电脑前，敲打文字，敲打时光。电脑如同一张嘴巴，吸收我的酸甜苦辣。它也像一扇窗，让我看到更为广阔的世界，更绚丽多彩的风景，也让我被这个世界看见。

从儿时爱凝望木楞窗的小女孩，到如今凝视电脑窗口的文艺女青年，窗口的形式在变，不变的是凝视和思考的姿势。生命不同的阶段，就是打开不同的窗口，窗口内外风景各异。乡间的窗口开启我最初的想象，出租屋的窗口陪伴我度过微妙浮沉的青春期，书籍和电脑也如无形的窗口向我打开精神世界。回顾自己和窗口交织多年的经历，我渐渐明白拥有生命的窗口是一件重要的事情。即使在最困窘落寞的日子里，也不要忘了那句话——上帝关闭了一扇门，也会为你打开另一扇窗。

有形的物质窗口，无形的精神窗口，都是人生不可或缺的。生命的窗口，那是希望的窗口、梦想的窗口，永远透着光亮的窗口。

（载于《武陵都市报》2020 年 12 月 30 日副刊《吊脚楼》）

发芽的心情

　　我生长于武陵山区的土家村寨，从小就是一个喜欢和泥巴打交道的女孩。我最喜欢泥巴的地方，是它充满母性的特质，它让我感受到了发芽的心情。而这份发芽的心情，正是故乡给予我最好的礼物，陪伴我告别乡土，走进城市不致迷失。

　　此刻正是冬天，我想到了墙角发芽的土豆。农人选用往年饱满、合适的土豆做种子，等它们在墙角静静地长出嫩芽。那透明嫩白的芽在阳光下娇柔可爱，像好奇的触角透出无限的生命力。冬天晴朗的日子，我和爷爷奶奶一起到坡上种土豆。爷爷用锄头挖出直直的土沟，我放土豆块，奶奶撒肥料。很快，几篮带芽的土豆块都被埋进了土里，犹如盖上了厚厚的土棉被。我很兴奋地问奶奶，什么时候才能长出新土豆。奶奶说，不急，刚种下去要历冬呢，土豆块的嫩芽埋进地里，得吃饱了土气，才能开花长叶，春时结出新土豆。

　　日子一天天过去，天气一点点暖和起来，我脱下厚厚的棉袄，在阳光下蹦蹦跳跳，土里也冒出了青嫩的土豆苗。奶奶开始捏苞谷球，也就是把苞谷种子裹进圆润的泥球里。红苕也被一个个排进菜园子的土里，盖上薄膜发芽再移栽。海椒种子、南瓜种子、黄瓜种子等被分区域均匀地洒在土里，星星点点的，十分可爱。盖上薄薄的土后，浇上粪水，剩下的就交给时间了。我总是迫不及待地跑去菜园子，看那些种子是否发芽，每次奶奶就笑我是个心急的小皮猴。终于，可爱的嫩芽钻出土层，在春阳下摇曳着，惹人爱怜的样子。我看着这些柔嫩的芽，说道："嫩芽嫩芽快快长吧，开花花结出丝瓜、黄瓜、南瓜，好填满我的小嘴巴。"

山里的松林中藏着静美的兰草花，我刨了几株种在院坝边沿，冬去春来时，总盼着它们抽出新的枝条，长出花苞。还有从别处移栽的仙人掌，我也时时祈祷它早些抽出新的嫩块。等待发芽、见证发芽的一年年中，我渐渐长大。进城读书的这些年，离泥土远了，我也惦记着乡下那些花花草草。我不在乡下的日子，它们是否如约地萌芽绽放呢？

在成都读大学后，我依然渴望这份发芽的心情。渐渐的，我觉得自己就是一颗来自大山的种子，将在平原城市扎根。没有家世背景的农家孩子在城市立足，唯有靠自己。即使没有土壤，也要拥有发芽的心情，给自己信心和动力，我暗自鼓励自己。随着年龄、阅历的增长，我和成都的连接也越来越深，我这株嫩苗的根须触角慢慢地扎进了城市肌理。我开始体会到城市是另一种意义上的土壤，只是不同于乡下那种土壤而已。作为一颗来自乡土的种子，也要在城市的土壤中扎根呀，我不再悲戚害怕了。

发芽的前提是有生命内核的种子，同时要落入适宜的土壤，要往深处扎去才能迎接光明的天空。在出租屋小小的阳台，我种下大蒜、种下小红果，我和它们一起在新的环境中萌芽生长。我把自己当作一颗种子，带着梦想的内核在这个城市寻找适合自己的土壤，把自己埋进去，汲取营养，静默地生长。我急躁时，就想起奶奶说的，"不急，种子发芽需要时间，果实成熟也需要时间"。

没有真实的土地，我的精神世界就是一片富足温润的土地。我可以在里面种下丝瓜黄瓜，也种下桃李春风、喜怒哀乐。我的内心时常充满发芽的触动，那便是创作的灵感。一种感动、一种愤怒、一种怀念的心情都是一颗颗种子，它们在我心里萌芽，我用稿纸、屏幕作土壤，让它们生长为一段段文字、一篇篇文章，丰盈我精神的土地。

感恩故乡给予我这份发芽的心情，带着它行走世间我会一直生机勃勃。拥有发芽的心情，是慈悲的心情，是柔软的心绪，是幸福的心灵。拥有发芽的心情是多么美好，那是充满期待的鲜活时光。拥有发芽的心情，就是在虚空的时间里给自己一种美好的愿景，一种看得见、摸得着的幸福。我们生命的起源，不也是父母爱情的结晶、美丽的发芽之作吗？在生命这方泥土里，我愿深深地扎根进去，汲取营养，再探出头来打量这悲喜交加、滋味无穷的人间。

（载于《武陵都市报》2021 年 1 月 22 日副刊《吊脚楼》）

生命的凝视

    我和男友铁丝工作的地方相距数十千米，平时他住家里，我住学校宿舍，周末才能相聚。不能朝夕相处，只好空闲时说说话，睡前海阔天空的聊天成为我们每晚的仪式。昨晚，我趴在床上和铁丝对着视频说话。他靠在床头，眼含笑意地看着我，有一小会儿，我们都没有说话，就这么默默地看着对方。看着他的眼睛，我突然感到一阵心动，这样充满爱意的柔情凝视像一只手抓住我的心，有些痒痒的，这痒痒的感觉里夹着微微的疼。

    "铁丝，当我们在镜头里深情对望的时刻，我感到一种甜蜜的哀愁，感到一种无法言说的感动……"挂完视频电话，起身打开电脑，我在给他的邮件里如此写到。寂静春夜端坐在书桌前，凝视、哀愁、感动几个词在心里混合发酵，散发出隐隐幽幽的馨香，引我遐想万千。

    恋人之间的凝视无疑是世间最美的事情，比春阳更温暖明媚。带着热烈似火的思念、带着对未来的憧憬凝望彼此，生长出无限的渴望和欢喜，这真是令人感动的时刻。我在凝视视频里的铁丝时，看着那张清秀的脸庞，竟然生出了淡淡的疑问和美丽的哀愁，这张脸的主人如何以奇妙的机缘与我相遇相识，与我共同体验世间美好的爱情？这张脸的主人有着多少与我相连的生命触角，从而生长出繁茂的情感之树？有多少的错过与遇见，才有了此刻的凝视啊！只因我们爱着彼此、想着彼此，故而专注地看着对方，付以柔情和缠绵。

恋人之间的凝视让我感动，不仅是出于爱情的美妙，更是源于两个人之间的懂得与理解、陪伴与呵护。独立的男人和女人相遇，两个生命个体之间展开生命的对话，走进彼此生命过往的喜怒哀乐，体验当下的悲欢离合。生命本就是孤独的，爱情的凝视在某种角度上可以减缓这种孤独。爱情犹如熨斗可以熨平灵魂的褶皱，也可以抚慰心灵的孤独和感伤。随着年龄的增长和情感体验的叠加，我越发体验到爱情是一种心灵的治愈方式，是一种区别于其他形式的灵魂体验。从爱情的凝视出发，我们可以抵达不曾到过的远方。

其实，何止是恋人之间的彼此凝视，父母对孩子的挚爱也是最为专注和炽热的凝视。尤其是孩子刚出生时，母亲多少次满怀柔情地注视着这个柔软的小生命，看着饱满的脸庞和清澈的眼睛，想着这个可爱的孩子是如何穿越生命的艰难来到这个世界上。母爱的凝视，是我们在这个世间体验到的最初的美好。看着母亲的眼睛和她对视，婴儿的小手向她的脸庞伸去，这是我们生命最初的触摸。

我们不仅凝视人间同类，也凝视美好的自然事物，观花开花谢，听风声雨声，看潮起潮落。越单纯的心灵越懂得专注的美好，越会凝视细微的事物。孩子往往会蹲在地上，看忙碌的蚂蚁如何连线成群的移动，会把玩一片秋天的落叶。对自然的凝视代表好奇，是生命向着大千世界发出的爱的视线。遗憾的是，稍不注意，这份凝视的心情就会被破坏，直到消失殆尽。长大后，人们往往奔波于生计，失去了最初的好奇和闲适之心。视而不见、见而不感的状态下，我们渐渐失去了生命的本真。

爱情也是这样，时间久了，我们不再关注恋人的变化，不再对对方抱以发现的心态，我们以为恋爱就是一块凝固的奶酪，不再需要注入新鲜的营养。我们有多久没有凝视过恋人的眼睛了呢，我们有多久没有走进对方的内心世界去看看，去触摸里面的悲欢喜乐呢？失去凝视的心情和态度，爱情就像不再流动的水，会变得呆滞，最后甚至变得恶臭，直到让人避之不及。

失去凝视的爱情最终以悲哀结尾，变味的凝视也会让人倍感受伤。真正的凝视没有那么多复杂的要求，有的只是对生命的关切、对生命的理解。当我们对凝视的对象多了很多外在的要求和苛责时，凝视也随之变味了。变味的爱情凝视不再是对生命的关注，而是各种要求的束缚，这种视觉交汇已经失去了凝视最初的甜蜜和深情。

变味的不只是爱情的目光，还有亲情的凝视。随着孩子渐渐长大，父母对孩子充满了各种期望，本身无可厚非，只是在这些期待里，少了一些生命的凝视，少了一些发自内心的关切。近期热播电视剧《小舍得》里，父母仿佛是把孩子当作工具，鞭策孩子努力学习、表现良好，以完美小孩的人设来满足自己的虚荣心和不安感。可是父母忘了，孩子需要的不仅仅是生命的鞭子，更需要宽慰和理解的目光。那样深情的凝视，那样温润的目光仿佛在说："孩子我理解你，我爱你，你可以慢慢地来，按照生命原本的节奏成长，不急不躁。"

少些浮躁，少些苛责，少些生命的漠视；多些淡定，多些宽容，多些生命的凝视。凝视一朵盛开的花，聆听花瓣颤抖的微弱声音，那是对自然风物的致敬。凝视一对清澈的眸子，读懂深含其中的委屈与欢乐，那是对生命的抚慰。凝视一颗跳跃的心，呼吸着它的呼吸，欢乐着它的欢乐，痛苦着它的痛苦，带着全部的生命情感去凝视另一个活跃的心灵，这样的凝视就是天地间至善至美的触动。

恋人，我爱你，请让我好好看看你，我们相爱，请让我们好好凝视彼此。爱我们的人，请好好看看我们吧！我们爱的人和事物，也要好好地凝视它们。当视线交汇时，灵魂会发出温暖的光芒。凝视，是生命的对话，是生命的拥抱，是灵魂远方的抵达，是通向生命深处的探寻。我们来到这人世间，本就该用心地看看，好好地体验一遭啊！

（载于《武陵都市报》2021 年 4 月 30 日副刊《吊脚楼》）

勇敢的绿绿虫

那天下午，我在客厅沙发上坐着看书，觉得一阵寒意袭来，于是起身关窗户。我正准备拉窗框时，低头发现滑槽里有一个绿色小东西。定睛一看，原来是一只腹部朝上一动不动的小甲虫，不知好久死在滑槽里了。我从口袋里掏出纸巾准备把这小东西捻起来丢掉，就当纸巾快要碰到它时，它突然蹬了一下腿，吓我一跳。

原来这虫子没死呀！看它蹬腿的样子，我立马来了兴致，在飘窗上坐下来细细观察。油绿的腹部布满横纹，展开的六条细腿上有褐黑色绒毛，细扁的脑袋两边伸出一对触角。盯着这小东西看了一会儿，我突然觉得有些眼熟。哦，原来这是儿时在乡间玩过的绿绿虫。青杠树叶间不少这种虫子，夏天孩子们捉来绿绿虫，用细线绑在它们脖子后面的凹陷处，任由它们飞起来，发出"呜呜呜"的细微声音。多年未见过绿绿虫了，今天在窗户缝里见到它，竟感到几分亲切。

或许是发现我在看它，也或许是急于逃生，这绿绿虫拼命地蹬着腿，想要翻过来。它的几条腿朝上朝外蹬着，时慢时快。见它蹬了好一会，还是腹部朝上，我不禁替它着急起来，想要动手帮它翻身。

我终究还是止住了这份好心，想要看看它到底能不能顺利翻身过来。果然，这绿绿虫没辜负我的等待，它慢慢蹭到了滑槽边缘，躺平的身子慢慢侧立起来，很快左侧的腿贴在滑槽壁，再一蹬腿，它竟然成功地翻过来了。我为它的聪明暗自叫好，继续看它如何动。

估计折腾累了体力不够，也可能是由于滑槽有两厘米多深，它不能一下子展开翅膀飞起来。最好的办法就是爬到滑槽的顶端，在平稳开阔的窗边起飞，我这么替它考虑着，也看它继续爬着，探索着。

看着这个小东西伸出触角和腿脚不断试探的样子，"迷茫、探索、方向"这样的字眼浮上心头。我想到了自己曾经堕入生命的低谷，和这只陷入困境的绿绿虫何其相似。就如这只绿绿虫经历了跌倒，腹部朝天不断挣扎，我也曾跌入生命的泥沼，挣扎，呼救。和绿绿虫一样，我从泥沼中翻身过来，继续探索着出口，寻找合适的起飞地点。

我一边浮想联翩，一边盯着绿绿虫，看它小小的身子在滑槽里探索，继续为它加油。往左边一点，对，伸腿，往上用力爬，再用力一点，我在心里指挥着它。可是绿绿虫试了好几次，也没把腿脚搭在滑槽壁上。哎，它毕竟是一只虫子，哪能听到我在心里给它指路呢？

我有些沮丧，虫子也静止不动了。或许，有些路终究是要靠自己探索出来的吧。我这么想着时，休整过来的绿绿虫继续爬着，探索着。终于，它的身子贴着滑槽壁外侧了，前面的腿脚伸出去，抓着往上挪，后面的腿脚跟着用力，一下，两下，它很快就到了滑槽顶端平坦处。它的背甲发出绿油油的光，身体看起来像一颗前尖后圆的绿宝石。

好一个勇敢的小东西，我长长地舒了一口气，为它欢喜着。它舒展了一下腿脚，伸开了藏在甲壳里的白色翅膀。伴随着细细的"噗噗"声，它展翅向窗外飞去，瞬间消失在我的视线中。外面下着小雨，这绿绿虫飞去哪里了呢？是平安回到自己的家还是将在某处再次迷路陷入困境？我为它担心起来，在飘窗坐了好一会儿。

这绿绿虫从何处来，又是如何在我家的窗户边迷路，陷入滑槽里？若是我关窗时没注意到它，它是否会被碾死呢？我叹一口气，为它的幸运感到欣喜。

观察它翻身、求生的过程，我想到了人陷入生命困境后挣扎、探索的样子，越发觉得这只绿绿虫是勇敢的、顽强的。即使是只小小的虫子，它的身子里也蕴含了巨大的勇气和力量，靠这勇气和力量，加上坚持不懈，它才得以摆脱困境，最终飞向自由的天空。小小绿绿虫尚且如此，何况人呢？

窗外仍然飘着细细的秋雨，我希望这只勇敢的绿绿虫找到地方避雨，千万不要被雨打湿了翅膀，再次陷入困境。感恩这小东西，为这短暂的相遇唤起童年回忆，更为它展示了生命的执着和勇气。

谢谢你，勇敢的绿绿虫！

第三辑
草木物语

●

●

●

在逝去的日子和即将到来的岁月里，

它们站成一种永恒，

给予生命的启迪。

生命的芭茅草

那天，妈妈开车送我前往金堂县的成都文理学院。车子离开繁华的城区往成都的东北郊区驶去，我歪着头靠在车窗看窗外快速后退的树木房屋。或许是天气较为阴沉，也或许是近来心事杂多，我的兴致不算高，有些闷闷的。不知何时，一片淡紫色的烟雾状的风景让我眼前一亮，我按下车窗仔细看，原来是一片秋意盎然的芭茅草，它们成片依偎着，随风摇曳，肆意汪洋。再细看，它们的花穗在阴沉的天色中仍昂着头，像一支支紫色的毛笔，对着天空挥毫泼墨。这样的画面让我"鲜活"起来，心里有了说不出的情愫。

到校安顿好，送别妈妈后，我回到宿舍，又想起那片给予我震撼的芭茅草，仿佛摇曳在眼前。芭茅草是儿时在乡下常见到的植物，在成都的城区倒是很难见到。如今，在成都郊区的山坡偶遇这片芭茅草，我感到格外亲切，关于芭茅草的记忆一缕缕地冒出来。

芭茅草是乡村的卫士，它们长在河边、山坡上，一丛丛的，一束束的。它们在春夏时节透出鲜亮的绿色，绿得生机勃勃。芭茅草挺拔细直的杆有竹的气节，细硬修长的叶子却有柔情，当然，这柔情的边缘也有属于自己的刚毅。是的，你若不小心，就会被叶片边缘的锯齿划伤。传说，鲁班就是受了这启示才发明了锯子呢。鲜嫩的芭茅草叶子是牛的最爱，农人割回一担带着露珠的芭茅草丢进牛圈，牛吃得咔嚓咔嚓的。那时，我对牛的嘴巴和胃充满了好奇和敬佩，牛嘴居然不被草叶划伤，牛胃居然能消化那样坚硬的草叶。

或许，芭茅草偏爱牛吧，就是不割伤牛的嘴，却会偶尔割伤调皮触摸叶片的我。每当芭茅草割得我出血，我就觉得它有些讨嫌，像一个不够大方宽容的朋友。确实，被芭茅草叶片划伤的锐利疼痛，我至今难忘。然而多数时候，芭茅草是讨人喜爱的。于我们孩子而言，那又长又直的芭茅草秆可以扯来做小棒，用于算术课。那十厘米左右长的细秆带我们走进算术的世界，称得上是乡村质朴的文具。春天那鲜嫩多汁的茅草根，藏在地底下，孩子们刨呀刨呀，就把藏在地里的甜蜜送到了嘴里。

锄地时，农人嫌土坎边的芭茅草荫到了土，就几下砍倒，或是一把火烧掉它们。那黄绿的、干枯的草秆发出毕毕剥剥的声音，像在挣扎，也像在反抗。它们确乎是勇敢的卫士，来年春天又冒出嫩嫩的芽，不多久就长成茂盛的一丛丛。这印证

了诗句"野火烧不尽，春风吹又生"里的生命力。

如今，在成都的郊区偶遇这片芭茅草，它们和故乡的芭茅草一样给予我亲切感，恰如他乡遇故知。除了那些伤痛的、温暖的记忆，当前的芭茅草给予我怎样的启示呢？我又想到那昂扬的花穗了，它们如同朝天空挥毫泼墨的笔，好一支浪漫的鹅毛般的笔，好一支豪气冲天的笔。我渴望拥有这样的一支笔，或者，我想做这样的一支笔，用自己的身躯挺立在天地间，对着世界挥毫泼墨。

笔是用来写故事的，而故事源于生活，我想到了老家一个关于芭茅草的故事。传说一个穷人家的儿子上山割草，不经意间发现一丛十分茂盛的芭茅草，割完后第二天又恢复如初，三天五天后皆是如此，这省却他四处割草的辛劳。后来，这个年轻人刨开芭茅草的根，发现了一颗又大又亮的夜明珠。他把夜明珠带回家放进米缸，舀了些米后次日米缸又恢复如初。啊呀，这是一颗神珠！和许多传统故事的贫富对抗一样，这颗珠子最终被财主发现，蓄谋夺去。年轻人为了守护珠子选择将其吞进肚子，珠落肚中后他一直喊口渴，喝尽水缸里的水，喝尽水井里的水，还是口渴难耐。最后年轻人俯身江中饮水变成了巨龙，巨龙摆尾天光变色，摆出了良田万亩和十二个回眸探母的望娘滩。

这个故事充满了隐喻和张力，而我感兴趣的是那丛神奇的芭茅草和其根部那颗夜明珠。神珠魔力无限，让割完的芭茅草又长出来，给予贫穷辛劳的年轻人希望和惊喜，减少了他四处割草的辛劳。这神奇的芭茅草，神奇的夜明珠，如何才能拥有呢？此刻，爱上写作的我也许就是寻找到了这样一丛神奇的芭茅草和富有魔力的夜明珠吧。一颗敏锐的心就是潜在根底的夜明珠，一篇篇或长或短的文章就是割而复生的芭茅草茎秆和叶子。写完发表出去，又写新的，边读边写，年复一年，这丛"生命的芭茅草"春来发起，秋来飞扬，来年复生。

想到这里，我仿佛释怀了，心里沉积的一些阴郁渐渐纾解开来，我长长地舒了一口气。阴沉天色下，偶遇的这片芭茅草就是要给予我如此的启迪呀。即使身处郊区，也要如芭茅草一般不择水土，顽强生长。要像那芭茅草在地底下编织出缠绵韧劲的根系，要在季节合适时吐出潇洒多情的花穗。

这丛芭茅草长在乡野，曾给过我甘甜的汁液，为我开启学习之路。这丛芭茅草长在城市的郊野，给予我失意时的启迪。这丛由热爱生活、热爱写作之心长成的"生命的芭茅草"，长在心里，扎根泥土，拔节吐穗，随风飞扬。它适应一切磨难与挑战，细腻性情中不乏刚毅。它不怕秋风萧瑟，随风摇曳，昂着头颅向天空挥毫泼墨。生命的芭茅草啊，愿你勃勃生机，年年如初，生生不息！

（载于《武陵都市报》2020 年 10 月 16 日副刊《吊脚楼》）

院坝边沿的柿子树

我家的吊脚楼前是凹凸不平的土院坝。院坝前有一棵树，那是一棵粗壮的柿子树。

柿子树长在院坝的边沿上，春夏时节，枝叶繁茂时如同一把绿色的大伞。我在大树下写作业，大树带给我无限的清凉。更重要的是，大树撑起了我儿时的梦想。小时候，我和姐姐在乡村与年迈的爷爷奶奶一起生活。每天早上，我们自己起来做饭。说是做饭，其实是炒冷饭，往里面加了乡村特有的水盐菜，我们称呼这种油乎乎的东西为"油炒饭"。背上书包，走过院坝，我会挥手告别柿子树，然后就开始走路去学校了。下午放学，又走路回家。远远地，我就看见柿子树在风中摇曳，似乎在欢迎我的回来。我和柿子树的默契，年复一年地积累着，加深着。

春天，柿子树告别赤裸的枝干，一点点发芽，从鹅黄到嫩绿，再伸展出碧绿的叶子。放学归来，我习惯在树下摆上小桌子，坐在小板凳上复习功课，书写作业。偶尔，一朵柿子花落在作业本上，我便休息一会，认真欣赏这米色的小花，心里想着何时才能吃到香甜的柿子。夏天，柿子树已经穿上绿色盛装了。在阳光下，柿子树显得格外精神，微风中，树叶一颤一颤的，地上是柿子树投下的影子。在柿子树下乘凉是最惬意的事情，我时常在树下睡着。醒来时，会有一两个青涩的柿子果躺在我的衣襟里。秋天，柿子树会结满金灿灿的果子。事实上，在果子还没完全成熟时，我们就会摘下一部分果子，放置在土坛子里，叫作"脯柿子"，过一段时间拿出来吃，就会尝到酸酸甜甜的味道。等树上的果子变熟了，得赶紧上树摘果，免得柿子掉在地上，摔得稀烂。柿子树带给我的，不仅仅是清凉，也不仅仅是美味的果实，更多的是一种慰藉和鼓励。

那时，我们家比较穷。夏秋时节，在城里工作的堂姑婆和姑姑会回到村里探亲。隔壁家的二奶奶就会做可口的饭菜招待她们。每当我在柿子树下写作业的时候，二奶奶家的饭菜飘香，我的肚子也咕噜噜地响。我远远看见二奶奶家的饭厅里，堂姑婆她们在展示从城里带回来的精美礼物，那都是些我没见过的玩意儿。我暗暗羡慕着，深秋时节是我的生日，多么希望爸爸妈妈在身边。尽管奶奶为我煮了鸡蛋，可我还是很失落。我靠在柿子树上，自言自语，要是妈妈在家里，肯定会给我买新衣服的。这样想着，眼泪就不自觉地落下来。柿子树似乎感觉到了我的不快乐，也轻轻地颤动树叶，仿佛在安慰我。

我上五年级时，姐姐小学毕业，考上了城里的中学。姐姐离开乡村后，就剩我独自在乡下。我很羡慕姐姐能去城里读书，开始更加努力学习，争取考上黔江中学。柿子树下的那个女孩，比以前更专心学习了。闻到别家的饭香，肚子不再剧烈地咕噜噜响了。是的，我比以前更加专心，也不再伸脑袋看二奶奶家来了什么客人，带来什么礼物。我认真写作业，认真背书，为城里读书梦努力着。十年前的六月二十六日，我终于迎来小学毕业考试。努力没有白费，我以全镇第一、全区第二的成绩考取了黔江中学。村里的人为我竖起大拇指，纷纷说："宋二妹，读书好得行哟！"在开心之余，我再次靠在柿子树上，想着这些年的点点滴滴，快乐和委屈、痛苦和幸福，泪如泉涌。八月十四日，我离开了老家，离开了我的吊脚楼，离开了我的柿子树，也离开了我的老黄牛。城里的学习生活带给我人生的转折。

后来的我在城里学习和生活。每次放假，我总是尽快回到乡村，回到梦想最初的地方，也回到柿子树的怀抱。可是有一年回去，等待我的却是一个树桩，还有水泥板的院坝。我蹲下来，抚摸着树桩，眼泪打转，忍着不哭。树桩上渗出淡淡的水珠，柿子树也在回应我的眼泪吗？我知道，我只能活在回忆里了。

此时，我在成都这座繁华的大城市里读大学，时常怀恋乡下的时光。尽管那时贫穷、卑微、受欺负，可我充满梦想和斗志。我时常想起那个在柿子树下认真写作业的自己，那个脸蛋儿黑乎乎，手上是烟熏痕迹的奋笔疾书的自己。

柿子树下的时光，静默美好，努力读书、踏实学习才是乡村孩子的出路。柿子树消失多年，我不断成长。现在的我越加明白，我应该像柿子树一样，扎根大地，汲取营养，默默成长，唯有这样才能结出丰硕的果实。

（载于《四川大学报》2015 年 9 月 15 日副刊）

唯一的梨树

　　它是我唯一拥有过的果树。

　　它是一棵梨树，小陶瓷茶杯粗细，枝叶不是很繁茂，长在一小块土的坎上。它的脚边是一条小溪，小溪挨着一条小路，通往我家菜园。从我记事起，土坎边有那棵梨树了，好像从未长高长粗过，一直就是那般模样。

　　我放牛时经过它，挎着竹篮去菜园摘菜时经过它，挖折耳根时经过它。有时我停下来专门打量它，像是和朋友对话。有时我欢快地从它脚边的小路跑过，不理睬它。秋冬时节它不哭不笑，只是静默地长在土坎上，有些向路边倾斜的样子，像一个人轻轻地靠在门边。

　　然而，春天一来，那棵梨树就有了表情，一簇簇雪白的花朵宛如饱满的牙齿，我看见那棵梨树张开嘴对着天空大笑。我看梨树在笑，我也跟着笑，不时还提醒着身旁的老牛：牛，你不要吃别人家的菜哦。细雨纷纷时，我专门跑去看那棵梨树。在雨中，嫩叶显得越发鲜润，夹着淡红花蕊的花瓣楚楚动人。

赏梨花的时光多么静谧，乡村安静极了，我只听到油菜花聊天的声音，我听到蚯蚓出土的动静，我闻到草木清香。伴着一阵微风，些许花瓣在空中摇曳，缓缓飘下，轻轻地浮在小溪上，向下游流去。好多次，花瓣在小溪里漂着游者，我就在小路上跟着走着。一些花瓣被小溪里的树叶残枝挡住，打着旋儿，我俯下身拨开树叶残枝，为花瓣开路。花瓣漂着游着，直到消失不见。

　　梨树的不远处，就是二爷家的李树。那几棵李树开得真是热闹，我羡慕地欣赏着。然而我最喜欢的，还是我家这棵梨树。比起树冠繁大、花朵细密的李树，我家这棵梨树显得孤独、清朗，然而又有什么关系呢。

　　我依然深深地喜欢着，投以热烈的目光，期盼的心思。我盼着花谢结果。终于花朵谢了，露出青嫩的小果，像一个个稚嫩的婴儿挂在树梢。起初，那么多果子挂着，不知为何渐渐少了起来。直到最后只剩下十来个拇指大小的果。尽管有些丧气，我依旧对这些果子报以希望，盼着它们长大。

　　然而，这棵梨树似乎不懂我的心思。最终，只有三五个梨子长大。说是长大，不过是我的拳头一般大小，怯生生地挂在枝头。这样的果实，我不忍心摘下吃掉，任由它们在枝头生长，或者衰老。或许明年就好了，我安慰自己，总会有大梨子出现的，哪怕一个也好呀。一年，两年，三年过去了，梨树依旧没能奉献硕大的果子。希望多次落空的我有些生气了，一种幽怨的情绪升起来。

　　又是一年春天，我决定不再看那棵梨树。我过路时装作没看见它，飞快地从它脚边跑开。孩子毕竟是贪玩爱美的吧，我还是忍不住偷偷看了梨花，还是一样的雪白，一样的盛放，仿佛对我说，雨儿快看我，我开得多美呀。我终究被这种美吸引和打败，偷瞄变成了光明正大地看，就像往年那样，我又开始欣赏这树梨花，又追着落下的花瓣随着溪水流走。

直到我小学毕业离开家乡的那个夏天，这棵梨树终究没能满足我的心愿，没有为我呈上几个硕大的梨子。我能怨它吗？如果说曾经怨过，这种怨早就在离乡的情绪里烟消云散，化作深深的不舍。在离乡后的经年累月里，那棵梨树的样子缠住了思念之藤，偶尔弄得我轻轻的疼。

那些随溪水漂走的梨花瓣都去哪里了呢？我不知道。我只觉得自己也像一枚花瓣，随着时间的长河越漂越远。这些年，宋家湾变化很大，小路拓成了大路，老屋隐藏在了竹林身后，像蜷缩着的老人。新的小楼房站到了大路边上，骄傲地打量着村庄。我为这样的变化感到欣喜，夹杂着失落。那条小溪被杂物堵塞，那块土和小路融入大路，我的梨树也不见了。我站在大路上，久久神伤。

苦涩地笑一笑，安慰自己。想到儿时，我不至于一无所有，至少我曾有过一棵白花如雪的梨树，它开得尽力，开得庄严，把全部的美好展露给我。尽管从未尝过它果实的滋味，它盛开时的美好却滋养了我的身心。

你好吗，我唯一的梨树？我知道你很好，你在时光里永恒，在记忆深处枝繁叶茂，在思念中花团锦簇。

绿骨静默花欲燃

"啊呀，这真是像火把一样的花朵！"周日去朋友枚家里做客，看到阳台左侧一簇蟹爪兰正开得鲜艳，我忍不住赞叹。油绿的肥嫩的茎条四下撒开，茎条顶端开着些小灯笼似的红花，吐出鹅黄的蕊，花形像小小的火把。中间的茎条上也有米粒大小般红绿晕染的花骨朵，羞羞答答的样子惹人怜爱。整盆植株红绿交织的样子真像一顶花冠，那白皙的陶瓷盆便是美丽的少女脸庞。

听我如此夸赞陶瓷花盆里盛放的蟹爪兰，枚笑我"写作的人就是不一样，把一盆花夸得快要燃起来了"。我笑着回她，燃起来这话说得好，蟹爪兰花开和石榴花开一样的艳丽娇红，正应了那句"冬日花开花欲燃"呢！

"蟹爪兰总是绿油油的，有些闷闷不乐的样子，像个懒懒的人，一年难得见它开次花。"枚有些嗔怪地对着眼前的花说道。我说："不是它懒懒的，每种花的花期不一样哦，你看这会外面天寒地冻，它却开得像火一样，给你阳台带来多大的温暖呀！"枚听我这般解释又笑起来，她说自己很少用心观察蟹爪兰，当初只是随意买了一盆养着，平时也并未细细打理。我们相视一笑，回到客厅又聊起别的。隔了一会，枚进厨房做饭，我在客厅看电视。

我的目光不自觉地又被那阳台上的火焰之花吸引去了，索性关了电视，专心致志赏起花来。蟹爪兰的茎叶如螃蟹爪一般，又有兰花一样的花朵，果真是刚柔并济的植物。想到枚刚才提到的，它懒懒的，一年难得开次花，我倒觉得蟹爪兰是一位花中隐士。它小小的身子蓄积着能量，不与百花争春，寂寥地度过春夏秋，在肃杀的冬日燃起火把，垂下红绿花冠式样的瀑布。

蟹爪兰扁平的茎叶深绿拙朴，边沿有稀疏的锯齿状，一节节相连的便是那主茎，我把它称作绿骨。这绿骨藏在茎叶里，中间微微凸起并不显眼，殊不知整个植株全靠这绿骨撑起呢。我想，艳红的花朵正是从这绿骨里长出来的。

绿色茎叶肥嫩欲滴，娇红花朵肆意绽放，那藏在茎叶里的绿骨默不作声。我想蟹爪兰之所以能忍受寂寞，在冬日肆意吐露红艳，离不开这绿骨的滋养与坚持。从营养供给而言，绿骨扎进土地，把那汁液输送给茎叶，孕育花朵。从形态而言，绿骨藏匿其中，却让茎叶和花朵姿态万千。哦，这深情的令人敬佩的绿骨！

蟹爪兰尚且如此，何况人乎？那些在艰难岁月中仍保持着生命活力、精神信念的人，就是绿骨挺拔的人。我想到了最敬慕的文人苏东坡，他一生起伏波折、颠沛流离，仍在苦难的岁月中淡然吟唱。他的诗文是那红硕的花朵，支撑其心其身立于天地间不倒的就是铮铮绿骨，那绿骨的内涵如"大江东去，浪淘尽，千古风流人物"一般大气豪迈，有"一蓑烟雨任平生"一样的洒脱自在，更有"待他自熟莫催他，火候足时他自美"的生活闲趣。

文人墨客尽显绿骨风情，普通百姓也不逊色。我想到了妈妈，尽管婚姻不顺、生计艰难，她仍昂扬着绿骨，在生活里跋涉前行。妈妈吃着清淡的饭食，就像蟹爪兰一样只需要简单的营养，一点阳光足以滋养生命。小小的廉租房阳台上，妈妈种了兰草、绿萝、月季花，每一盆都是她的宝贝。有一次我回家，看她细细浇水呵护，还对花草说着柔情絮语，便问她种花之乐在哪里。她说："你爱花草，花草也爱你呀，你看它们笑得好可爱。"顿了一下，妈妈又说："你和姐姐长大了，不在我身边，我就照顾这些花宝贝，它们也是我的孩子，是你们的姐妹呢！"妈妈这话顿时击中我敏感的内心，母女三人相依为命的日子浮现眼前。时光匆匆，姐姐已嫁人育子，工作繁忙，我在成都念书、工作，也很少回家。不知不觉间，妈妈已然步入空巢阿姨的队列了。

曾经在最艰难的日子里，妈妈仍坚持着供两姐妹读书，只为了让生命真正开出自信、知性的花朵。庆幸的是，姐妹俩没有辜负"绿骨"的付出，努力地蓄积能量，终于挨过漫长的寂寥季节，迎来属于自己的春天。我和姐姐何尝不是汲取着妈妈的骨血开出的生命之花呢？她是"绿骨"，把母爱的养料输送给我们，把坚强质朴的信念输送给我们。如今，我和姐姐这两朵鲜艳的花朵在自己的世界尽态极妍，寂寞的"绿骨"又开始照料新的花朵。我能理解妈妈细心呵护花草的心意了，她在重温母女亲情的细腻，她在感受母爱付出的价值感。

我了解到蟹爪兰的花语是"好运当头、运转乾坤"，这真是令人振奋欢喜的寓意。火红的花朵里，藏着满满的岁月之情，那是寂寥坚守后的极致绚烂，那是生命更迭带来的希望。我把观赏蟹爪兰的感悟分享给枚，她动情地建议我多给妈妈打电话，分享自己的喜怒哀乐，母女的世界即使远隔千山万水也能心意相通。临别时，我表示想带一枝蟹爪兰回去扦插在阳台花盆里，枚爽快地答应了，乐呵呵地说好运与幸福就是要分享嘛。

一枝带着花骨朵的蟹爪兰成为我阳台上的新宝贝，这静默绿骨和即将盛放的红花也会温暖我的世界，我感到知足喜悦。历经风雨，我的生活何尝不是绿骨一般的静默呢！备课教学，读书创作，种花郊游，清寂的日子中我并不感到无聊。咽下孤独，咀嚼清欢，在清寂却丰盈的时光里安然成长，蓄积生命的能量。我坚信，终有一天我的生命也会开出红硕的花朵。

蟹爪兰的春、夏、秋之静默，催开了冬之绚烂。绿色的骨头，刻进骨子的坚强；红色的花朵，洋溢脸上的幸福。我渴望，自己的生命也如这"冬日花开花欲燃"的蟹爪兰一般，有绿骨的坚忍执着，也有红花的绚烂娇艳。绿骨静默花欲燃，是生命别样的高贵。

（载于《武陵都市报》2020年12月8日副刊《吊脚楼》）

生如玫瑰

搬了新家后，阳台上光秃秃的。我早就想买一盆花，只因种种原因耽搁至今。这个周末，我在人民公园散步，偶遇一个卖花的摊位，花花绿绿的热闹吸引我走上前看个究竟。"便宜卖咯，玫瑰花 15 元两盆，蟹爪兰 10 元三盆……"竭力吆喝的男老板，中等身材，戴副黑框眼镜。他见我走近铺子，问我喜欢什么花，我答随意看看再说。那绿色嫩叶中伸出白色花朵的是白鹤芋，高挑出来的花朵显得几分仙气，肥嫩的果肉上开着粉色的花，便是蟹爪兰。

几盆小小的粉色玫瑰格外诱惑我，层层叠叠的花瓣精致乖巧，我突然心生爱怜，想要把它们都带回家。从老板处得知，他的花店准备转手了，因此摆摊便宜处理。心里突然冒出一个画面，想到电视剧里穷人家卖女儿，如花的人儿也是这般被贱卖了。那女孩儿清秀可人，低着头，眼眸间噙着泪不说话，就如这眼前的花朵，娇小的身姿惹得我爱怜不已。它们没有说话，我却仿佛听见有声音在喊："妈妈，快带我回家吧！"

我禁不起这样的呼喊，挑了一盆心仪的玫瑰花。之前写过短文提及我想做一盆花草的妈妈，今天终于实现了。这小小的花提在手上，心里的责任却重了起来。回家路上我就在想，要给它换个大点的花盆，放在阳台上，每天早上对它说"早安"，下班回来问"你好吗，宝贝"。这一习惯或许是受妈妈的影响，过去这么多年我们在小小的县城搬来搬去，安定好后妈妈总会及时在阳台上种上几盆花草。她细心地照料着它们，浇水时还和花草说话，鼓励它们好好生长。长大后，才体会到自己就是妈妈辛苦培育的一盆花。她用母爱与心血滋养我，希望我健康成长，挣脱生活的苦涩，开出属于自己的生命之花。

清晨的微风中，我看着摇曳的玫瑰花，那些和玫瑰有关的往事也泛起馨香。17 岁那个青涩的年纪，我第一次收到玫瑰花。那天是七夕节，和一个心仪的哥哥约好爬山。他带了一大束玫瑰花，我却不好意思捧着花满街走，便把花放在公园的水池边，还傻傻地说养在水里等下来了再拿。等我们从山上下来回到公园，发现花被人拿走了，只剩下几片花瓣，而呆笨的我还没注意到哥哥露出了不悦的脸色。那个哥哥连同消失的玫瑰一起，从此在我的青春世界销声匿迹。

自那之后，我不再收到过玫瑰花，带着玫瑰的遗憾进入了大学。上大学没多久，我鼓足勇气对一位帅气学长表白，他在短信里委婉地回复我："雨霜，你还太小，等长为成熟的玫瑰，艳丽绽放时自会有人来欣赏。"于是，我这朵"青涩的蓓蕾"惨遭拒绝。受到打击，看着镜子中并不出众的容貌，又看看自己朴素甚至土气的穿着，我感到了自卑，一股酸酸的滋味涌起，眼泪无声落下。之后，我的心扉紧闭了，爱情的触角再没有机会伸向更远的地方。我把自己沉浸到阅读、锻炼身体、社会实践中，时光渐渐地催熟了曾经青涩的蓓蕾。

和初恋男友交往后，得知他曾经送玫瑰给约会的女孩，我竟暗暗地吃起醋来。有几次几乎央求地问他何时给我送玫瑰，他却坚持说恋爱期间肯定不会送，要送也是等结婚时再送。那时，我

对他的爱隐蔽了许多事情，把他不送玫瑰归结于他的固执倔强，而没有想太多。自我安慰道不送就不送，结婚时送玫瑰也是一样的。于是，那束婚礼上的玫瑰变成了一束光，照亮了爱情中的灰暗时刻。从异地到同城，我们的"爱情玫瑰"变得刺多花少，扎得彼此生生得疼。我等了许久，终究没能等到婚礼上那束捧花玫瑰。"玫瑰光束"没能带领我们穿越爱情的迷雾，我们分手了。收到分手邮件那天，我仿佛看到一支玫瑰拦腰折断，不禁泪如雨下，心如刀绞。遭受失恋的打击，我再次意志消沉，不再对玫瑰抱有希望。

直到遇到现在的男朋友铁丝，我重新对玫瑰有了心动的感觉。第一次约会时，他的脸藏在一束大大的玫瑰后面。看着这束玫瑰，我感到羞涩、激动不已，给了铁丝一个大大的拥抱。玫瑰梗种在学校阳台的花盆里，那梗扎根生长得不错，也让我对会生长的爱情产生了期盼。当然，爱情也如玫瑰美丽却带刺，属于我

们的爱情玫瑰，其实是热气腾腾的相处中夹杂着偶尔的赌气拌嘴，但我们笃定地把爱情玫瑰扎进苦乐交织的生活里。随着爱情玫瑰日渐扎根，我们对彼此的认识和感情的交流也与日俱增。

曾经在乡下，漫山遍野的兰草花和杜鹃花可以欣赏。种在院坝边沿的花草也多，仙人掌、鸡冠花、波斯菊好不热闹。我没有玫瑰却有月季，它和玫瑰花长得相似，缠绵的红艳的花朵和童年一样烂漫无邪。我在12岁小学毕业后进城读书，就不再拥有过那么多花草。现在成都的小阳台上，多了这盆小小的玫瑰，我感到心满意足。这小小的玫瑰花，连接着我和这座城市的美好。如同这盆玫瑰在成都有了归宿，我在这个城市也有了自己的位置。

时光流逝，一朵青涩的蓓蕾渐渐成熟。我不再像17岁时羞涩胆怯，也不再有19岁表白被拒的自卑，即使爱情玫瑰曾经折断也要勇敢地再次萌芽绽放。我仍然微小如玫瑰，却勇敢骄傲地绽放。喜欢玫瑰就努力去争取它、拥有它，何必非要等着别人送呢？爱情的玫瑰、事业的玫瑰、亲情的玫瑰，我都要亲自培育，努力拥有。爱情的玫瑰是热烈执着的向往，事业的玫瑰是奋斗上进的梦想，亲情的玫瑰是妈妈热爱生活的姿态，它们都绽放在我的生命园地，生生不息，随风摇曳。

不仅仅是玫瑰的姐姐，我已经成熟到可以做一盆玫瑰的妈妈。想到这里，甜蜜的暖流涌上心头。看着，看着，我也和它们一样，化身为甜美的玫瑰。花开在心里，我要和我的玫瑰宝贝一起度过这充实灿烂的韶华。铿锵玫瑰，不负此生。爱美好的一切，爱悲欢喜乐的自己，爱这蓬勃生机的世界，愿生命永远如玫瑰一样坚强勇敢、热烈芬芳。

石竹花开诗意浓

　　那天下午闲游，我偶遇一座绿竹掩映的小院。那小院的竹篱墙上写着"青见"二字，我感到一阵心动。在绿意悠悠的乡野世界，"青见"这样的字眼是如此的自然温润。我加快步伐走上去，才发现院门紧掩，有些失落地垂头转身。忽然，一片星星点点的红色让我眼前一亮，啊呀，多么可爱的小花！一小丛花不均匀地分布在细长的绿叶间，花形像古典精致的小油纸伞。我蹲下来，看这绿叶间露出的红色小脸。它们冲我笑着，仿佛替主人招待我这个不请自来的客人。

　　我向来爱花，在深秋时节的绿竹小院邂逅这丛红花，激动不已。一个大胆的念头涌上心头，我想挖几株小花回去种在阳台。可是主人不在家，这算不算偷花呢？我犹豫了一下，很快安慰自己，没事的，就带走几株而已，并且"爱花之人不算偷花"，如果主人知道了我这么爱他的花也会高兴的吧。扒拉开匍匐交织的根茎，我徒手刨了几株小花放置一边。在小院右侧的竹林底下，我找到了两片枯黄的笋子壳，用笋子壳包着小花，又加了一点泥土护根，然后满足地离开了小院。我走了两步回头看看小院，对它充满了感激，尽管院门紧锁，可它却"赠予"可爱的小花，多么可爱慷慨的小院呀。

　　离开小院没走几步就到了大路上，碰到一个中年男人走过来。我猜想他是村里人，冲他点头打招呼，顺势问了下"那个青见小院没营业吗?"他答："在营业啊，只是今天没开门。"他问我哪里弄的小花，我有些心虚，就说小院路边随意扯的。没想到他却哈哈大笑起来："你肯定是在我家院子前扯的，我自己种的花还不认识吗?"啊呀，原来他就是小院的主人，真是太巧了。我有些羞愧地说，自己很喜欢种花，于是扯了几株带走，因为主人不在家，所以没打招呼，请他谅解。他笑着回复说没事，花遇有缘人，喜欢这石竹花带回去也好，好好种起来。哦，原来这红色小花叫石竹，真是别致的名字。告别了小院主人，我回到了学校。

　　我网购了三个小花盆，准备把这几株石竹花好好养起来，不能辜负了此番偶遇的缘分。在花盆还没到的三天里，我往笋子壳上浇了一点点水，心里念着："石竹花呀要挺住，等花盆到了我第一时间给你们搬家。"那花朵也仿佛通人性，果真坚强地挺立着头颅，灿烂地开着，一点也没有离开小院的悲切之感。花盆一到，我又徒手到楼下刨土，抱着几盆沉沉的土上楼，想着尽快给石竹花搬家。

　　石竹花住进了花盆新家，我悬着的心也落下。浇了少量的定根水，我把它们放在阳台边沿。它们在三个小花盆里互相守望，说着我听不懂的话语，露出我看得懂的笑脸，我感到十分温暖，就像多了三个姐妹，也像多了三个孩子。我曾经在出租屋阳台上种过月季花，也写过《我想做一盆花草的妈妈》之类的文章。花草养眼，更养心，它们是我在这个城市最可爱的朋友。如今，我换了工作地点，更需要新的朋友，这三盆石竹花成为阳台上的第一批朋友。

每天早起收拾妥当，我就蹲在阳台边和石竹花说早安，然后欢乐地向教室走去。石竹花的艳红，开启一天的温暖和希望，我是多么幸运的人呀！空了搜索资料，我才发现这小小的石竹花并不简单，唐代司空曙在《云阳寺石竹花》中如此写着："一自幽山别，相逢此寺中。高低俱出叶，深浅不分丛。野蝶难争白，庭榴暗让红。谁怜芳自久，春露到秋风。"可见石竹花开的形态颜色之不俗，且花期较长，经春至秋，长艳不衰。石竹花的花语是纯洁的爱、才能、大胆、女性美，这和我心中的自我形象不谋而合，怪不得一见倾心呢！

宋代诗人王安石赞慕石竹花之美，又怜惜这花孤独寂寥，不被世人欣赏，有诗云："春归幽谷始成丛，地面芬敷浅浅红。车马不临谁见赏，可怜亦解度春风。"或许，诗人笔下的石竹花是寂寥落寞的，然而小院前的这丛花因与我相遇而变得不再孤寂。被我带回来的这几株石竹花虽然离开了清静乡野，走进了城市生活，却自有新的天地。在万花败尽的秋风中，石竹花仍开得像火，也像热烈的小太阳落在我的阳台，我的心被这光热照亮。

了解石竹花的诗句和花语后，再看阳台上小小的三姐妹，心里更多了几分爱意与敬意。这柔弱娇小的身子，却有着石竹这样坚毅大气的名字，可见花如其人，不可貌相呢！它们叶片细柔，茎秆却如竹节挺拔，花朵更是昂着头笑对时光，自在从容地吐露诗意。是呀，细叶是瘦长的诗行，锯齿伞状的花朵是一个个跳跃的汉字呢。花似暖阳，挺拔如斯，空荡荡的阳台多了不少活力，也多了几分气度。风中伫立阳台，我为一朵朵诗意的石竹花感动、落泪。它们骄傲而挺拔的身影，蕴含了许多深意，值得我细细品味。

离开乡野的小院被带到宿舍阳台，石竹花仍灿烂地生长着，适应性极强，于无言中告诉我生命的哲学。它们艳而不妖、媚且不俗，从容地露出脸庞，冲着天空微笑，冲着我微笑。它们是秋天里一抹特殊的诗意，是我言语不尽的蓬勃。石竹花与我相遇在秋天，住进我的眼眸，镌刻在我的心底。秋去冬来，它们开始枯萎凋谢，我相信来年春起，它们又会露出微笑的脸庞。持久的花期，从容的生命，灿烂的笑容，坚毅的脾性，永远的石竹花开，永远的诗意盎然。

（载于《武陵都市报》2020 年 12 月 4 日副刊《吊脚楼》）

秋天， 和一棵栾树相遇

　　那天早上 9 点多，我接到 M 君的电话。他问，去寻秋不。我没有犹豫，好。他开车接了我，我们便开启寻秋之旅。其实县城里是不缺秋意的，凉凉的秋雨，人们加在身上的外衣，不时阴郁的天空，这是秋的表情。当然，更细腻浸人的秋意是那些若有若无的桂花香气。它们仿佛是躲在空气中的精灵，不时撩拨你的鼻翼。鼻翼轻微一吸，一口两口的秋天就被吸进了体内。

　　我猜想 M 君要带我出城去郊外，果真如此。他和我一样爱读书写作，更爱踏足土地，寻觅自然之美。郊外的稻田渐黄，橙子青绿，怎能不吸引我们出城去寻觅呢？相识多年的默契，我并不问他到底去哪里，他也自然而然地开着车，我们聊着近来的读书与写作。

　　车子是往城北方向开的，渐渐地上山，在山间盘绕。我开着窗吹风，不时发出感叹，武陵山间的秋色真美，那树那山在温润的阳光下显得从容悠然。行驶到地势较高的位置时，他减缓了车速，我从右车窗看到不远处的山头耸立，山下是一坝稻田，金黄里带着些绿色，或黄或白的房子分布在沿河两岸。往车身后看，可以看到县城河流出城的峡谷，我想象着河水从隐隐的青山之间流出，向那下游奔去。

车子开始下坡，我继续观望车窗外的风景，叽叽喳喳像只小鸟。突然，他靠边停了车。在我纳闷时，他说下车看下前面这棵树吧，我这才注意到正前方有一棵红硕的树。看得出，M君有些激动，温润沉稳的他主动停车说看树，必然有不一样的风景。

我看清楚了，这棵树是儿时在乡间常见的树，称作"摇钱树"，因枝头红硕成串的果子像铜钱，人们便如此称呼。啊，我有多久没在秋天返乡了呢。这棵站在公路边的树让我感到亲切熟悉，就像久别的朋友在等我。

M君先是隔得较远拍了几张照片，再走近一些拍了几张。他看那树时，如此认真专注，像凝视心爱之人。他在想什么呢？或许我们所想的有相似之处吧，关于乡愁，关于温情，或者其他。

我也仔细地看着这棵树，它立在缓下坡的右边，靠近右转弯的路口。它红彤彤的样子，有点像一个右转弯的提示信号，也像一个面向我们站着的人，身子往右边倾斜，似乎在招呼我们。换个角度想，它又像一个露出地面的红脑袋，下边沿的枝叶和路面形成一张嘴巴，车辆和行人从嘴巴里经过。

想到这些，我的心也开始激动起来，这真是一棵奇特的树。我告诉M君，这是摇钱树，小时候期待它落下铜钱来，好捡起来去买油汤圆吃呢。他笑我小女儿家呆萌，说这是栾树。哦，这么多年来我一直叫它摇钱树，原来它有一个这么好听的名字——栾树，唇齿发音有些刚柔并济之感，如同它的造型一般，树干粗壮挺拔，枝叶细柔，果实红硕，宁静中又充满生机活力。

我把这般体悟说给M君，他笑着回我："是呀，我也这么觉得，每种树都有自己的风格，就像人一样，性格各异，就看你是否懂得它的美了。"如此，我们对共同凝望过的这棵树，有着相似的体悟。

栾树，它绯红，并不刺眼，于绿叶间长出红硕的果实，沉甸甸地垂在枝头，展示着属于它的秋天。它静默无语，等待着与我们相遇，产生震颤心扉的感动。这些足以打动我为它写点什么，我在心里勾勒了一些句子。告别栾树后，我们去了稻田寻秋，拍了土地里的橙子，参观了茶果基地。充实的寻秋之旅，回城时我们走的另一条路，但我心里仍念念不忘那株偶遇的栾树。

之后几天，我在家乡一个微信公众号里看到关于栾树的一篇散文，很受触动。尤其是飞扬哥哥的留言令我心扉颤动，他这样写着："栾树的花语是奇妙震撼，绚烂一生。栾树对于一般大众来说不是很熟悉，但她已然活过很久很久了。最早出现在《山海经》里的记录：'大荒之中，有云雨之山，有木曰栾。'这个秋天，在家乡，遇见栾树，也遇见你。"

啊呀，原来栾树还有如此奇特的花语！怪不得我一见它就觉得眼前一亮，无限感动呢。儿时不识栾树，只充满小孩子家落下铜钱的幻想，那时我只觉得它红得好看，让人心里暖暖的。如今我长大了，明白了这种感觉叫作震撼，叫作触动，叫作共情。"有木曰栾"，它比我的生命久远得多，像古老的朋友，但依然用鲜活的生命力等待着我。

十分感谢M君伴我出游，邂逅这棵栾树，邂逅这场绚烂温暖的秋意。与栾树的相遇，像久别重逢，又像别开生面的初识。

儿时我见它，它是摇钱树，给予我童真的幻想与期待；那时它见我，我是烂漫无邪的孩童。如今，我再见它，它是古老质朴的栾树；它再见我，我是成熟阳光的女郎。这棵栾树，生在家乡的郊野，长在百果丰硕的秋天，立在我温润的世界里。那一树火红的果子，像一个个小小的灯笼，照亮着我。我珍爱这棵来自家乡的栾树，更爱它的花语，它是否预示我要度过奇妙震撼且绚烂璀璨的一生呢？

（载于《武陵都市报》2020 年 9 月 22 日副刊《吊脚楼》）

韭菜花开

　　初秋时节，伴着暖阳我回到乡下外婆家。车子在山间蜿蜒前行，我被满山的深绿和夹杂其间的紫红榆钱果诱惑着。到她家时近六点了，向外婆外公打过招呼后，我放下背包就往院坝上去，想趁太阳下山前拍些照片。还没走到院坝边沿，就隐约看到兰草花盆中的绿色混杂着点点白色。我加快步子走近一看，原来花盆里除了兰草，还长着绿莹莹的韭菜，那韭菜开出白色高挑的球状花朵，令我惊讶不已。哦，峻拔迷人的韭菜花也在欢迎我的到来吗？"咔嚓"声响，这白色的韭菜花被我凝固成永恒的瞬间。

　　带着韭菜花给予的欢喜心情，我顺着院坝一侧阶沿往吊脚楼前的田坝走去。绿莹莹的稻秆挺拔，稻叶狭长，结着密密果实的稻穗柔柔地耷拉着脑袋，仿佛在思考着什么。我想，它们应该是在等待最后的成熟到来，轻轻掐下一粒浅绿色的稻米，用指尖捏着，那稻米像一艘两头尖尖的小船。我剥开它的外衣，放进嘴里轻轻咀嚼，有些涩涩的米香味，仿佛"小船"已在我嘴里驶向了成熟的秋天。

我沉醉在这充满希望的绿色里，走走停停，抓紧拍视频和照片。在田坎的左侧是一小块菜地，一小片韭菜花让我眼前一亮。它们像一颗颗白色星球瞬间吸引了我，我蹲下身子观察这些可爱的精灵。一根细直的韭菜梗从底部生出朝天立着，头顶圆形的伞状帽子。细细看，那白色的伞状花序又是由若干朵小花和花苞组成的。每朵小花有五个细长的花瓣，鹅黄的小蕊。未开的花苞像捧起的小手，圆润可爱。真是迷人的韭菜花造型，单独的一朵小花如白色五角星，组合起来却成了圆曲形的伞。托举起这些白色小花的是无数的韭菜叶子，它们温顺地交叉着贴近地面。

　　这样昂扬的花，这样垂顺的叶，引得我思绪翩然。韭菜叶子好像无私的、朴素的母亲，把所有的精华和精彩都寄托在了韭菜花，也就是它的女儿身上。于是，这韭菜花女儿便有力地挺拔着、绽放着。我想到了外婆，她是这般尽力托举着她的女儿。我的妈妈亦是这般用心托举着我。这样的托举，无私且用尽了生命力量。

　　说韭菜无私，它是担得起的。它微小的身子不知哪里来的那么多能量，任凭人们割了一茬又一茬，它都静默无声，只管长出嫩苗。从春天到秋天，韭菜默默奉献着自己。韭菜根埋在冬天时，也暗自蓄积能量，待开春，探出鹅黄的脑袋，仿佛在告诉人们春天来了。不多久，一根根绿色的韭菜如琴弦奏响春的乐曲。它们虽然家族庞大、来势汹汹，但并不盛气凌人。它们长在院坝的一角，或者菜地的一角，不和丝瓜、茄子抢占半分土地，这便是韭菜的谦逊吧。

　　韭菜不仅在乡下给予我感动与温暖，也跨越千山万水来到城市陪伴我。去年毕业后，我在成都有了一个小小的家，家里有个小小的阳台。我素来热爱花草，便寻思着在阳台上种点什么。奈何阳台空间和土壤肥料有限，高大费水费事的植物不方便，那么到底种什么呢？我很快想到了老家的韭菜，便打电话请妈妈去外婆家挖了韭菜根寄来，那韭菜根在我的阳台安了家，很快吐出了绿，令我欣喜。与其说是种韭菜来吃，不如说是种了一抹乡愁的韵味吧。每次看着鲜嫩的韭菜叶子，我就感到莫名的亲切，仿佛自己也是一根嫩绿的韭菜在风中摇曳。造型柔美甚是好看的韭菜，我不舍得掐。有时韭菜实在长得旺盛，我就顺着根部把它们掐下来洗干净作为佐料，星星点点的绿色韭菜末为我的味蕾添了一种别样的滋味。

"一畦春韭绿，十里稻花香"，可见韭菜作为农家植物与人们的关系密切。人们又把它称作"懒人菜"，大抵是说它好养活，不需精细照顾。要我说，从生长速度看，它实在算得上"勤快菜"呢。它被割时不喊疼，而是从土地里汲取营养，充实着自己，不多久又把叶子献给人们。如此勤勉，如此扎根土地，怎能说愈懒呢！想到这些，我对韭菜的情意更浓了。

一只蜜蜂不知何时落在了眼前的韭菜花上，或许蜜蜂也想和我共赏韭菜花开的恬淡和清丽吧。眼前这韭菜花让人心思触动，我小心翼翼地掐了一朵韭菜花把玩。我先前对韭菜花关注不多，想不出更好的语言夸赞它，于是上网搜了一下，想了解它更多的故事。梁启超先生在《台湾竹枝词》一诗里写道："韭菜花开心一枝，花开黄时叶正肥。"好一句"韭菜花开心一枝"，尽显韭菜花之生动形象。韭菜花的花语是"奉献"，于爱情亲情都离不开奉献。七夕将至，这一枝一花也令我想到了忠贞和专一。这样的花，这样的爱情，没有理由不让人感动。

原来这灿若星辰的花朵还有如此内涵，我对它除了喜爱还多了几分敬意。在秋风习习、夕阳西下时，一个年轻女孩对韭菜花的情意或许只有不远处的翠竹知晓吧。不争不抢、不急不躁的韭菜在田间地角默默长着，给予人们绿色的滋味。专一清丽的韭菜花挺拔在秋天，诉说着一个神秘的梦。我以前怎么没注意到韭菜花这么可爱呢？或许童年时看到过韭菜花吧，只是它太小太淡了，引不起孩童的注意；也或许前些年我未曾在初秋时节返乡，自然就错过了韭菜花开的季节。

　　此刻，不早不晚，我竟碰上了这灿若星辰的花朵，我为自己的幸运以及和韭菜花的缘分感到满足。长大后的我在今天读懂了韭菜和它的花朵女儿，感受它们的意味深长。或许如韭菜般静默扎根和勤勉发芽，才能收获如韭菜花般专一明朗的爱情和事业。我也盼着成都家中阳台的韭菜开出恬淡怡人的花朵，心里默念着：花开一朵间，叶片温顺时，生活滋味深，韭菜自情长。

（载于《武陵都市报》2020 年 8 月 25 日副刊《吊脚楼》）

指甲花，女儿花

　　没有翅膀，却渴望飞翔，它如小小的蝴蝶，在细长的绿叶间振翅欲飞。身量纤纤，却活力十足，它是不规则的镜子，照得院坝一角红亮迷人。你猜猜它是谁？哦，这可爱、俏丽的指甲花。

　　指甲花个头不大，也不名贵，却有着霸气与仙气同在的学名——凤仙花。或许是那纤长深绿的锯齿状叶子对生，向外端翘起，如凤凰展翅，也或许曾有仙女用它染指甲吧，故得名如斯。这是我大胆的猜想，事实上我更习惯叫它指甲花，毕竟在乡下大人和孩子们都是这么叫的。

　　指甲花不挑地头，长在院坝的一角，沐浴在阳光和雨露中。有时，它也躲在屋后一角，只要照得到些许阳光，就长势喜人。春天，它刚萌芽时，浅绿娇嫩的身子惹人爱怜，朴素得和乡间一般的猪草没啥明显区别，因此并不十分惹人注意。等到春末夏初，它的花枝上冒出了粉嫩的花苞，青涩的红才让这花草显出别致来。时间一天天地过，指甲花的绿叶变得越发细长，粉嫩花苞也长大，不知何时悄悄绽放开来，如红色的小蝴蝶。

"啊呀，指甲花开了!"清晨，村里孩子一声惊叫，迎来了指甲花的盛放时代。那大红的、粉红的花朵，在绿叶间透出脑袋来，打量着这方土地。几朵挤在一处的花朵像害羞的女孩，微微低着头，仿佛在说悄悄话。乡下没有指甲油，女孩子们便扯下颜色浓郁的花瓣，挤出花汁，抹在手指甲上。要不了多长时间，那指甲盖就变得鲜艳亮色，格外好看。

蹲在院坝边的几个女孩叽叽喳喳，我帮你摘花，你帮我涂抹，小小的指甲花成为女孩子们对美丽初探的代言人，互助涂抹间也能增进友情。有时，女孩子们还会摘花型姣好的花朵，小心翼翼地夹进书页，等花干燥后，书页上就会出现蝴蝶形状的浅色印记。那朦胧的梦一般的印记，是女孩们自制的书页印章。如女孩般粉嫩，且被女孩玩耍手间，因此指甲花又被称为"好女儿花"。

夏天的乡村，房前屋后竹林一片深绿，玉米、稻谷、豇豆等也都是葱郁的绿色，因此这院坝边沿的红色指甲花倒显得稀奇，或许正如诗句所言："万绿丛中一点红，动人春色不须多。"当然，指甲花映照的是迷人夏景，两个月的花期足以点亮一方小小的天地。日子一点点地过去，秋天来了，那些艳丽的花朵变成小小的细绒的果实。那果实鼓鼓囊囊的，让人忍不住摸摸它一探究竟。

指甲花的果实可不得了，“脾气”大得很！你一摸，它的果实竟如孩子噘嘴般快速裂开继而变得微卷，细小圆润的种子四下弹开，只留下卷曲的果壳在花秆上。因这特性，指甲花又得名“急性子”，果然花如其名。事实上，这是它传播种子的特殊方式，可谓俏皮、麻利的动作呀。

如果说涂抹指甲花是女孩的专利，那么玩指甲花果实则不分男孩女孩。孩子们好动倔强，偏要招惹指甲花的果实。有时，孩子们蹲下来，故意触摸留在花秆上的果实，看它弹出果实；有时，孩子们小心翼翼地摘下整个果实，捧在手心，再触摸弹开，感受那微小却生动的力量，看圆润的种子静默手间。

指甲花在孩子眼中是俏皮玩物，在诗人眼中却别有韵味。诗人如此赞叹它：“春季叶始生，炎夏花正鲜。叶小枝又弱，种类多且妍……渊明爱逸菊，敦颐好青莲。我独爱指甲，取其志更坚。”的确如此，指甲花身子娇嫩却志气昂扬，即使冬月严寒种之火坑也能生长，如此顽强的生命力担得起志坚的美誉。

小小的指甲花，给了孩子们多少欢乐，如蝶飞舞，如镜朗照。它照亮的不仅是院坝一角，更是纯真的童年时光。它微小的身子蕴含着质朴的生命哲学，顽强且柔韧，舍得奉献自己。它开在院坝，开在乡野，开在乡愁的深处。

（载于《武陵都市报》2020 年 7 月 21 日副刊《吊脚楼》）

乡下的南瓜

　　夏天，菜摊上绿油油的蔬菜瓜果不由得让我想起乡下的菜园。瘦长的黄瓜、豇豆、四季豆，紫色的茄子、绿色的辣椒等，都是菜园里的精灵。最令我思念的，还是那敦实的乡下南瓜。

　　我生得圆润饱满，想起乡下那同样饱满的南瓜，竟觉得亲切无比，就像村里的姐妹一样。的确也是如此，乡下的南瓜在我童年记忆里有着不可磨灭的印象。先说生长环境吧，南瓜不挑剔，房前屋后的角落、菜园土坎边，都是它的生长家园。南瓜种子只要着了泥，发出芽后，嫩绿枝叶就逐渐蔓延开去。

　　相比其他蔬果只能吃果实，南瓜可谓全身都是宝。嫩嫩的南瓜茎条，可掐几枝来，剥了筋炒了吃，清香可口。等到南瓜开出金黄的花朵，仰面朝天甚是好看，有趣的是人分男女，花也分雌雄，只有雌花才能结出果实。在我们老家有种美食叫作南瓜鱼，就是南瓜花制成的。早晨，采摘数十朵带着露珠的雄花，掐去里面的花蕊，拍去花粉，摊开晾晒至半干。再把调好的糯米面团一点点包进"花皮"里，捏成长条形，如同一个个小鱼儿。只不过这些"南瓜鱼"不能畅游小溪，而是被放进土坛子里，腌上十天半月即可夹出来，配上青丝，或者与腊肉片一同炒制，更能品味出"南瓜鱼"的香糯可口。

雌花结出的小青果一点点壮实起来，不多久就成了饱满的南瓜，身上有浅绿深绿交织的斑点纹路，像个小女孩穿了一件质朴的土布衣服。我爱进菜园，摸摸黄瓜、捏捏豇豆什么的，蹲下身子扭一个嫩南瓜放进竹篮，餐桌上就会出现炒南瓜片或者南瓜汤。谁家的南瓜先长好，也会摘两个送给邻居尝鲜。多的吃不完的南瓜，乡下人会把它做成南瓜片。把嫩南瓜对半切开，去除瓜瓤，用推子螺旋式推成长条，挂在院坝的竹竿上。不多久，水嫩的南瓜条变成了南瓜片，存放好，可保存数月。冬天炖肉汤时加些泡好的南瓜片，味道不错。

南瓜渐渐变老，身上的色泽变黄，从曾经的嫩娃娃变为了敦厚的老妇人。老南瓜经放，存在墙角好几个月不会变质。《本草纲目》写着"经霜收至暖处，可留至春"，可见老南瓜耐得寂寞风霜，守住乡下人舌尖上的美味。老南瓜绿豆汤、南瓜蒸百合、南瓜稀饭等都是滋补的吃食。更让孩子期待的是，把老南瓜蒸熟捣成碎泥，和上糯米面，做成南瓜饼放进锅里炸得喷香。热乎乎、喷喷香的南瓜饼是孩子的最爱，因此大人炸饼时，孩子总在锅边转来转去，小眼睛盯着锅里的饼。

说到南瓜浑身是宝，怎能少了南瓜子呢？冬天，火炉盘子边煨上一些南瓜子，就是打发时间的小零食。如今，城里的南瓜子口味更多，受到人们喜爱。不过相比五香味十足的机器烤制南瓜子，我更喜欢乡下炉子烘出来的原味南瓜子，口味虽清淡，但更显瓜子本味。也或许，我怀念的是那些和家人依偎炉火旁，听大人讲故事的时光吧。

南瓜多籽，因此也寓意"多子"，被人们寄予了美好的期盼。在乡下，有"摸秋"的习俗，主角就是南瓜。临近中秋，人们到别人地里偷个老南瓜。说是偷，其实是一种农家闲趣，把美味和好运彼此分享。谁家的瓜被偷得多，说明他家的收成不错，人缘很好，运气也会红火呢。

元代王桢在《农书》中如此写道"色黄如金，肤皮稍厚，藏之可历冬春，食之如新"，用简短的语言描述了南瓜之貌、存储特点，也可见穿越了千余年，南瓜仍未改其本性。比起豇豆、四季豆之类往高处攀爬的蔬菜，南瓜匍匐在地上，悄无声息地延展枝叶，结出的果实也藏在深绿的枝叶间。等到成熟变得金黄，南瓜和变黄变老的枝叶一道让土地多了几分秋意。关于南瓜的吃食并不名贵，多是简单的农家菜，却温润滋补，像一位操心的老母亲熬制的养胃汤。

乡下的南瓜朴实无声，从青涩时光到成熟暮年都陪伴着农人。它不奢求太多肥料和精细照顾，埋头默默长着。我怀念那些在菜园里采摘蔬果的时光，感恩这可爱可敬的南瓜，感悟包含在南瓜里的情怀与启迪。

（载于《武陵都市报》2020 年 6 月 30 日副刊《吊脚楼》）

豇豆情

"送郎哎送到哟豇豆林哎，手摸豇豆诉衷情哎，要学那豇豆成双对，莫学那茄子打单身哎……"在黔江，这曲《送郎调》以物喻人，表现出热烈的情思。我哼着这民歌小调，想象着菜园里细长的豇豆，再想到豇豆的吃法、说法，竟觉得妙趣横生。

春天播下种子，豇豆苗发出来，和黄瓜、四季豆等嫩苗区别不大。等到它们开始吐丝，人们得把备好的细长竹竿（乡下人称为"栈栈儿"）插在根旁，把细丝绕在竹竿上，其余时间做好施肥除虫即可。时间过去，豇豆的细丝和绿叶一同长高，变得丰盈，植株贴着地面的光景消失，转而变为朝天生长。且说那花朵，如淡紫色、粉紫色的小蝴蝶乖巧地停在枝叶间，时间的魔法让这些小蝴蝶变成细长的果实。毫不夸张地说，此时的豇豆摇身一变，成为乡下菜园子里的"高门大户"。不信你看，一根"栈栈儿"撑起的就是一个葱葱郁郁的大家族，叶茂花繁。再看其中的豇豆果实，是"大户人家的女儿"。它们个头纤纤，颀长的身体像穿着一件绿色旗袍，靠茎蔓位置的一丛深色疙瘩就是立起来的领子，别有一番风味。这些细长的乖姑娘们向下垂着身子，在风中窃窃私语，也偶尔和匍匐在地的南瓜、黄瓜朋友们闲聊几句。

蒜蓉凉拌嫩豇豆，或是炝炒嫩豇豆、肉末炒豇豆，都是口味极佳的。酸豇豆是乡下的一大特色。一把水嫩的豇豆洗干净，挽成一扭塞进乡下的土坛子，要不了几日，那青涩的"乖姑娘"就成为风韵十足的"熟女"了。酸豇豆下饭或是拌着面条，极为可口，真是开胃的好食物。再有豇豆焖饭也是很好的，把嫩豇豆放在锅里稍微炒制一下，再把沥过米汤的饭放在上面，柴火焖出来的豇豆饭有着米饭的清香，又有猪油的爽滑，味道确实美极了。

若是你以为豇豆只能鲜食，那就错了。在乡下，大部分人家菜园子的蔬菜都是吃不完的，做干菜成为最好的选择，既不浪费蔬果，又可缓解冬日菜品少的烦恼。干豇豆作为干菜中的佼佼者，是要好好说说的。我外婆和多数农村妇人一样，夏天很多清晨都在菜园子里劳作，摘豇豆、打南瓜花等。她把嫩豇豆背回家，洗净水煮，不必太熟，简单地焯下水即可，再装进筲箕滤水。院坝上的竹竿正等着这些过了水的豇豆，人们把豇豆逐条挂在竹竿上。一条条嫩豇豆在太阳炙烤下变成了皱纹十足的"老太婆"。若是太阳光足，可一次性晒好。若是太阳光不足，还得在灶火前烘干。到了冬天，干豇豆就发挥大作用，拿热水稍微泡泡丢进腊猪蹄汤锅里，干豇豆吸收了肉汁，富有嚼劲又不失豆类的爽口。

干豇豆是外婆逢年过节送给来家里客人的"扎包"，她十分客气，总说："我怎么好意思白拿人家东西呢，自己做的农家干菜也算点小心意吧。"去年夏天，我帮外婆晾晒豇豆，又把晒好的干豇豆切成小段，装成小包放好，一番操作让我体会出其中的艰难。从小小种子培养发芽，去园中采回带露水的青青果实，再到晒成深褐色的干豇豆，这数月间凝结了外婆多少辛劳。

豇豆不仅是人们餐桌上的嘉宾，也是口语里的常客。有些人长得瘦高瘦高的，人们称之为"干豇豆"，形象贴切，可见方言比喻之妙。再如"赖疙宝吃豇豆——悬吊吊的"，令人忍俊不禁。又如肥嫩的四季豆和豇豆相比，人们说"四季豆比豇豆——还差一截"，个中差异生动形象。也有"一篮茄子一篮豇豆——两篮（难）"的说法，充分运用谐音达到一语双关之妙。正如《送郎调》中所唱的，成双而生的豇豆被人们赋予了美好寓意，即男女情投意合、成双成对。估计那被豇豆比下去的"单身蔬菜"茄子听到歌声后，会暗自垂泪吧。

那青青的豇豆挂在绿意盎然的菜园里，也垂在我的记忆中。酸的、油焖的或是晾干的豇豆，都是味蕾上的乡思。盛夏，让我化为一根细长的豇豆吧，慵懒地飘在我的村庄菜园中。

（载于《武陵都市报》2020 年 7 月 28 日副刊《吊脚楼》）

故乡的芭蕉

　　故乡在我心中最难忘的颜色是绿色。在那些深绿、浅绿随季节更换的乡土记忆中，有一抹不可替代的绿色占据心的一隅。这份绿色坚挺不乏温柔，深情却又克制，它来源于故乡的芭蕉。

　　在山高林密的武陵山区，芭蕉十分常见。它们长在低湿地区，一丛丛，一簇簇，热闹但并不显得拥挤。芭蕉的主干坚挺笔直，叶片慵懒地舒展开来，像一把长圆的扇子。它的叶脉清晰粗壮，贴近梗处较粗，接近叶端逐渐变细。蜡质的叶片又有许多纤细的平行脉。儿时的我时常把芭蕉叶子想为一把巨大的梳子，或许这把绿油油的梳子能梳走乡村生活的一些痛苦和愁闷，带来些许安慰和快乐。

　　芭蕉长在我家院子的边上，挨着古朴的吊脚楼，仿佛是立于老者身旁的绿意童子，清新且富有活力。我最爱下雨天，趴在吊脚楼的栏杆上，听雨打芭蕉的声音。那时年幼，只是觉得"滴答滴答"的声音好听，充满一种不可言说的欢乐。后来长大离开了老家，多读了些诗词，才知道雨打芭蕉里蕴含的深情与惆怅。

"弹作一檐风雨，碎芭蕉寒绿""芭蕉叶上三更雨，人生只合随他去"等诗句让我领略到了芭蕉别样的情思。于是如今想到雨打芭蕉，我的心里也多了些淡淡的失落和思念。

夏天，我在田间小路放牛时，偶尔遇上突如其来的雨。赶着老黄牛小跑回家，我顺手在土坎边扯下一叶芭蕉举过头顶，一把芭蕉伞给予我短暂的保护。跑着跑着，举着芭蕉伞的我甚至幻想，要是能给老黄牛编个芭蕉蓑衣多好呀，免得它被雨淋湿了。这样跑着想着，不知何时就到家了。老黄牛悠悠然地进了牛圈，遮雨的芭蕉叶子被我拿进屋里放在一角，那一抹绿意似乎把灰暗的角落照亮。

阳光极好时，芭蕉叶子在阳光下闪着明朗的绿光，偶尔随风晃动，像一个穿着绿色长裙的女孩跳舞。夏天放学路上，若被太阳晒得凶了，我和伙伴会扯下芭蕉叶当遮阳伞。地上的人影和芭蕉叶影子像一幅移动的画，随着我们的步伐忽快忽慢地变化着造型。我看过《西游记》电视剧后，知道了铁扇公主的芭蕉扇能扇灭火焰山的火，好不震惊！于是，有时我也拿着芭蕉叶子在空中扇起来，可我的芭蕉扇哪能比得上铁扇公主的呢，充其量扇走身边一两米内的热气罢了。不过，那肆意挥动芭蕉扇的时刻，足以填满我童年所有的欢乐。

芭蕉叶子不仅可以遮阳避雨，也能作为包米粑粑的工具。把新鲜的芭蕉叶子割下来，从主脉根部撕出若干个巴掌宽的小片，再用开水烫过，新绿的叶子就变成了暗色软塌的模样。阶沿角落的石磨嘎吱作响，人们把磨出的米浆灌入折成锥形的芭蕉叶子里，上锅蒸熟，香甜软糯的芭蕉米粑粑就做好了。芭蕉叶片满足人的食用需求，芭蕉的主干也可以割断作为猪食。圆形的芭蕉段，切面流出黏糊糊的汁液，像哭泣的眼泪。我一边宰芭蕉，一边念着："芭蕉芭蕉你莫哭，一会大锅就煮熟，喂给我家猪儿吃，吃完以后好长肉。"芭蕉段在刀下发出咔嚓咔嚓的声音，盆中响起一段跳跃的音乐。作为山里的孩子，食指上的不规则疤痕见证了我宰猪草的岁月，说不定某条疤痕就是宰芭蕉时留下的。

不像其他贴近地面的花草，芭蕉花如同一颗硕大饱满的瓜子垂在叶间，通体紫红色，底部圆润，顶部尖细。剥开花瓣，里面藏着鹅黄的花蕊，再剥开一层花瓣，又藏着细嫩的蕊。就是这些小小的蕊，在时光流逝中变为青嫩的果实。虽然芭蕉也结出硕果，像密密的孩子依偎在一起，那青果成熟后变得黄灿灿的，看着诱人无比。小时候吃过一两次芭蕉果实，有些粗粝涩口，因此不愿再尝试芭蕉，而是巴巴地等着爷爷从镇上赶场时买回几根香蕉。

一叶才舒，一叶又生，如此生生不息。通常情况下，芭蕉叶子是完整的长圆形，但风雨的侵蚀和虫蚀等也会让叶片撕裂，丝状的叶片像撒开的头发。如此，盎然勃发和颓丧破落的生命状态在芭蕉叶上交融，叫人可敬可叹。芭蕉叶不会轻易掉落，枯萎的叶子依然挂在绿叶丛中，枯黄和绿色交织如同一曲欢乐夹杂着悲壮的歌曲。如今我知道了这叫作"巴而不陨，焦而长悬"，故得名芭蕉。

芭蕉和村庄的人们和谐共生，一年年地生长、衰落、再生长。在这样的时空境遇下，关于芭蕉的说法实在不少。"芭蕉开花——一条心"，可见人们观察植物之细致，并寄予生活的期盼。大人们聊天时也常提到"火烧芭蕉——心不死"，表现出做事的决心。我暗自有些佩服芭蕉的坚韧和顽强，芭蕉的生命力的确强大，只要根还在，哪怕失去了全部枝叶，也会在来年长出新的枝干叶片。某件事没做成或者希望落空了，人们说"成熟的芭蕉——黄了"。形容事情不长久，人们说"芭蕉树上垒鸟窝——好景不长"。芭蕉枝叶光滑不能供鸟雀筑巢，生动地说明了事物根基不稳导致态势崩塌之意。从前我以为芭蕉是树，现在才知道其实它更近于草本植物，只不过是高大的草。怪不得人们总说"芭蕉杆盖房子——不是那个料""芭蕉杆做桩子——经不起敲打"。

芭蕉是地上长出的绿色精灵，坚定而飘逸的形象给我深刻的记忆。炎夏时节，我渴望摘下一片硕大的芭蕉叶子为我扇去炎热，遮蔽头顶的骄阳。下雨时，我想象着自己仍趴在吊脚楼上，听雨打芭蕉的声音。可爱的芭蕉是乡间刚柔并济的所在，它柔情温婉，也不乏质朴的内在。故乡的芭蕉年复一年地生长，我何时能再次亲近那抹情深义重的绿色呢？

（载于《武陵都市报》2020 年 8 月 11 日副刊《吊脚楼》）

鸭子花开

　　阳光明媚，我和朋友去望江楼公园游览。锦江之畔，白鹭轻飞。漫步在翠竹幽幽的小道，心里舒朗了不少。"呀，鸭子花开了。"我被侧前方墙角的紫白色小花吸引。深绿色的狭长叶片，紫白色的小花骄傲地昂着头，独立挺拔的姿态又不失柔美。这小小的花触动乡愁的闸门，我想乡下的鸭子花也该开满山坡了吧。

　　这可爱的草本植物学名叫扁竹根，属于鸢尾科，有的地方也叫蝴蝶花。在我的老家重庆黔江，人们叫鸭子花，或许是因为它的根部扁扁的，像鸭子的脚掌，又或者是春暖花开时节鸭子出来觅食踏春，这满山坡的小花花与鸭子同乐吧。

　　三四月份，春水初涨，曲曲折折的小溪叮叮咚咚唱起歌来，岸边开满了白色或紫色的鸭子花。老黄牛低头默默吃草，不时发出"哞哞"声。只要牛在视线范围内，放牛娃们就不管它，开始玩鸭子花。

　　我喜欢和小伙伴用鸭子花进行花船比赛。我们把两朵小花在相反方向贴合，花柄交叉插入，做成一只小小的花船放入水中，看谁的花船游得稳当且快速。遇到一些枯枝或树叶等障碍物，我们就用小树枝拨一下，让它们继续前进，同时嘴里念着童谣："鸭子乖乖，没得爹妈，天黑以后，各人回来，鸭子花船，游得飞快……"花船漂到下游，我们不再追赶，又回到小溪上游，放下新的花船，开始新一轮比赛。

每次我的鸭子花船都游得又快又稳，我放牛回家后告诉爷爷，他乐呵呵地分享我的快乐。那时爸爸妈妈在武汉打工，我和爷爷奶奶一起在乡下生活。年幼的我不知道武汉到底有多远，但大致明白，我们的村子在上游，长江在下游，我在水里放进鸭子花船，说不定它就会流进长江呢。我真想它游到武汉，游到爸爸妈妈的身边，再变成一艘大船，把爸爸妈妈接回家。

每年，短暂的春节相聚后，爸爸妈妈又出了门。春天里，漂亮的鸭子花开了，可爸爸妈妈不能欣赏到。小学毕业后，我去了县城读初中。学了地理知识后，我才明白儿时的自己多么天真：老家的小溪流入细沙河，细沙河流入阿蓬江，阿蓬江流入乌江，乌江流入长江。无数个支流汇成主流，如此千回百转的水流，一只小小的鸭子花船如何能到达浩荡的长江呢？但童真毕竟是美好的，那样的想象也无形中激励我像鸭子花船一样流向远方的大河。青春期的我游过了乌江，到了长江之畔的重庆读高中。

2016年春天，本科学习快要结束，趁着清明假期，我回到了久别的老家。小溪边满山坡的鸭子花一如既往地开着，我蹲下身子，摘了两朵鸭子花，做成花船，念着童谣："鸭子乖乖，没得爹妈，天黑以后，各人回来……"小小的花船顺着溪水悠悠地往下游流去，渐渐漂远，我的眼泪忽地流下来……

一样的鸭子花开，而我已不再是曾经那个天真的乡下孩童。

我的花船再也盼不来一起回家的爸爸妈妈，因为他们多年前已离异。我也不能再像从前那样兴冲冲地告诉爷爷，我的花船游得稳稳当当，比其他孩子的都游得好。爷爷离开十年了，如今他的坟前已长满了鸭子花，郁郁葱葱。我走到爷爷的坟前，把这些年成长的喜怒哀乐讲给他听，微风中鸭子花轻轻摇曳着，或许是爷爷在安慰我吧。

此刻我在锦江之畔，童年的鸭子花船载着我的梦想，逆流而上，跨越乌江，来到锦江。愿美丽的鸭子花永远开放，勇敢的鸭子花船畅游在生命的河流中。

（载于《成都日报》2020 年 6 月 8 日副刊《锦水》）

红苕藤首饰

　　我对珠宝首饰没什么兴趣，至今还没有一条项链。虽说如此，但有一条纯天然的项链在记忆里发着绿光，和它一道发亮且散发芬芳的是绿色首饰家族，包括手链、耳坠、发饰等，它们被我称作红苕藤首饰。

　　红苕是我们当地对红薯的称呼，少了些书卷气，多了些乡土味。在方言里，"你娃苕得很"略有贬义，大致是说一个人土气、不中用。红苕其实"不苕"，它在地里结出密密的果实，地上是郁郁葱葱的藤蔓和叶子。我说的红苕藤首饰就是用这葱郁的藤蔓叶子做的。

　　盛夏时节，红苕藤铺满了菜地。它们的经络横着生长，匍匐在地上，又依次长出许多细直的小枝条，好一片绿色葱茏的景象！于大人，红苕藤更多的是实用性，如将翻红苕藤背回家做猪食，偶尔也掐点嫩的枝条去筋后炒来吃。于孩子，红苕藤是创意手工的玩意儿。制作红苕藤首饰，几乎是女孩子的专利。几个女孩在一起叽叽喳喳，选一块长势最好的红苕地，翻开茂密的心形红苕叶子，挑选粗壮又笔直的枝条，小心翼翼地从根部掐断。女孩们拿着一小把红苕枝条，蹦蹦跳跳地回到院坝边，或者蹲在阶沿，开始做首饰。

最常见也是最普通的样式，便是红苕藤项链。女孩们把顶端的叶子去掉，再从粗的那头轻轻撕断红苕梗，那外层的经条和红苕嫩梗便分离，沿相反方向依次撕开，一条错落有致的项链成型了。撕的小节密度可以自行调节，有的女孩撕的粗节子，有的则是细节子，不过总体造型都是相似的。这样的项链可以拎起来挂在脖子上，也可多缠绕几圈在手腕，变成了手链。项链接触肌肤的瞬间，有些微微凉意，那淡淡的植物浆汁味也停留在手间和脖子上。

女孩子总是不满足简单的花样造型，尤其钟爱另一种心形项链。心形项链做法和普通造型的基本一样，只是保留了顶端的红苕叶子。挂的时候，那叶子垂在胸前，像一颗硕大的绿宝石，这让简单的项链变得华丽多了。因此，在采集原材料时，女孩们钟爱那些枝条壮硕、叶片造型完整颜色深浅适宜的红苕藤蔓。

除了项链，女孩们也用稍短的红苕梗做成耳坠，以及头饰。挂在脖子上的项链、盘在头上的发圈饰品、绕在手腕的手链等组成了一个阵容不凡的红苕藤首饰家族。你帮我盘头饰，我帮你挂项链，一番"盛装"打扮后，每个女孩都成为公主，飞跃到自己的童话世界。红苕藤首饰简约质朴、青嫩可爱，却给了女孩极大的快乐和满足。一撕一搭、一笑一动之间，纯真的童年时光收纳在了这些红苕藤首饰中。

长大后的我并不热衷珠宝首饰，仅在一次活动做主持人穿礼服时戴过一条借来的项链。红苕藤首饰应该是我戴过最珍贵的珠宝,伴我度过乡村童年。那样简单欢乐的心情,那种对美丽最原始的追寻,令我无比怀念。如果说肥硕的红苕果实教会我深埋土地,给予人们食物滋养,那么红苕藤首饰则教会我发现美好,创造和分享美好。

小学毕业离开家乡,一晃十余年飞逝。已经许久不曾戴过红苕藤首饰,我思念那简单质朴的美好,也怀念那些陪我玩过红苕藤首饰游戏的伙伴们。如今,她们大多结婚生子,应该也已戴上了真正的项链耳坠。她们,是否会像我一样,时常想起那些戴红苕藤首饰的童年时光呢?

我们的童年时光恰似红苕藤枝叶一般乡土味十足,青涩且单纯。村里的孩子也如这红苕藤一般细密且活泼地长在乡土之中。这年轻的富有生命力的藤蔓长呀长呀,长出了村口,长到了镇上,伸到了城里,延展到生活的各个角落。我想着和我同根生长的伙伴们,想着那些红苕藤带来的愉悦时光。哦,请让绿色的红苕藤首饰再度装扮我们的容颜吧,绿色如水洗去铅华,还原女孩们纯真的模样。

(载于《武陵都市报》2020 年 8 月 4 日副刊《吊脚楼》)

秋阳微暖柚子香

　　那天午后，我骑车在学校周边散心，看到路边有位微胖的农妇在卖黄色浑圆的柚子。那饱满的果子堆在竹背篼里，发出温润的光芒，如一个个光溜溜的胖娃娃依偎着，惹人爱怜。我下车打听价格，要比学校门口超市便宜不少，农妇告诉我这是她自家种的。我脑子里立马出现果实累累的画面，问她家离这多远，能否前去参观柚子树。她愣了愣，得知我是附近学校的老师后，有些害羞地说可以，刚好有事要早点回家，我便跟着她往不远处的小山丘走去。

　　沿着大路走了没多久，穿过一段小路后，她指着左前方的小院说马上就到了。我注意到那是一个铁门半开着的农家小院，门口一大丛金黄的小菊花开得正艳，如同一张张小脸在秋阳下咧开嘴笑着。进了院子，她放下竹背篼，进屋倒了一杯水递给我。

　　她笑起来给人温暖敦厚的感觉，我叫她张姐，她叫我宋妹。坐在太阳下的院坝喝茶，稍作休息后她便带着我穿过里屋到了后院。

张姐一推开后院的竹篱笆，我瞬间被震撼了！几棵小碗粗细的柚子树，树叶绿中带黄，枝头挂满了黄澄澄的果实。两三个柚子依偎在一个枝丫，黄绿相间、丰收外溢的样子看着叫人欢喜不已！枝头垂着的果实在阳光下泛着点点微光，真是印证了"果实累累"这一成语，我欢喜地赞叹着："多美好的果实，真像一个个小太阳挂在枝头！"听我这样夸她的柚子，张姐有些意外，也有些害羞地说着："我没啥文化，只觉得这又黄又大的柚子看着心里舒服呢。"

我向她请教柚子树生长的过程，以及如何打理。她说："春时，柚子花开得白须须的，好闻得很，有时风一吹就落了不少，夏天结出细小的青果。挂果后，看年份，若是挂得过密，就适当打掉一些。"我有些不解地问，为何打掉一些。她解释，若是果子过密，营养不够，结得果实就不大，也不好吃。我联想到柚子树如同一位母亲，奶水有限，只能喂养有限的孩子。我把这个想法告诉了张姐，她笑起来，说道："宋妹，你还没结婚生娃娃，这个比方还是说得像。"

吃着酸酸甜甜的柚子，我突然想到去年此时和男友一起吃柚子，那些美好的画面历历在目。奈何爱情的甜蜜经不起流年考验，往日的幸福早已不见踪影。我吃着想着，不自觉地叹了口气，张姐了解我的心事后，安慰我："宋妹，莫想多了，不是你的留不住，是你的挡不住哈。张姐我是过来人，听姐一句劝，想开些，来继续吃柚子吧。"

在微微的柚子香味中，张姐给我讲了她的故事。十几年前，张姐含泪离了婚，因为她丈夫和婆婆嫌弃她婚后几年迟迟不生孩子。离婚后，在郁闷伤心之时，她遇到了现任丈夫吴哥。吴哥比她大十岁，心眼老实，和年迈的母亲同住。心灰意冷的张姐被吴哥渐渐暖了心，决定嫁给他。结婚后，张姐从亲戚家移来几棵柚子苗栽在后院，因为她听老人说柚子有"佑子"的说法。婚后两年，小小的柚子树开了花，却没能成功挂果，一如张姐的肚子依旧没动静。但是吴哥依然对张姐温和相待，还买中药给她调理身子，陪她去医院检查。张姐试探地问，要是我们一直没娃娃怎么办。吴哥憨厚地答道，那就是我们命中注定没有娃娃，别担心，我还是会对你好的。

就在第三年春末夏初，小小的柚子树上挂了两个青涩的果子，张姐欣喜不已。没多久，张姐开始呕吐头晕，一检查，竟然怀孕了。张姐生下一个健康的女儿，给家里添了许多欢乐。两年后，张姐又生了一个可爱的儿子。从此，张姐便更加细心地照料这几棵柚子树，就像照顾自己儿女一般。那小小的柚子树一年年的壮实起来，结的果也逐年硕大可口。

我笑着说可能是柚子真的带来了"佑子"的好运。张姐意味深长地说："或许是吧，但我想现在老公的关心和照顾才是最好的催化剂。我后来去检查，医生说我身体不好，得细细调养才能怀娃娃。跟第一个老公结婚那几年，我们经常生气吵架，加上身体本来就不好，一天天气鼓鼓的，咋个能怀娃娃嘛。"

说完，她又拿出一个相册，给我看全家人的照片。每年柚子成熟时，他们一家人都会在柚子树下拍张全家福，张姐和家人笑着，树上的柚子也笑着，真好。现在，儿女读高中住校，一个月回家一次。吴哥在外边打工，每年柚子熟了，一家人聚在一起吃柚子，就是最值得期待的事情。

"宋妹，不是每朵柚子花都能长成柚子，这也看缘分。就像女人，不是个个都能碰到真正心疼她的男人。但是，千万莫把自己看轻了，要相信有的幸福来得晚，但是更经得起考验。"我听着张姐的安慰，觉得她虽然文化不高，但说的话充满质朴的哲学意味。

我抬头望望满树的柚子，闭上眼闻着淡淡的果香，幽幽的，清冽的，有丝丝苦味，但仔细再闻，还是甜味为多。我再次夸这柚子又香又好吃，张姐微笑着说，这柚子虽说中秋节前后就基本成熟，但还不够甜，只有被秋霜打后自然变黄才好吃。我想到张姐的人生故事，何尝不是历经秋霜、苦尽甘来呢。

分别的时候，张姐现摘了两个大大的柚子。她用一个白色塑料袋装了柚子递给我，我接过来手里立马感到沉甸甸的。她死活不收我的钱，说认识就是缘分，希望我高高兴兴地工作，注意身体健康，看来她真把我当作自家小妹在叮嘱呢。

"宋妹胖乎乎的，就像柚子一样可爱哈，你肯定会幸福的，也一定会有甜甜蜜蜜的生活。"想着和张姐聊天的种种，我脑子里出现"柚缘相见"四个字，心里满是欢悦惊喜的滋味，步伐不自觉地轻快起来。我抬头望天，秋阳懒懒地照着，光明却遥不可及。手里沉甸甸的，仿佛提着两个人间的"暖阳"，温暖触手可及。柚缘相见，真好！有这样的"暖阳"庇佑着，今后的人生一定会温润芳香。

（载于《武陵都市报》2020 年 11 月 3 日副刊《吊脚楼》）

故乡的慈竹

武陵山乡多竹子，楠竹挺拔刚毅，箭竹玲珑小巧，慈竹蓬生葱郁。多年来，在我记忆深处摇曳的是吊脚楼前那丛慈竹。不知道这丛慈竹长了多少年，从我记事起，它就那么葱郁地长着，年复一年，从不疲惫的样子。这丛慈竹会不会也在父辈的童年里摇曳过呢？一想到它比我的生命要久远得多，我就心生敬意，仿佛它也是村里的长辈，眉目温和地看着我慢慢长大。

慈竹长在吊脚楼左侧一个低矮的小土坡边。它们的根紧密地依偎着、交错着，一枝枝瘦长的竹竿伸向天空，整丛慈竹像一个热闹的大家族。春天长出新竹笋时，麻黑的笋壳上布满了斑点，还有细细的绒毛。几场春雨几场暖下来，竹笋噌噌地长起来，露出青嫩的竹竿，上面有一层细密的白霜。我用手在白霜上面写下自己的名字，有时也画上小狗小花，结果没几天那竹子带着我的图画蹿得老高老高的。哎，这下只能"望竹兴叹"了。我兴致勃勃地一次次"欺负"小竹子，又一次次被长高后的竹子逗得心痒痒。

慈竹的竹竿细长坚硬，顶端却又细又软，柔柔地垂了下来。小时候，我总觉得那又细又长的顶部弯曲的竹竿像鱼竿。只是没见到它钓上来什么鱼，估计钓了蜜蜂和蝴蝶吧。我和小伙伴尝试用这细细的竹竿做鱼竿，在竹梢处用细线绑了蚯蚓，垂在小河里。好动的孩子难得变安静，等啊等，好不容易感觉颤抖一下，提起来一看，蚯蚓不见了，鱼儿却不见踪影。试了好几次，这竹子鱼竿不好用，我们觉得索然无味，不再用它钓鱼，直接用楠竹编的篾篓去水里戳鱼了。

慈竹一年四季都是青翠悠悠的，簇生的竹叶像一只只手，在风中晃动。我写完作业后，就爱趴在吊脚楼上看慈竹在风中跳舞，看久了觉得自己也是其中的一片竹叶，加入它们跳舞的行列。一些小麻雀叽叽喳喳地飞过慈竹，有时在竹梢落脚，为这场自然舞会伴奏。有时我和小伙伴会扯下一些竹叶玩游戏，或者把竹叶卷起来，叫作"叫叫儿"，看谁吹得响亮。

到了冬天，一夜北风过后，大雪把整个村子染白。慈竹也被大雪裹得紧实，雪白中透出一点点竹叶绿。早上起来，看到被压弯腰的慈竹，我竟有些隐隐地心疼，它要承受这般重的大雪可真是不容易呀。果然，慈竹被压得发出噗噗的声音，有时一两枝竹梢也被压断，簌簌抖落下积雪。有一年冬天，我实在心疼这善良的慈竹，想为它减压，便走到慈竹边，对着竹子底部用脚使劲踹了一阵。"噗噗噗"，一些雪从竹梢落下来，我的头发和衣服都被雪覆盖了。有些冰冰凉凉的，冻得哆嗦，我还是傻傻地笑着，也不去想一会是否会被爷爷奶奶责骂。努力没有白费，那慈竹被我踹得抖掉了一些雪，变得轻盈不少，竹梢也抬了一点起来。我回到吊脚楼上，看着抬起头的慈竹，感到满足。

进城读中学时，难忘那天告别故乡的点滴。慈竹在风中摇曳着，仿佛在说，孩子去吧，努力地读书，快乐地成长。爷爷去世后，奶奶进了城，我回老家的日子越来越少，见慈竹的时间也越发少了。这两年回老家祭奠爷爷，经过慈竹边的小路，我像一个过客在车里匆匆地经过这丛慈竹。它好像和吊脚楼一样，变得衰老了些，即使它仍然青翠，但我仍感到了那丛绿意里有淡淡的忧伤。曾经趴在吊脚楼上久久凝望它的女孩，曾经为它抖掉积雪的女孩，转眼间已然长大，成为村里的过客。我感到怆然，时间改变了许多，也改变了我和慈竹的相处。当年和我玩竹竿钓鱼、竹叶"叫叫儿"的小伙伴早已成家立业。

　　小时候对慈竹的喜爱是出于童趣天然，长大后读了关于慈竹的诗文，我被它背后的深意感动。"蜀中何物灵，有竹慈为名。一丛阔娄处，森森数十茎。长茎复短茎，枝叶不峥嵘……"这是宋代诗人乐史笔下的慈竹之貌。初唐诗人王勃在《慈竹赋》里如此写道："是竹也，丛篁劈开，芽筍怒长；紫箨连披，青筠纷上。有偕老之情，感馈亲之养。"这是诗人笔下的慈竹之情和魂。有竹曰慈，它丛生绵密，依偎多情，多像亲人之间长幼相恤、敦亲友爱啊。

　　小时候，父母外出务工，我和村里的其他孩子像嫩竹一样依偎在爷爷奶奶身边，由爷爷奶奶抚养。他们是年迈的竹根，孩子们是年幼的嫩竹，我们相互关爱，相互怜惜。像心疼被白雪压弯了腰的慈竹一样，我也心疼被背篼压弯了腰的奶奶，我总是抢着背红薯藤或者土豆。看着奶奶的腰和慈竹一样稍稍抬起了些，我感到暖心和满足。爷爷奶奶时常鼓励我好好读书，走出大山，去见识更大的世面。十二岁小学毕业后，我进了城里读书，后来读大学，毕业留在成都。终于，我这棵小竹子离开故乡，到了山外的世界生长。

我可以抖掉慈竹身上的积雪，却抖不掉爷爷奶奶身上的衰老和疾病。爷爷在夜里咳嗽着，每咳一次，他的生命就薄了一寸，最终他离开了人世。奶奶也越发瘦弱，她在城里的生活比乡下时轻松了不少，可失去老伴的她却如此孤独。她独自在家的时候，会不会想到曾经孙辈依偎在身边的日子呢？放假回家后，我回到她的身边，摸着她枯瘦的手，又想到了那个被背篼压弯了腰的农妇形象，还有那丛被积雪压弯腰的慈竹。

我多希望自己力气再大些，可以抖掉奶奶身上的寂寞和痛苦，还有缠绵的病痛，可我无能为力。我只能尽量多陪陪她，听她讲过去的故事。此刻我在成都赏雪，牵挂着故乡的慈竹，想念着县城里的奶奶，她是否也被思念压弯了腰呢？我是一尾小鱼，渴望故乡的慈竹鱼钩再钓我一次，把我勾回质朴的乡下生活，把我带回纯洁的童年岁月，让我和儿时玩伴打闹嬉戏。我是一棵嫩竹，我盼着回到故乡吊脚楼前，依偎在爷爷奶奶这样年迈却温暖的竹根身边，我们高低错落，摇曳温馨。

"斯竹也，共根连茹，一本千茎。年深转密，岁晚弥荣。一可以厚骨月，一可以敦友生。於灵台而莫非信性，彰慈孝而感通神灵。"性灵的、深情的慈竹，你是否丛生青翠如初。岁月的白雪啊，请你慢慢地下，不要那么急地染白了亲人的头发，不要无情地压弯慈竹的腰身。故乡的慈竹，摇曳在无垠的时空里。

（载于《武陵都市报》2021 年 1 月 26 日副刊《吊脚楼》）

村头的白果树

　　成都的街头有许多银杏树，大的、小的，有的结果，有的不结果。在成都这些年，我看到它们从赤裸裸的枝干变得嫩芽满满，再到全身都是绿色扇子，最后是璀璨金黄的绚烂，那是一年中最美的时候。它们属于这个城市，挺拔摇曳着存在于大街小巷，可是不在我的心里。是的，我总觉得城市的银杏树不属于我。在我心里的银杏树，是乡下外婆家村头的那一棵，那是一棵古老的银杏树。事实上，乡下人把银杏树叫作白果树。

　　童年时候，相当多时间我在外婆家度过。陪伴我的，除了吊脚楼和小河，便是村头的白果树。那是一棵很老的树，到底有多老呢？问外婆，外婆也回答不上来，告诉我说她刚嫁到村里时，这棵树就有这么大。如今几十年过去了，这棵白果树依然挺拔盎然。我不甘心，非要弄清楚白果树的年龄，又跑去问嘎祖。

　　"雨雨，嘎祖也不知道白果树多大呀，我像你这么大时，白果树就和现在一样粗细咯。"嘎祖一边嗒吧嗒吧地抽着旱烟，一边回答我。哇，白果树比嘎祖还老，那它就有很大的年龄了。年幼的我知足地不再追问，去找小伙伴玩耍。冬去春来，白果树赤裸裸的枝干上开始冒出鼓鼓的小包。不多久，一把把嫩嫩的小扇子就出现了。我站在树下默念，小扇子呀快点长，等你们长大了就可以拿来扇凉风了。白果树不急不躁，慢慢地长着，叶子们估计没有听到我的心里话吧。

白果树披上绿色盛装时，我迎来快乐的暑假。夏河游泳、摸鱼是我们的乐子，傍晚我们就去围着白果树玩耍。秋天的时候，田里的稻谷黄了，白果树枝头的果实也熟了。一夜风雨后，地上就落了许多乳黄色浆果。村里的大人孩子提着竹篮去捡白果，这成为一年一度的果实节日。更多的时候，大人会爬上白果树，摇下果实，底下的人们欢快地哄抢着。

外婆把捡来的白果放在盆子里，搓掉外面的果肉，露出坚硬的棱角分明的果实。把果实晾干，用小锤子敲开缝隙，去掉硬壳，里面绿色的果核就是真正的白果啦。炖腊猪蹄时，把白果放进去慢慢炖，吃起来糯糯的、软软的，可好吃了。有时，我也用火钳夹住白果丢进灶孔里，瞧，我就是一个爱吃烧烤的小娃娃。

幼年时，白果树给我的印象就是高大挺拔，果实好吃，给我童年许多的保护和乐趣。如今长大了的我在异乡求学多年，已经很久没有捡白果的体验了。可是，白果树却早已在心里扎根，开枝散叶，在年年月月流逝间站成了一种永恒，变成了一种挺拔的摇曳的乡愁。

长大后，我才知道白果树又叫银杏树，是植物中的活化石，它的历史比人类久远得多。村头的白果树至少也有几百年了，几百年来，它默默地守护着村庄。它不奢求什么，只是扎根大地生长。甚至，它连一只小虫子都不忍伤害，只喝雨水和地下水，只吃泥土，给予我们的却是阴凉和丰盛的果实。

喜欢写作的我曾写过好几篇微小说，都是以这棵白果树为题材。每当想起白果树，我的心里就涌出一种暖意，暖意里又有几分淡淡忧伤，原来这就叫乡愁。去年回到乡下，我看到白果树根部围了石头，垒了砖块，中间供奉了一尊菩萨，白果树腰间还系了一块红布。家人告诉我说，现在村里人请了风水大师看过后，把白果树供奉起来，称作"神仙树"。哦，原来是这样，可是村民们现在才意识到这棵古老的白果树是村庄的守护神吗？还是说，通过这种仪式化的东西来加强对古树的保护和认同。

我没有去想太多，即使白果树没被封为神仙树，它在我心里也如同一位庄严肃穆的老者，有几分仙风道骨，又带着母性的慈爱和守护。如今白果树在我眼中不再如童年那般高大伟岸，甚至我还注意到了它身上几处大的伤疤，那是树皮被破坏后的痕迹。我暗自心疼，不禁觉得被封作神仙树，反而是对它最好的保护。

在乡下老家，和白果树一样古老的，有外婆家的稻田、菜园、吊脚楼，还有传承数代人的竹编手艺、吹唢呐、哭嫁歌等。白果树屹立在村头，老屋静默，竹林摇曳发出细细簌簌的声音。老树、老屋、老人，一片古老静默的土地，把年轻的生命推向山外的世界。白果树还能生长多久，我不知道。我害怕有一天修路的工人开着挖掘机，轰隆地推倒大树，轰隆地推倒百年老屋，打破乡村的宁静。我珍惜每一次回乡的机会，再睡一睡吊脚楼的木床，用脚蹬得板壁咯吱响声，再沿着小路奔向小河，脱掉鞋袜尽情淌水。我渴望再摸一摸白果树，再尝一尝白果香糯的滋味。

枝叶含情，直指苍穹，穿越时光，白果树在风雨里站成永恒。它为我指引回乡的方向，即使踏遍千山万水也不至迷失。村头的白果树，永远的白果树。

田埂边的木瓜树

这两年我回到乡下外婆家，喜欢走出吊脚楼，到田埂上、菜地里走走看看。吊脚楼前的田埂边，两株木瓜树引起我的注意。它们离得很近，依偎着站在田埂下的小斜坡，虬枝铁干，在我的心里站成一种别样的风景。

听外婆说，田埂边的那两株木瓜树是从菜地一角移栽过来的，已经长了十余年。不知怎的，过去的记忆里关于木瓜树的影子少得可怜。兴许是以前太贪玩，经过田埂时一鼓作气跑到小河里搬螃蟹去了，也或许这两株木瓜树个头不大，隐在绿意盎然的土坡中，我不曾注意到它们。

前年的夏天，我被田埂边挂着青果的木瓜树吸引。在草木青葱、稻穗饱满的时节，木瓜树身上挂着丰硕的青果。果子并未完全成熟，比拳头要小些，紧紧实实的样子惹人喜欢。比起拥挤密麻的稻穗，枝叶间的木瓜青果显得疏朗大气。我对木瓜最初的印象，源于外婆泡的木瓜酒。泛黄的木瓜片泡在酒里，渐渐沉入坛底，像是喝醉了一动不动。我曾偷偷喝过一小口木瓜酒，涩涩的苦味，并不好喝，夹了一片木瓜，吃进嘴里也是粗粗的口感。外婆说木瓜酒平肝舒筋、和胃化湿，有祛风湿、强筋骨的功效。年幼的我茫然地点点头，对这苦涩的木瓜酒和粗糙的木瓜片不感兴趣。

一晃眼，偷喝木瓜酒的女孩长大了，我终于想要真正了解这可爱的木瓜。原来，完整的木瓜是梨子一般的形状，又名铁脚梨。想到曾经对木瓜的误解，我觉得有些对不起它，便凑近摸了摸，闻了闻，淡淡的果香混合着夏日的草木清香让我陶醉。我在田埂上蹲着，看着满树的木瓜心想，虫儿呀可别咬坏我的木瓜，风雨哟可别吹落我的木瓜，它们成熟后要被外婆摘回去切片泡酒呢。

看着木瓜垂在椭圆的绿叶间，我很想知道木瓜开花是什么样的，终于，去年的春天我如愿以偿，走进了木瓜花的世界。受疫情影响，我推迟了回成都的时间，也与乡下的春天不期而遇。在外婆家过完年后，天气渐暖，我依旧徜徉在田埂边、菜地里、小河旁，不想错过一丝丝春色。沿着小路，我经过还没耕种的光秃秃的田，直奔田埂边的木瓜树走去。远看，几乎赤裸着枝干，短刺让不高大的木瓜树显得硬朗、遒劲、孤独。略高的那株应该是哥哥或者姐姐，瘦长的向天空仰着头。矮的那株应该是微胖的弟弟或者妹妹，兴许贪吃了一些，长得壮实一点，依偎在一边。

走近了看，它们身上发出少许绿色嫩叶，枝条的短刺根部打着红白晕染的花骨朵，小小的花瓣向内裹着呈球状。花骨朵被几片小绿叶护着，有的包得紧实，似乎还在打瞌睡，有的微微露出顶部小口，像在吮吸着春风，造型各异的花骨朵惹人怜爱。原来，木瓜花骨朵是这样娇羞含蓄，宛若少女被春风吹红了脸。比起还穿着棉袄的我，它们更早知道春天的消息，用淡红的脸庞丈量阳光的宽度。再过好几日，我又去看木瓜花，这下可热闹啦。盛开的木瓜花变成一群少女，张开了嘴巴，叽叽喳喳地唱着春天。粉白的花色、清秀的花形让坚硬的木瓜树变得柔软动人起来，还没完全复苏的田埂也因这两树木瓜花变得灵动多了。

我蹲在木瓜树下的土窝，闭着眼睛感受暖暖的阳光，听风吹过竹叶发出细细簌簌的声音，多么静美的时光，我爱极了这样恬静的乡间春色。我们相互凝视着，有着木瓜树的陪伴，一颗在城市躁动孤独的心在这个田埂边的土窝安定了下来。宁静的时光里，思绪总是飞得很远。这些年行走的足迹，一次次离乡返乡的经历涌在脑海。看着眼前的木瓜花，我忽然觉得自己像一个乡村的客人，偶尔造访，不过是匆匆到来又匆匆离开。木瓜树却在这里守了十余年，它们比我更熟悉这里的朝晖夕阴与月圆月缺，比我更了解外公耕种稻田的辛劳与汗水，比我更体贴外婆的风湿骨痛和脚步蹒跚。

思绪飘飞，蹲久了腿有些麻，想起身时不料脚底一滑，情急中我抓住了木瓜树，左手被木瓜刺划出了一道小口，浸出了血珠。把血珠抹开，一小片淡红像一朵木瓜花开在手心。眼前的木瓜花和手心的木瓜花呼应着，颤动着，似乎在笑呆萌憨傻的我。我也笑笑，可爱的木瓜花开吧长吧，长成木瓜果，让外婆摘去泡成一坛木瓜好酒，抚慰她的心灵和病痛。我也想再次品尝外婆泡的木瓜酒，细细品咂我儿时不能理解的滋味。下次回乡下，我想亲自摘一个木瓜带回成都。闻着淡淡的香气，看着青色的形貌，摸着饱满的木瓜，仿佛触摸一段青色的乡思。

田埂边的两株木瓜树，宁静安然，灿烂地绽放在春天，成长于盛夏，又奉献于秋天，与一坛美酒相爱，酝酿出深沉苦涩却余味悠长的滋味。两株木瓜树是留在乡下的亲人。我不在乡间时，它们守着这里的土地与阳光。我回归时，它们用清秀的花朵和丰硕的果实让我明白，在平凡的土地上也能生长出诗意盎然。啊，来自木瓜树的诗意，摇曳多情，伴我心系故土，行走远方。

（载于《武陵都市报》2021 年 3 月 2 日副刊《吊脚楼》）

北门的桑树

　　我不见那棵树已经三年有余。它应该枝叶茂盛，翠色欲滴地摇曳在风中吧。它多高了呢，多粗了呢？在秋雨缠绵的今夜，武陵山的雨是否也打在它的叶子上，如当年一般滴答滴答。

　　它是位于黔江县城北门小区的一棵桑树。我第一次见它时，它不足一人高，不过拇指粗细，立在贴着蓝碎花格子纸的窗外，看起来像个怯生生的姑娘，和窗内的我对视。窗外传来学校下课的打铃声，我心里微微一颤动，回头对妈妈说，要不就住在这里吧。妈妈说，好的，我们早点搬过来。

　　2007 年 10 月 14 日，我们告别了郊西路的出租屋，搬到了北门，也就是黔江中学门口的住宿楼。其实选择住在北门这里，一是妈妈上班地方变动，二来原来住的地方涨了房租不得不换地方，三来则有点"孟母三迁"的意味，挨着学校住，总有好处的。

　　我对妈妈说，自己没有啥要求，只想在窗下安一张书桌即可。妈妈答应这个小小的请求，她应该懂我的心意，一扇窗和一张书桌于我的意义。那天看房子，我们看了几处都不满意，不是太贵就是环境嘈杂。找到北门这里的单间时，我们心里似乎有些底了，临近学校总不会太糟吧。加上这个单间有较大的窗户，窗外还有棵翠绿的小树，听我说想住这里，妈妈也就定下来了。

我们的单间位于二楼临学校那面，免去了临街的嘈杂。单间进门左手边是床，床头是衣柜，和衣柜相对的是厨具。临窗立着我的小书柜，窗下是我的书桌。书桌对着窗，窗外站着一棵小小的桑树。

收拾好屋子，我静静地坐在窗前，抬头恰好看见桑树的顶部，它也仿佛歪着脑袋打量我。我默念，你好呀，小桑树，我的新朋友。从此，周末回家的我便和这棵桑树做伴。我在窗前认真地写作业，写累了就起身扭扭脖子，看看窗外的小桑树，有时微风吹过，它也左右晃动身子，像在安慰我的疲惫。周末收拾书包回学校，我又看看桑树，说一声再见。日子就在这一点点的凝视和告别中流逝了。不知不觉间，桑树的心形叶子一点点长大，枝干也变得粗些。

2008 年的冬天，特别寒冷。特大风雪困住了我们，整个寒假几乎都在家里度过。妈妈做的热气腾腾的汤锅驱赶了部分寒意。我在窗前写作业，照样起身看看窗外的桑树。它一定冻坏了吧，没有了叶子，光秃秃的枝干显得瘦弱，还被霜雪裹着，看着令人心疼。我真想把它请进屋，给它喝口热汤。有时实在太冷了，我拿着诗词和散文在屋里读起来，一边读，一边跺脚。估计，窗外的小桑树也能听到我的读书声。我希望自己的读书声给它力量，挺过这场暴风雪。就在我期待春天和温暖的心情中，风雪渐渐停了，春天到了。小桑树也抖掉了身上的霜雪，露出细小的绿苞，真好，它挺过来了。

中考毕业后，我离家去往重庆主城区上高中。多么不舍得我的小桑树啊，我在窗前呆呆地看着、想着。小桑树轻轻地摇曳着，似乎在说，你去吧，我支持你的梦想，我在家等你回来。听到了小桑树的回答，我感到一股力量升腾起来，是呀，我这棵长自山里的小树要去大城市读书了。我再不能一周见一次我的小桑树了，带着牵挂开始了高中学习。高中的语文课里，有一篇《项脊轩志》，最后一句是"庭有枇杷树，吾妻死之年所手植也，今已亭亭如盖也"。这句话以树之生长喻时光匆匆，把思妻之情表达得含蓄，却深情动人，令人泪目。我一下子想到我的小桑树，它也该在时光里长高、长茂盛了吧。

寒来暑往中，我渐渐长大，我的小桑树也越发粗壮。它的个子已经远远超过我，当我坐在窗前时，看见它的腰身，越发壮实有力，我为它欢喜着。妈妈在房间里做饭，我兴冲冲地对妈妈说，妈妈您看，小桑树长得多壮了呀。妈妈笑着说，对呀，你在长，它也在长呢。

青春期，像花季，也像雨季。一向欢快的我，有时也陷入莫名的怅惘、叹息中。有时我趴在窗前写些莫名其妙的日记，看着窗外的桑树竟掉下泪水。我何时才能真正长大，小桑树何时才能长成大桑树呢？桑树没有回答，只是呆呆地看着我。高考毕业后，我们再次搬家，离开了北门，离开了我的小桑树，去了乌阳桥。对不起，我不能带你离开。小桑树就这样被我留在了窗外，连同我的不舍一道留在了那个窗外。

后来，估计那个单间也被别人租住了吧。有两次，我回到北门的单间，但没人在家，不能进到屋子的窗边看看我的小桑树，心里感到很遗憾。上大学的这些年，我回黔江的时间减少了，更别提回北门那个单间了。我的小桑树长得如何了呢？三年前，我陪同学回黔江中学寻找回忆，路过窗外的坡道，看到曾经那个单间的窗户。啊，我的小桑树已然很高很壮了。我一眼认出它来，想起成长的点滴，鼻头一酸，眼泪就掉下来。它枝丫蓬勃地长着，几乎要挨到二楼的窗户。我仰视着它，敬慕着它的生命力。一别数年，没有我的读书声，它依旧旺盛地生长着。

这三年来，我没能见着它。有时我向妈妈提起，不知那棵窗前的桑树还好吗？妈妈回复我，很好的，别担心，它像你一样长得壮壮的呢，只不过它在长高，你在长胖而已。妈妈的幽默把我逗笑了，我笑完后还是挂念着我的桑树。我想，等我下次回黔江了，一定要去看它，好好地陪它说说话。

我的小桑树，它是我的挚友。青少年时期，它伴我度过微妙的青春期，听过我的读书声，给过我绿荫勃勃的希望。即使久未谋面，它该知道我过得还不赖。我也明白，它静默地扎向大地，根往那幽深的暗处扎去，叶子却向光明的高处摇曳。小桑树，如今该是我的老师，它教我如何生存，如何汲取营养，如何变得成熟。这亦师亦友的小桑树啊，令我魂牵梦萦。

彼岸花开

儿时在乡下，我把玩开在低矮处的鸭子花、指甲花，也欣赏开在枝头的槐树花、野樱花。唯独有一种花，我喜爱它的美丽，却又不敢亲近，对它甚至充满了一丝丝恐惧。它那么娇艳地开在低湿处，像一滴晕染开的血，散发着淡淡的红光，妖娆而凄迷。它就是彼岸花，开在夏末秋初。

彼岸花之名充满禅意，也让人感到无法言说的忧伤。在乡下，它有个接地气的名字，因根茎滚圆紧致如蒜故得名石蒜。石蒜长在低湿处，叶子细长深绿如韭，泛着深绿的油光，三五成丛，静默匍匐。中元节前后，石头下、河岸边、坟头边的石蒜开出花来，花秆纤细挺拔，花状如伞，花絮如龙须卷起，艳艳如火。

其实从外观来看，石蒜花是很招人喜欢的，只因它花茎有毒和阴晦的寓意让人不自觉地畏而远之。有时我禁不住它的花形诱惑，想去把玩一番，就会想到奶奶提过的，石蒜花的花叶根茎都有毒，不要触碰。更可怕的是，奶奶说石蒜花晦气重，开在坟头边是为了吸取死人阴气，有生死相隔之意，因此又叫彼岸花。想到这些，我伸出去的手赶快缩回来，生怕被那火一般的花朵灼伤。有时放牛经过坟墓，看到坟边艳艳的红花，仿佛散发着幽幽阴气，我感到阴冷害怕，牵着老牛快步离开。

就这样，彼岸花只开在我的眼睛里，却从未到过我的手中。我很好奇的是，为什么它长叶时不开花，开花时却不见叶，花叶不相见，就是彼岸的意思吗？长大后我明白了彼岸花名的来源。一是它开在秋分之际，秋分这天昼夜均分，故称为秋彼岸。二是源自佛家故事，彼岸花在民间不受待见，在佛教里却是吉祥之物。在《法华经》中如此记载："尔时世尊，四众围绕，供养恭敬尊重赞叹……结跏趺坐，入于无量义处三昧，身心不动，是时乱坠天花，有四花，分别为天雨曼陀罗华、摩诃曼陀罗华、曼珠沙华、摩诃曼殊沙华。"原来，在佛教中，石蒜被看作天上的花草，代表的是一种只可意会不可言传的玄妙境界，是"彼岸"的代名词，故名彼岸花或曼珠沙华。

曼珠沙华，此名轻柔飘逸，有几分异域风情。在这美丽的名字背后还有一个令人动容的传说。很久以前，冥府三途河边上开满了大片的彼岸花，守护这彼岸花的是两个妖精，花妖名曼珠，叶妖名沙华。由于彼岸花花叶同根，却永不相见，所以曼珠和沙华从未谋面，此隔数千年。后来，曼珠和沙华偷偷违背了天神的戒律见了一面，可惜很快就被发现。怒不可遏的天神把曼珠和沙华打入轮回，并诅咒它们生生世世在人间遭受磨难，不能相遇。因此，曼珠沙华的花语是无尽的思念和绝望的爱情。

多么凄美决绝的故事，这似火明艳的花朵背后流淌着如水的哀愁，千年如斯。叶在这头，花在那头，永生不复相见，这份美，原是以离别作为代价的。爱情是这般，亲情亦如此。我想到乡下那些开在坟边的彼岸花，心里的恐惧变浅了，感到莫名的思念与哀愁。那些坟墓里的亲人，也曾是村庄里鲜活的生命啊。如今，他们在坟墓里头，我在外头，不复相见，思念丛生，何其悲哉！

"阑边不见蘘蘘叶，砌下惟翻艳艳丛。细视欲将何物比，晓霞初叠赤城宫。"这是女诗人薛涛笔下的彼岸花，其形飘逸，其色鲜红。彼岸花血色凛然，妖娆娇艳中亦有几分冷冽孤绝。红如火焰，透出几分淡淡的惆怅；艳似血珠，泛出隐约微妙的光泽。这就是开在秋分之际的彼岸花，花叶别生，永不相见，自有一种高远卓绝之态。彼岸花是天界仙草，象征一种只可意会不可言传的玄妙境界。这是否寓示着生命也是一场特殊的修行，到达殊胜的玄妙境界呢？

或许，彼岸是生命的常态。昨天和今天不复相见，是为彼岸；快乐与悲伤各自丛生，是为彼岸；热恋与失恋各表一枝，是为彼岸；年轻与衰老身心俱异，是为彼岸。生与死是最永恒的彼岸，它们如同彼岸花的花与叶，花叶同根，生死同源，却又永不相见。生与死，一个如绿叶葳蕤，静默无声，一个似艳火灼灼，却凄美决绝。逝去的爱情也是这般，两个人曾经心连一枝，劳燕分飞后不复相见，如花叶诀别，从此一别两宽，各自安好。

儿时害怕死亡，害怕离别，不知彼岸的真意。成长经年，却是经由此岸到彼岸的过程：幼童拙朴到成熟稳重，走过岁月的彼岸之河；失去至亲的家人，感受阴阳永隔的彼岸之思；体验热恋到失恋的过程，经历心碎欲裂的彼岸之伤。我不再害怕彼岸花，甚至相信它是庄严的彼岸使者，是灵魂的摆渡花。它连接着生与死、阴与阳、过去与现在、拥有与失去。生如彼岸，年年花开。我想折一朵彼岸花，献给逝去的岁月和亲友，愿他们在彼岸安好，也愿自己在生的国度身心安好，静默修行，淡泊致远。

（载于《武陵都市报》2021 年 2 月 2 日副刊《吊脚楼》）

第四辑

乡土岁月

●

●

●

无论将来走向何方，

身处何种繁华，

我从未忘却自己生命的来处是乡土世界。

哇，野棉花

"野棉花，扯来耍，乡野孩子都爱它。"在寂静微凉的秋夜，我想起了故乡的野棉花，脑袋中冒出这样一句童谣来。我不确定儿时是否说过这样的童谣，或许是"触花生情"，冒了这样一个句子来。童谣的印象是模糊的，那粉色摇曳的花朵记忆却清晰可辨。

野棉花长在土坎边，细矮的植株齐膝高，手掌般的叶子，拙朴的样子并不引人注意。到了秋天，野棉花却变成山野的精灵。秋风吹黄了稻谷，也悄悄吻红了野棉花。一朵，两朵，三五朵，直到漫山遍野荡漾着粉色，近看粉瓣小花竞相绽放，远看却是粉红色的星星点点。

单瓣，五片略微肉感的花瓣交错着，中间是橘黄的花蕊，细密的花蕊形成一个很可爱的花心，这是野棉花初开放的模样。不消几日，里面的花蕊褪去，露出半圆形的青黄的嫩果。粉红的花瓣，橘黄的花蕊，青黄的嫩果，这花果同株的模样如同一张仰着的娃娃脸，把全部的笑意袒露出来，着实叫人爱怜和欢喜。一个枝丫上分叉的细柄托着好几朵粉花，那花们恰如同胞小姐妹相互笑着闹着，真是"娇态可掬"。

再过上一阵，花瓣在秋风中凋落，青黄的嫩果也越发壮实起来，颜色变为泥土色。纤细的花柄如细长的脖颈，顶端托着紧致的果如圆圆的头，整个果实看起来像一个犯了错低着头的男孩。这憨态男孩一般的棉果在乡村孩子手里，却变得威猛起来。

孩子们各自霸占一株野棉花，摘下十来个棉果备用，再选出果实最大、柄最粗壮的依次出战。两颗棉果先是试探着接触一下，随后纠缠在一起。果与柄连接的凹槽处咬合在一起，两人拇指食指捏紧发力，反方向一拉扯，两颗棉果较量起来。谁的棉果先被拉掉，谁就输了。偶尔，得拉好几个回合，才能分出胜负。有时，一个棉果仿佛是常胜将军，接连打败几个对手，就像看着敌军首级掉落。赢了的孩子颇为得意，为自己的棉果自豪。不服气的另一个孩子，转身在土坎边一番扒拉，再派出新的棉果大战一番。这就是乡野孩子用棉果斗智斗勇的过程，一个比巧力、耐力的游戏。

深秋时节，棉果彻底成熟，便兀自炸开，成了真的棉絮。风一吹，棉絮如雪花飞舞起来，飘飘洒洒一会，落在地上，地上的杂草变为星星点点的样子。棉絮里藏着野棉花的种子，风既成就了棉絮的飞舞，也帮助了种子的传播。就这样，野棉花将会长在越来越多的土坎边、山坡上。看着野棉花变成一坨坨不规则的棉絮，我曾痴痴地想着，得收集多少棉絮才够做一床棉被呀。野棉花做成的棉被一定又软又暖和。我从未拥有这样一床异想天开的被子，最多就是用绒布装点野棉花絮，用针线给自己缝个棉球。

这些年国庆节回到乡下，便和野棉花重逢。"哇，野棉花！"

惊讶着，奔跑着，凑近去看它们。我已然长高长胖，它们却不变，依旧开着质朴的花，顶着青黄的果。或许，我如今看到的野棉花，就是多年前野棉花的后代。它们和祖辈一样守着这里的土地，寂寥地开着花，结着果，吐出棉絮。只是我不再幻想一床野棉花被子，也不再制作野棉花球。我如同乡村的客人匆匆地来，又匆匆地离开。野棉花托着笑脸，无声地看我来了，又走了。

直到现在，我才知道野棉花的别名是秋牡丹。想想它粉色的花瓣和橘黄的细蕊，倒真有几分牡丹的韵味。化用"苔花如米小，也学牡丹开"的诗句，便有了这样的句子——"野棉花虽小，开如牡丹态"。在萧瑟的秋天里，肆意开放的粉色野棉花是不可多得的暖意，给乡野带来别样的柔情和生机。

野棉花的花语是生命、期待、淡淡的爱。它耐寒耐旱，开在百花萧杀的秋天。开花时，它仰着头微笑。结果时，它小小的果里藏着一股力。起风时，它化作棉絮随风起舞，随遇而安，入土即长。野棉花不能像真正的棉花被采摘制作成被子，却以小小的身姿温暖过乡野孩子的童年。

那粉花棉果，都是深深的怀念呵！我愿像野棉花那样活着，在生命里怀有期待和爱。秋夜静坐电脑前，野棉花小巧的身姿在岁月的光影里摇曳起来。一股暖意升起，我不禁轻轻念着，哦，故乡的野棉花，可爱的秋精灵。

老时光里的土家童谣

去年春节，我带了几份发表有自己散文的报纸回老家。我把文章念给外婆外公听，他们满是皱纹的脸难得舒展一些，微笑着时不时点点头。听完朗读后，二老直夸："雨雨好得行哟，给你比个大拇指！"我笑着回答，文学的种子还得感谢老家的童谣呢。说罢，我像一个两三岁的孩童般，请求外婆再给我唱土家童谣。"虫虫飞，虫虫飞，飞到嘎婆园子一大堆……"在这样充满亲子乐趣的声音中，关于童谣的回忆思绪飞扬开去。

家乡黔江位于武陵山区腹地，以土家族为主。在这片被誉为"武陵山明珠"的土地上，充满山歌、情歌、劳动歌曲等各类歌谣。如果说民歌是大人们抒发情怀的载体，那么童谣就是孩子们成长的摇篮。这些童谣曲调诙谐、音节和谐、形式简短、朗朗上口，受到孩子们的喜爱。

在孩子一两岁牙牙学语时，大人们会教孩子《虫虫飞》。父母或者爷爷奶奶抱着孩子，大手拉着小手一开一合，嘴上说着"虫虫飞，虫虫飞，飞到嘎婆园子一大堆。嘎婆不撵狗，给我咬一口。下河去洗手，盘海（螃蟹）夹一口。上山去找药，蚱蜢蹬一脚……"轻快押韵的节奏和动作搭配，孩子乐不可支，亲子互动趣味盎然。

孩子稍微大点，可以独立行走或者结伴玩耍，新的童谣成为他们的乐趣。几个孩子围在吊脚楼的"耍子"边，唱着《排排坐》："排排坐，吃果果，果果香，卖干姜，干姜辣，卖水娃，水娃短，卖花碗，花碗花，卖冬瓜……"如今唱来，勾起许多儿时趣事，我多么思念那些陪我念过童谣的小伙伴啊！此外，长大后学了语文修辞手法，我才发现这简单的童谣把顶针手法运用得如此娴熟自然。

土家族童谣内容丰富，有关于天文地理、草木虫鱼的，也有教导孩子懂事明理、认知生活事项的。例如《大月亮，小月亮》如此唱："大月亮，小月亮，哥哥起来学木匠，妹妹起来舂糯米，嫂嫂起来缝鞋底。舂的舂，簸的簸，传唤鸡娃等你鼓。猫翻跤，狗传火，老鼠子开门笑死我。"这首童谣既把一家人辛劳做事的情状生动呈现，又有诙谐的动物形态表达，动物和人一起辛劳，显得幽默风趣。

让我印象很深刻的《小小豆子》是这样的："一颗豆子圆又圆，推成豆腐卖成钱。人人说我生意小，小小生意挣大钱。"这里面所包含的勤劳致富、坚持不懈、朴素纯真也在无形中变为我的奋斗哲学，即做事不怕小，只要肯钻研。于我，一个个文字正像圆圆的豆子般，组合成"香喷喷"的文章。

童谣不仅是嘴上乐趣，有的也需要肢体动作配合。例如考验手眼配合灵巧度的"捻中拇指"游戏。两人配合着玩，其中一人用手捂住另一只手，只露出指尖，另一人来猜哪个是中拇指，一边猜，一边说："捻到中拇指，倒打一十五，黄牛转过弯，倒打一十三。豌豆角，胡豆角，重庆来个咪咪脚……"从"u"韵转到"an"韵，再转到"iao"韵，朗朗上口，衔接自然。小小游戏既锻炼了孩子们的手眼灵活性，也于无形中让他们接受了"转韵"的熏陶。

穿梭在童谣的记忆之河，如痴如醉。在"扁担这么长，巴掌这么宽，看则容易做则难"里，我学到了动手实践的重要性；在"红萝卜，咪咪甜，看到看到要过年"里，我仿佛回到了儿时期盼过年的心境；在"一点一横长，一飘飘南洋，上十对下十，日月对太阳"（庙字的繁体）里，我感受到了土家孩童识字的趣味和想象力。

于个人而言，这些土家族童谣让我体会至美至善的亲情，养成热爱自然的心态，塑造善良质朴的品格，为我的成长铺垫底色，也为我的文学创作播下种子。于整个民族而言，土家族童谣曾被誉为土家族版"幼儿琼林"，可以塑造幼儿的民族认同，对于孩子的成长与民族文化的传承尤为重要。虽然，随着时代环境和社会生活变迁，现在的孩子们很少说唱这些童谣，但毋庸置疑的是，土家族童谣带给整个民族的快乐、温暖与趣味永远不会淡化。

充满趣味性、教育性的土家族童谣，是土家文化园地中一株带着朝露的花蕾，是连接童年的舌尖趣语。它在老时光里熠熠闪光，成为众多土家儿女温暖的记忆。

（载于《武陵都市报》2020 年 12 月 22 日副刊《吊脚楼》）

与故事相伴的童年

　　小时候，我们姐妹俩最期盼的是暑假的到来。每当各科的《暑假生活》装进书包里，我们就像欢乐的鱼儿游进假期的河流。我和姐姐背上书包，提上换洗衣服，欢欢乐乐地去往外婆家。走过新田沟，翻过凉风垭，再走过周家湾，两个多小时的山路，我们并不觉得累，吃着果冻的小姐妹俩别提有多欢快啦！到了外婆家屋后，那是一片茂密的竹林，我们就扯着嗓子喊道"外婆，外婆——"外婆从吊脚楼的后门出来接我们。

　　夏天，山里是凉爽的。早上，我们起来帮忙烧火做饭，同时用大锅煮猪食。外公起早上坡，我们期待他带回几个嫩嫩的玉米，烧熟来吃别提多香了！外婆家房子下面有棵橙子树，夏天的树枝上挂着许多贝拉子（蝉）的壳，我们把它们拾掇下来收捡好，之后卖给收药的人，换点零花钱。

　　满天星星的夜晚，我们便坐在院坝乘凉，听大人摆龙门阵，天上那些星星也眨呀眨，好像也加入人们的聊天中。隔壁的三嘎嘎时常来外公家的院坝乘凉，他的到来是我和姐姐最期待的事情。三嘎嘎是一个很会讲故事的老人，他的故事藏在一道道的皱纹里，藏在头上包着的青丝帕子里。他个子小小的，身材有些伛偻，可讲起故事来那个精神劲却十足。

在幼小的姐妹俩心里，三嘎嘎是一位充满智慧的老人。他脑袋里那么多的故事，是从哪里来的呢？在院坝上，在星星点点的夜空下，两个孩子乖乖地坐在小板凳上，听一位朴实的土家族老人讲些久远的故事，那是一幅怎样动人的画面。

三嘎嘎讲过许多武侠英雄、神仙鬼怪的故事。我记忆最深刻的，是三嘎嘎讲的七仙女和董永的故事。在三嘎嘎的讲述中，我知道了董永是一个卖身葬父的孝子，也知道了七仙女是一个善良的、有爱心的仙女。我幻想着七仙女的模样，她应该很漂亮吧。还有牛郎织女的故事，也让我感动不已。幼小的我在心里想着，牛郎织女真可怜，都不能在一起生活，他们的孩子也好造孽，没有妈妈的照顾，多么心酸啊！我想到远方的妈妈，母女相隔不能见面，感到淡淡的忧伤，偷偷地抹眼泪。我多想有个神奇的箩筐把我装起来，飞到妈妈打工的地方看一看。有时，我们被三嘎嘎讲的鬼故事吓得尖叫起来，他便停下来喝茶、摸摸胡子。隔了一小会，我们平静下来，却还是央求他继续讲下去。

三嘎嘎讲累了，准备起身回家。我和姐姐见状赶紧给他倒茶，想办法留住他，求他再讲几个故事。一个暑假下来，我和姐姐听到了许多故事，收获满满的。我们快快乐乐地离开外婆家，回到爷爷奶奶家，准备上学。就这样，年复一年，我们都长大了。放假了，我们依旧去外婆家，却只待几天，也很少听到三嘎嘎讲故事了。他可能觉得我们都是大孩子，不需要再听故事了吧。

在听故事的童年时光里，我渐渐爱上了写作，悄悄立志做个讲故事、写故事的人。随着年龄增长，读了更多书，我自己编的那些故事变成一段段文字出现在日记本、杂志上。后来，我考上了大学，再回到老家，给三嘎嘎带了一点小礼物，感谢他曾给我讲故事。他感慨地说着："雨雨长大了，我也老得不成样子喽。"我请他再讲一次故事，他笑着说讲不动啦，你们现在懂得多了，电视上、手机上、书上已经有很多故事，不需要他这个老头子讲故事了。

我心里淡淡的失落，那些有故事的童年往事渐行渐远。现在回想起来，有故事的夏夜是多么惬意！在书籍甚少的乡村，在教育资源匮乏的留守儿童生活里，有老人讲故事的日子是多么安逸！在故事里成长，在故事里学习，在故事里感悟。现在的我也开始编些故事，可是比起三嘎嘎讲的故事，是多么逊色和无味啊！我慢慢明白，要做好讲故事这件事，需要读很多书、经历很多事，需要丰盈的头脑和智慧的心灵。年轻时，我从编小故事起步，等越发成熟后我就可以编更大的故事。

很久没有人给我讲故事了，那些曲折的故事情节和人物的悲欢令我深深感念。盛夏，我在蓉城怀念那些武陵山间的日子，那些在乡村外婆家度过的有故事的暑假，那些有乡村老人讲精彩故事的时光。庆幸的是，老家的三嘎嘎还健在。今年暑假，我一定去外婆家多待一段时间，再请隔壁的三嘎嘎过来讲故事。我准会乖乖地坐在小板凳上认真听，像儿时那样。

三嘎嘎讲的故事温暖了我的童年时光，丰富了我的文学想象，那是文学最初的启蒙，那是神奇的触角延伸到另一个世界。与故乡相伴的童年，我沉浸其中回味亲情的温暖，打捞文学的宝藏。听故事的孩子，立志做讲故事的人，这是一个平凡却又特殊的梦想。与故事相伴的童年，是我行走世间的底色。

我的 "宠物" 老牛

　　几个朋友在一起聊天，不知怎的就聊到了自己养过的宠物。有的说怀念那只陪伴自己许久的小狗，有的说超级喜欢柔顺的小猫。他们问我，我微笑着说，没有养过宠物，如果非要说有的话，那就是家乡的老牛。朋友不解，继而是一阵议论。我的思绪却飞回 12 岁以前的乡下生活，回到老牛身边。

　　我家有很多动物，有猪、鸡、牛，但没有狗。那时在乡下，村寨里一两户人家养有土狗。城里人把狗当作宠物，乡下人却把狗当作看家的。乡卜的狗比城里的狗野性，也更吓人。我从有狗人家的院坝过路，每次都是提心吊胆的。没有狗，我也就没有宠狗的体验。说起宠物，一般都是体型较小的可爱动物，并且它们养尊处优，倍受宠爱，可是我的宠物不是这样。它体型庞大，憨厚老实，还得耕地犁田，很是辛苦。是的没错，我把那头老牛当"宠物"。

　　爷爷说，老牛年龄比我还大一些。在我眼中，它的确是一头忠厚、温和的老牛。隔壁大爷爷家的老牛脾气暴躁，经常和主人扯拐。我家的老牛却总是默默无言，温和地待我们。尤其是它的眼睛，大大的，有种别样的光芒。不知为什么，每次看它的眼睛，我都觉得异常的安静，这种安静中还透出一股力量。

小学五年级以前，我每天放学回家后写完作业，第一件事情就是放牛，乡下又称作"照牛"。小主人还没走到牛圈，它就发出拖长的哞哞声迎接我。取下四块横栏，老牛就从牛圈里走出来，我勾上绳子后就带着它出去遛弯。我们从吊脚楼下面的小河沟开始走，那里的草比较丰茂。尤其是春夏时节，老牛沿着小路慢慢啃草，我就在溪边找些花花草草。有时，它也抬起头冲我"哞哞"几声，似乎提醒该换地方了。就这样，我们沿着小河沟走到大河沟，它一边吃，我一边玩耍。夏天的傍晚，我喜欢躺在草地上看火烧云，有时也带上课本看书。老牛就在我附近吃草，并不捣乱。天色渐晚，它也会"哞哞"地提醒我回家。

老牛睡在牛圈里，身上不免粘上许多牛粪。我看着它通身变脏了，心里过意不去。每隔一段时间，我就带它去洗澡。在小河边的浅水塘，它躺着泡澡，我拿一根木棍帮它搓澡。有时它身上的粪块积得较厚，我就加倍用力撬，脱落的粪块把水塘也染得浅黄了。等它变成一头清爽的牛，我也累得够呛。洗完澡后的老牛，似乎变得年轻些，也好看多了。它跟在我身后慢悠悠地走着，我猜想它肯定很得意，也很舒适，说不定还在心里说"谢谢小主人"呢。

乡下的牛很多，牛打架是免不了的事情。每次遇上别人家的牛打架，我就害怕不已。一来怕自己被牛踩到，二来怕自家的老牛受伤。碰上牛打架时，我赶紧牵着它避开那些凶气外露的牛，狂奔回家。它也配合我，一路小跑着前进。

老牛生下小牛后，变得更加温和。我除了带它，还得带上牛宝宝出门。牛宝宝淘气，跑来跑去，弄得我老是担心它去"祸害"别人的庄稼。每当这时，老牛就哞哞地"教育"牛宝宝，然后牛宝宝就会乖乖待在妈妈身边，不再乱跑。后来牛宝宝大一些了，爷爷说要把小牛卖掉。买牛人来时，老牛眼里含着泪，不断地舔着小牛。最终，小牛还是被带走。那段时间，老牛变得低落，草也吃得少。

五年级起，学习任务加重，放牛的时间变少。但我还是尽量抽时间陪它，带着老牛在乡间行走也是最放松的时候。时间过得很快，一转眼我就小学毕业了，考上了城里的中学。2005 年的夏天，我离开老家，告别老牛，告别院坝和吊脚楼，没想到这竟是我最后一次和老牛说再见。我离开后的秋天，爷爷身体一下子变糟糕，不能再做重农活，也不能用牛犁田，于是家里把老牛卖掉。寒假回家，我看见牛圈里空空的，眼泪一下子就出来。

老牛去哪里了？是在哪一户人家继续劳作耕田，还是被送去了屠牛场，我不敢去想太多。我只是默默祈祷，愿它平静地生活，慢慢老去。老牛在童年生活中默默相伴，它用温和、坚韧的眼神感动着我。这样清澈的眼神，这样温和的老牛，注定永远印在我心中。

老牛是我唯一的、永远的"宠物"，它敦厚、温和、踏实的品性也为我的成长涂抹了一层底色。如今长大了，越发怀念那头老牛，人与动物之间的灵性交流让我感叹不已。如果时光可以重来，我愿更加宠爱老牛。

山里的猪

猪是山里人的朋友，也是山里人的"敌人"。有猪的村庄，才富有活力。

久远的年代，猪的祖先是生猛的野猪，被人类的祖先驯服，从此成为家畜。猪和人的缘分，始于一个积累了千百年农耕历史的眼神。在农家的猪圈里，母猪哼哼着，小猪围在身边，旁边的买主在十几头小猪里，只需一两眼就相中心仪的带走。有时是在村镇牲口集市一角，笼子里撒欢叫的小猪被买主挑走。带走的那一两头小猪，在那一刻就成了主人的"敌人"。

从买回家开始，小猪在圈里哼哼着，主人劳作生产的主要内容以及多数精力都围绕着这个小猪的吃食问题。主人家用精细饲料细心喂养着小猪，等到它渐渐长大，再改为一般菜食。土地上，农人辛勤耕耘，萝卜、土豆、红薯、玉米，人只吃少部分，大部分都喂了猪。春夏，鲜嫩的红薯藤、牛皮菜是主人栽培的家生猪草。猪草不充足时，糯米藤、鱼腥草、竹叶菜这些野生藤菜枝叶也会成为猪的食物。打猪草的山里农妇、女孩背着竹背篼，拿着小镰刀躬身于田间土坎，露水打湿了衣服，背上渐渐沉重起来，这才满意而归。手工剁猪草，不少主妇、女孩的左手食指都留下疤痕。

不像养猪场的猪挤在集体猪舍，山里的猪住得舒适，一头大猪单住，两三头小猪一起住，总的来说没那么拥挤。有时它们还可以趁主人喂食时逃脱猪圈，在猪圈旁边的竹林里拱上一会儿。山里的猪吃得健康生态，都是绿色的蔬菜野菜被剁碎了煮熟，在快熟时拌上玉米碎面增加营养。把蔬菜剁碎，腌制在大缸子，这是酸猪草，当成佐料加进刚出锅的鲜猪食。

忙不过来时，人的吃食都顾不上，又听见猪在圈里叫唤，主人家骂上一句："挨刀的，叫么子嘛叫！"喂食时，猪在主人脚边拱来拱去，主人又会骂道："你个背时猪，等我把猪食子倒完了再吃嘛！"主人前脚刚离开，猪已大口大口地吃起来。主人虽嘴上骂着，但听着响亮的吃食声音，心里是高兴的，肯吃才肯长嘛！

若是哪天猪吃得不够响亮，或是吃得少了，主人就开始忧心。一连两天都是这样，主人只好请来兽医给猪看病。往往，一两针下去猪就恢复活力。主人这时去喂猪，就会变得温和，几乎是看着猪吃完了才放心。若是病得厉害，几针下去不见效，猪槽里的猪食也未消减，主人看到兽医眉眼之间的意思，就明白了。一头猪和主人的缘分终结于一场疾病。含泪杀掉半大的猪，主人只好再次寻觅合适的小猪作为替补。

山里人串门，除了问候家里人安好，也会问庄稼长势如何，再就是家禽家畜情况。母鸡肯下蛋不，猪爱吃食不，长了好多膘，这些主人家和客人也能就这些话题聊上小半天。邻居之间，有时也会赠送一些红薯、土豆之类的作为猪食。主人走亲串户，最放不下的就是猪。去远的地方，主人会提前煮好猪食，请邻居帮忙喂食。去近的地方，主人则当天赶回家里，忙着喂猪。这哼哼叫唤的猪，牵绊着主人的脚步。主人有时也会抱怨几句："哎呀要是没得这些牲口，还能清静耍几天。"可看到猪毛日渐白亮，猪身日渐肥壮，主人又不介意养猪的辛劳了。

种菜、打猪草、喂猪食、打扫猪圈，主人的精力渐渐被猪消耗着。那些健康生长的猪，在和主人如友如敌的岁月中长大，终于到了年关。宁静的村庄，厨房里热水咕噜噜直冒泡，院坝里杀猪凳、槽盆摆好，打开猪圈，熙熙攘攘的脚步、声音交织，这是在杀年猪，一头活蹦乱跳的猪转眼间变成了一顿刨汤，两个膀子，两个肘子，无数块盐腌制过的猪肉。新鲜的猪肝、猪肺、猪血，要么搭配酸萝卜炒，要么用汤锅煮，都是招待帮忙捉猪的邻居、屠夫最好的菜品。杀猪讲究一刀毙命，若是杀到一半，猪爬起来跑了，主人家会视为不吉利。用棕树叶做的卯子穿好猪肉挂上厨房楼壁，一块块鲜肉等待岁月和烟火的洗礼。

猪圈里空了，年味却在腊肉挂满厨房横梁的韵味中加深。之后的一年，这些腊肉或炒或炖，都是风味十足的山里菜肴。若是来了客人，主人家就会说："快尝尝我们自家养的猪，这猪肉绝对比那些饲料猪好吃。"这死去的猪，又用自己的肉体为主人挣得一些面子。

猪油单独用稻草裹起来挂在楼壁，叫作边油。若是女儿坐月子，猪油和土鸡蛋是母亲带上前去探望的绝佳礼物。女婿给老丈人家拜年，背一个猪肘子是必不可少的。探望亲友，背一块腊肉也是极好的礼节。腊肉变成无声的使者，传递着乡土社会的情意。除了基本食用和人情往来的猪肉，卖掉部分猪肉也是山里人换取现钱的方式。

来年开春，主人和新一年小猪的缘分又即将开始。集镇上的猪行，小猪崽撒欢地叫着。这样年复一年的买猪、养猪、杀猪过程中，小孩长大，老人变老。猪不会说话，只会哼哼，饿了哼哼，饱了就睡觉。它们用浑身的肥肉回报主人的辛劳照顾。听得见猪哼哼和主人骂猪的村庄，过着宁静踏实的山里日子。

岁月荒芜了乡村，荒芜了房屋，那些曾经哼哼唧唧的猪圈，也变得荒芜。没有了猪的村庄，缺少了生气。猪不再由山里人家喂养，那些养猪场里的千百头猪供给着城里的肉食。城里多鲜肉，腊肉极少，有也只是简单烘烤上色的产品罢了。

猪渐行渐远，有猪相伴的山村时光也尘封了。一块透着松香柴火味的腊肉，几声响亮的猪哼哼声，是一个曾经住在山里的人对猪的想念。

（载于《武陵都市报》2019 年 1 月 15 日副刊《吊脚楼》）

最念乡声打糍粑

除夕将至，杀年猪，熏腊肉，推绿豆粉，炸酥肉，推豆腐，山里人开始忙活着。越近年关，一家老小推豆腐磨子声富有节奏，炸酥肉唑唑作响，院坝、磨坊、厨房都是热闹的。然而我最怀念的却是一种"咚咚咚"的声音。

相比其他声音，"咚咚咚"的声音显得沉稳。推磨子的声调好听，但大人一般把小孩支开，怕磨杵碰伤我们。炸酥肉也是，油锅里唑唑的声音充满诱惑，大人怕小孩被溅起的油烫伤，通常也会喊我们一边去玩。如此一来，这"咚咚咚"的声音于孩子是安全的，可以近距离欣赏和倾听。

这便是打糍粑的声音。土家人喜爱吃粑粑，有小米粑粑、苞谷粑粑、苦荞粑粑等，糍粑也是其中一种。大约在腊月二十三，村里人就要打糍粑了。

记得我们村几户人家是集中两天打糍粑。上午打这家，其余人都来帮忙，下午再打另一家，团结合作，效率很高。将糯米和一部分黏米淘洗干净，提前泡上一夜或半天，再滤干水用甑子蒸熟。大人和小孩轮流烧火，更多的时候，小孩子围着灶台转来转去。大人会说："莫转啦，等会糯米饭熟了给你盛一坨就是。"小孩子乐开花地应答："要得嘛，给我一大坨。"不知不觉间，糯米饭蒸熟了，出锅时，小孩子伸出小手捧着热腾腾的糯米饭，欢快地吃起来。原本洁白的生米蒸熟后变得微黄，晶莹润泽，让人很有食欲。这一锅舀完后，又开始蒸下一锅。这时，小孩子不再守着灶台转悠，因为小孩子就是"眼睛大，肚皮小"，吃不了多少糯米饭的。

用盆子装好蒸熟的糯米饭走到院坝，倒进舂米的石碓，两个壮年男子便开始用"粑粑棍"（一米五左右长，硬质木头做成的手腕粗棍子）交替打，直至变成又细又黏的糯米团为止。他们一边打，还要一边喊着"嗨唑，嗨唑"，起到保持节奏和鼓劲的作用。小孩子在一旁观看，期待着糯米饭变成面团。

面团打好后，大人们把面团从粑粑棍上和石碓里弄起来，放到擦洗干净的四方大桌上。石槽里还剩的面团，小孩子哄抢起来，一人得了一小坨，然后捏成小猫小狗，相互打闹。大桌子上的面团，由年长的人或者手巧的媳妇把糯米团分成大小合适的小块，再一起捏制成糍粑团。大人是捏糍粑团的主力军，小孩子偶尔参与进来，因人小力气不足，捏出来的糍粑团小了。大人又要说几句："一边玩去，糍粑捏不好看，到时走人户丢人撒。"倔强的小孩像模像样地学起来，比着大人捏成的糯米团，也捏了几个。

糍粑团按照队列整齐地排放在桌子上，像圆圆的小兵们等候检阅。最重要的一个步骤终于来了，这也是孩子们期待与喜欢的。大人把另一张厚重的桌子倒扣在放面团的这个桌子上，再抱几个孩子上去踩踏实。这样，糯米团就变成了扁扁的糍粑啦。孩子们很乐意被抱上去蹦跶踩桌子，没被抱上去的孩子则吊在桌子边，小脚悬空，身体蜷着，样子俏皮可爱极了。

揭开上面的桌子，一桌扁扁的糍粑就做好了。糍粑形状为圆形，外围稍厚，中间略薄。接下来就是印花，孩子们也爱参与。印花的工具是木质印板和一个小圆盒子。拇指大小的木质印板上刻着喜庆吉利的图案花纹，造型不一，如双喜、鱼儿等。孩子们乐于抢过小圆盒子，里面装着"粑红粑绿"，那是一种可以食用的颜料。孩子们用木质印板蘸上"粑红粑绿"，再给糍粑点上花纹，有些调皮的孩子还会给自己的手背上弄几个彩色花纹。给糍粑点完花纹，过一会儿，大人开始收糍粑，用竹子编织的筲箕和米筛等装好糍粑晾干，之后再用冷水泡，几天换一次水，可以保存半年左右呢。

土家人把打糍粑当作一件很重要的事情，这是主人勤劳贤惠、家庭宽裕、日子红红火火的体现。糍粑是土家人过年和拜年时必备的食物和礼品。拜年时，一般主人送出去的"打发"都有糍粑。小小的、圆圆的糍粑，是甜蜜与幸福的象征。

吃糍粑的方法有很多种，最简单的是用炭火烤熟后包白糖，还可以用油炸了再加佐料回锅炒着吃。比较正式的是把糍粑切成小方块与醪糟一起煮来吃。我最喜欢的还是柴火烤的糍粑，那种甜糯的滋味是童年味蕾的丰收。

一转眼，当年那个眼巴巴围着灶台等吃糯米饭的女娃，已经成人。离开家乡许多年，我很久没有烧火蒸糯米饭，也没有听到打糍粑的声音。去年寒假回老家，我看到村里的壮劳力变少，老人和孩子打不动糍粑，都是买的镇上机器打糍粑。没有了打糍粑声音的村子，显得十分宁静。

　　土家山村的年味与年声种种，都萦绕在我的心里。那"咚咚咚"打糍粑的乡声，无时不在我的心底响起。

（载于《武陵都市报》2018 年 1 月 23 日副刊《吊脚楼》）

外公的 "民间文学课"

"外公，出个谜语考考我吧。"

"你都是研究生了，还玩小娃儿游戏呀？"

"管他小学生、研究生呢，在外公面前，我永远是乖孙孙哟。"

经不起我撒娇，外公答应考考我。"两兄弟，一样高，一样齐，有肋子，无肚皮。这是么子东西？"外公出完谜面，继续在院坝晾晒豆子，我一边帮忙打杂，一边念着谜面，想着谜底到底是啥。

想了想，我说是筷子，外公摇摇头。到底是什么呢？太阳晒得我有点焦灼了。远在天边，近在眼前，外公提醒我。我便环顾院坝，筛子、晒席、簸箕、楼梯……啊，我知道了！

"楼梯，外公我答对了不？"我欣喜若狂。外公回答："这哈子对咯。"

放假回到乡下，我喜欢和外公一起做农活，摆龙门阵，听他讲故事、猜谜语，享受这乡野间的精神交流。这质朴鲜活的"民间文学课"，滋养着我成长，也补给着我日渐丰盈的文学世界。在我心里，外公就是一位民间文学家，幽默，敦厚，深邃。

自记事起，世界给我的最初印象是炉火摇曳的冬夜，一家老小围在火炉边，嗑瓜子，摆龙门阵，猜谜语，欢声笑语点亮了吊脚楼。乡下，猜谜语称为"猜财妹儿"。我喜欢和大人玩这个游戏。

外公考过我许多"财妹儿"，印象最深是和大蒜有关的这个。"兄弟七八个，围着柱头坐。只要一分家，衣服都扯破。"我抠着小脑袋想啊想，一旁理大蒜的外婆轻轻咳了一下，或许是在提醒我。我观察着外婆手中的大蒜，又念着谜面，豁然开朗。

"外公，答案是大蒜，对吗？"我大声回答，语气里满是期待。得到外公的肯定后，我欢呼起来："哦哦，答对咯，答对咯！"停顿一会儿后，我又缠着外公："外公，再来一个，再来一个嘛！"

"大姐说话先喝水，二姐说话先脱帽，三姐说话先挨刀，四姐说话雪花飘"，哇，这是一组谜语呢，四个谜面排在一起真有趣。到底是什么呢？最终外公揭开谜底，分别是毛笔、钢笔、铅笔、粉笔。

"驼背哥哥，牙齿多多，人人头上，慢慢爬过"，外公说完，端起茶喝起来。我想了想，很快说出答案"梳子！"外公夸我反应快，我有些洋洋得意，说这个不难。其实是因为早上看到外婆梳头，我很好奇地说了一句"梳子的牙齿真多呀！"听到外公出的谜面，我一下子联想到这句话，所以大胆猜出来。

"青藤藤，开黄花，养的儿子钻泥巴""一个老头高又高，浑身都是杀猪刀"……外公出的谜面听起来那么有趣，又那么顺口。炉火不时发出噼啪声，仿佛也在和我一起动脑筋，猜财妹儿呢！

秋天，在坡上做活路回来的外公给我带回几个橙黄的刺梨子。我剥好刺梨子，递到在阶沿休息的外公嘴边，我也搬个小板凳坐在他身旁。"雨雨，你喜欢猜财妹儿，外公出个考考你。'头戴方巾似孔明，身穿乱箭似罗成，比干丞相挖心死，先苦后甜是苏秦'，这是么子？"外公叼着旱烟，吧嗒吧嗒抽起来。我仰着头望蓝色的天空，又低头看向手中还没剥完的刺梨。

外公出的谜面往往就是身边之物，但我有些不敢确信是否是刺梨，这次的谜面听起来就好厉害的样子，出现的这些人我都不认识呢。

"雨雨，你猜对了。就是刺梨。"

"外公，谁是孔明，谁是罗成，谁是苏秦？他们有什么故事吗？"

于是，外公又给我讲起了孔明、罗成等人的故事。久远的历史故事，被秋风吹进我的耳朵。命运曲折的人物故事，我听得惊奇，听到比干挖心又有些害怕，为苏秦的结局感到欣喜。

就这样，外公用"猜财妹儿"的方式让我认识了身边的事物，了解历史故事。如今想来，这是多好的益智游戏呀，调动孩童的好奇心，培养观察能力，启发故事思维。

有趣的还有识字游戏。"一点一横长，一飘飘南洋。南洋有个人，只有一寸长。"外公给的字谜，有些难住我了。我拿出作业本和铅笔，一笔一画拼凑，到底是个什么字呢？写了好一会儿，我说出了答案"府"，外公夸我能干，我信心满满地期待下一个谜面。"半边锅子煮芋头，打落两个在外头"，这是什么字？

我只好扯着外公的衣角，又去给他端茶来。外公怜爱地看着我："雨雨，这是个心字啊。做人做事，都要用心的心啊……"

外公的肚子里装着许多"财妹儿"，也装着许多"言子儿"，还有独属于他们篾匠的"行话"。春节后，舅舅们和妈妈要离开村庄外出务工，外婆忙前忙后收拾东西，自家做的干菜，手工鞋垫、布鞋等，装得满满当当。外公对我说："为人父母确实操心，你外婆真是老鼠戴铃铛——"他顿住了。这是啥意思，为什么用老鼠打比喻，我急得催下半句。外公缓缓地说："旮旮旯旯都响（想）尽了。"大致明白了什么意思，我咯咯笑起来。许多年以后，我才真正体会到这句言子儿的深意，是啊，哪位当母亲的，不是为了儿女操碎了心，旮旮旯旯都想尽了呢。

外公是篾匠，他说小时候看着嘎祖做篾匠活路时偷偷学的。嘎祖原本没打算教外公这门手艺，俗话说"养儿莫学篾匠，十个指头像和尚"，可见其辛劳程度。发现儿子自学编篾，嘎祖后来默许了这事，亲自教手艺，外公的篾匠手艺越来越好，陈氏篾匠父子的名声也在乡间传开。

翠竹悠悠，吊脚楼可谓是毗竹而居。吃、住、柴火、生计，都和竹子密不可分。外公也给我讲了许多篾匠的"行话"。"黄龙背上抽筋，鲤鱼背上剥皮"这说的是划竹子，把篾青和篾黄分开来。还有竹子器具，也是趣味十足。"千丝篾条不回头"，猜猜是什么呢？原来是每天用来刷锅的刷把。"团鱼背上蹲"说的是粑圈儿，"拍拍打打机"说的是簸箕，"上圆下四方"说的是箩篼……

在外公的讲解下，这些竹制生活用具变得越发鲜活有趣。外公的日常龙门阵里，也总出现竹子的身影。讲到成长与责任的话题时，他说"嫩竹子做不得扁担"，讲到父母抚育子女的故事时，他说"竹篮提笋母怀儿，稻草捆秧父抱子"，摆到隔壁村哪个病重的老人，他说"那人是开花的竹子——活不长"……

最让我期待的是冬夜，围在火炉边听外公讲土家族传统故事。有个关于糍粑的故事是这样的，名字大概是叫"穷亲家，富亲家"。有个穷亲家去探望富亲家，这个富亲家条件虽然好些，为人却吝啬。富亲家正在火炕边烤糍粑，看到穷亲家走进来了，快速用火钳把糍粑埋在灰堆里，再起身招呼客人。穷亲家坐下后，假装不知道灰里埋了糍粑。一边喝茶，一边摆龙门阵，穷亲家拨弄着手里的火钳。富亲家问，你家几个儿子近来可好？穷亲家叹了一口气说："哎，莫说了，那几爷子闹分家，一个要这块土，一个要那块土，本来家业就不大，这下可好了……"穷亲家一边吐槽，一边用火钳戳灰堆。看得富亲家心里那个又气又急啊，却只能吃哑巴亏。

"哈哈，富亲家的糍粑戳破了，进灰咯!"我听懂了，大笑起来。

"故事摆完，看下烤的糍粑好了没有?"说完，外公便弯下身子，取出炉子侧门边的糍粑，拍一拍灰后递给我。我小小的手捧着热热的糍粑，蘸着白糖，多么软糯香甜。

外公讲的故事不仅风趣幽默，还充满了力量，陪伴我一路成长。最有代表性的故事，就是芭茅草和夜明珠的故事。传说一个穷人家的儿子上山割草，不经意间发现一丛十分茂盛的芭茅草，割完后第二天又恢复如初，一天两天，三天五天后皆是如此，这省了他四处割草的辛劳。后来，这年轻人刨开芭茅草的根，发现了一颗又大又亮的夜明珠。他把夜明珠带回家放进米缸，米舀了些后次日又恢复如初。啊呀，这是一颗神珠！和许多传统故事的贫富对抗情节一样，这颗珠子最终被财主发现，蓄谋夺去。年轻人为了守护珠子将其吞进肚子，珠落肚中后他一直喊口渴，直到喝尽水缸里的水，喝尽水井里的水，还是口渴。最后年轻人俯身江中饮水变成了巨龙，巨龙摆尾天光变色，摆出了良田万亩和十二个回眸探母的望娘滩。

外公讲的这个故事多么神奇，我仿佛也跟着故事中的年轻人一起割芭茅草，保护夜明珠。听到最后他变成了龙，被迫离开自己的母亲，我的眼里蓄满泪水。小小的我明白了善与恶的冲突，明白了上天不会叫好人一直吃亏的道理。长大后，芭茅草成为我的文学隐喻，我自称是一株武陵山间的芭茅花，因有着一颗夜明珠般的心灵，故而随风摇曳，如毛笔在生命的天空潇洒书写。

离乡求学多年，每次回去我越发喜欢和外公摆龙门阵，听他讲久远的故事，请他讲土家族传统习俗。有时，他调侃地说："你们年轻人读书多，哪样故事、知识书上都有，难得费时间听我老头子摆这些哟！"我半是撒娇，半是正式地回复："外公，您摆的这些，书上没得呢，这可是宝贵的民间文学。我把您讲的，都写进文章里，让更多人知道……"

外公知道我爱写文章，他很是支持。他像一口故乡的老井，深邃，甘甜，默默地滋养着我。每当我灵感枯竭、动力不足时，我就给他打电话，请他给我讲讲往事。伴着外公的声音，我的灵感之泉再次激活。

如今的我，听过许多课，自己也在讲课。可在我心里，最好的课是外公的民间文学课。外公的白发里、皱纹里都是故事，他的"课堂内容"来自山野，来自历史，来自父老乡亲的代代传承。他用自己的一生向我讲述，关于传统故事，关于家族历史，关于民间百姓的智慧经验与悲欢离合。

"外公，出个题考考我呗"，在外公的课堂里，我永远是一个求知若渴、充满好奇心的小女孩。愿外公的"民间文学课"，一直讲下去。

月光下的孩子

　　在乡下，孩子们对月亮是熟悉而敬畏的，我就是那群孩子中的一个。更多的时候，我们在月亮下嬉戏。月亮弯弯时，我和小伙伴们鼓足勇气用手指月亮，然后飞快地跑回屋子，隔一会儿后摸摸自己的耳朵是不是被月亮"割了"。发现自己的耳朵还安然无事，从此我们便知道大人说的"指弯月亮要被割耳朵"是骗人的。

　　一年中，唯有中秋节，让孩子们对月亮充满敬畏，充满期待。大山深处的土家族村寨，许多父母外出打工，留下年幼的孩子和爷爷奶奶一块生活。感受到节日的氛围，是从镇上的月饼和快熟的稻谷开始的。进入农历八月，田里稻谷陆续熟了，村子里又到了忙碌的丰收季节。

　　听大人说"今年谷子长得好，到时晒点好打新米过中秋"，孩子们便知道原来又到中秋节了。赶场天，镇上的小铺子上卖着一种大大的月饼，爷爷买一个回家，够祖孙几人享用。月饼被切成几块，切口处露出黑色芝麻与冰糖颗粒。新米煮熟的饭格外香甜，配着脆香的月饼，几口苞谷烧酒，村里人朴实地过着中秋节。晚饭后，大人在屋里聊天，谈的都是庄稼收成之类的。

孩子们常在晚饭后约在院坝里一起看月亮，等月亮。与其说月亮是自己变圆的，还不如说被孩子们巴巴的眼睛看圆的。月初到十五，月亮从镰刀状到半圆，再到不规则的圆，最后终于变得又大又亮。八月十五的夜晚，饱满的月亮从吊脚楼的东侧慢慢爬起来，孩子们等到圆月后高兴得手舞足蹈。

不知道是谁说了一句"村子的月亮真圆，不知道爸爸妈妈那里的月亮圆不圆"，孩子们一个个地自言自语，"我妈妈在武汉，武汉的月亮应该也圆……""我妈妈在新疆，那里太远了，月亮估计照不到……"说着说着，突然就静悄悄起来，仿佛有人在啜泣，却又忍着眼泪怕被笑话。

那时，村里没有电话，我们难得和父母通话交流。平时上学，放学后帮着做农活或者放牛，不会太多地想爸爸妈妈。可是中秋节就不一样了，爷爷奶奶说这是团圆的日子，一家人吃月饼才是最美的滋味，可是爸爸妈妈不在家，孩子们小小的脸上挂着淡淡的忧愁。

有一年中秋，孩子们照例在月亮下集合。我提议在月亮下许愿，给爸爸妈妈写信。我的想法是，既然我们可以看到月亮，爸爸妈妈也能看到月亮，那就让月亮帮我们寄信给爸爸妈妈吧。果然，我的建议得到支持，大家踊跃行动起来，有的用作业本写几句话，有的画了几个牵着手的小小人……我们的许愿写信活动结束后，我又组织大家背诗。"床前明月光，疑是地上霜……""少时不识月，呼作白玉盘……"

我们年龄小，知识量有限，关于月亮的诗背完了怎么办？那就自己来说说心中的月亮是啥样的。有的说"月亮是我的纽扣，圆圆的"，有的说"月亮是黄牛的眼睛，清亮得很"，有的说"月亮是玻璃弹珠，不过比我的珠子大"，也有的说"月亮是白色的蛋黄，我想吃"……说月亮是蛋黄的小伙伴被其他人一通笑话，就晓得吃。夜色渐晚，我们各自回家睡觉，或许月亮会入梦，照亮我们去寻找爸爸妈妈的路。

月光下的孩子们，心中的月亮有许多种模样，想念着远方的父母，天上的月亮就是传递思念的使者。简单的吃食，质朴的愿望，这就是乡下孩子的中秋节。

（载于《武陵都市报》2019 年 9 月 10 日副刊《吊脚楼》）

消失的院坝

村庄里，每户人家都有院坝。有的是单家独户拥有，有的是几家共享。院坝也不知道自己究竟多大。或许是从太爷爷那辈就开始了，或许是祖祖、爷爷开辟了一块院坝。

山村多陡坡，前辈选一块较平的坝子，看过风水，开始选角度立木房子。房子后面是竹林，房前就是院坝。院坝是一位慈爱宽容的母亲，祖露自己的胸怀，接纳着村庄的阳光、风雨、丰收、喜怒哀乐。

天晴时，稻谷和玉米在各自的区域嬉戏打闹。它们成群结队地在晒席上面打滚，唱着人类听不懂的歌曲。有时，圆圆的豆子也在凑热闹，只是豆子的队伍多是在竹筛子集合，比不得稻谷的气势磅礴。几个竹竿撑起一条晾衣绳，花花绿绿的衣服在风里飘着，跳着欢乐的舞。洋芋片、南瓜片、干豇豆在竹筛里抗争，眼睁睁地看着自己的身躯变小变干。

下雨时，院坝会唱着雨滴交响曲，地面上溅起的雨滴把泥院坝冲刷出一个个小坑，有时又是一道道小沟，或深或浅。孩子不怕雨，在阶沿上用手切屋檐下形成的水帘，有时干脆跑到院坝上，专门踩水嬉戏打闹。院坝被挠痒痒似的，在雨里发出"噼啪噼啪"的声音。

雨停后，三两只狗，四五只鸡，在院坝上跑个七八趟，院坝就成了一幅梅花、枫叶的多彩画面。院坝脏了，一把竹条做的大扫帚刷过，留下浅浅的痕迹。

娶新媳妇时，院坝是最热闹的。新娘的嫁妆坐着滑竿来了，一行吹吹打打的人来了。新郎背着新娘，踩着幸福的步子来了。院坝是红色的，挤满了老人、小孩，嘴里的欢呼声不绝。除了娶妻嫁女，春节的院坝也是红色的。

有时院坝是白色的，那是老人丧葬的颜色。白色孝衣、白色花圈，埋藏了老人一生的喜怒哀乐。在红与白的交替中，院坝中的人更替着。

祖祖挑着谷子从院坝进屋，爷爷挑着玉米路过，爸爸扛着木材堆在院坝的一角，小小的我们在院坝嬉戏。蚂蚁、蚯蚓、蟋蟀爬过院坝，蝴蝶、蜜蜂、蝙蝠飞过院坝，一轮太阳从院坝的这头升起，又从那头落下。院坝和祖祖辈辈一起经历村庄的日出日落，风雨雷鸣。

后来，院坝穿上了水泥外衣。

不见了小狗的梅花、小鸡的枫叶，不见了蚯蚓出土呼吸的身影，不见了竹条扫帚刷过的痕迹。院坝的呼吸，变得沉重。人们不再用晒席，直接让稻谷、玉米、土豆片亲吻院坝，院坝痒痒的，但它不说。

日子年复一年，鸡冠花开了又谢，谢了又开，年年岁岁花相似，岁岁年年人不同。村里的老人有的去世，有的随儿女进城，村里的孩子少了。夏夜，变得清净。

有的坚守在村庄的院坝，连同废弃的老屋，变得荒凉。院坝边沿的鸡冠花、芍药寂寞地开着，灼灼妖艳的色彩让院坝显得更加清净。院坝身后的老屋，瓦上积满竹叶、青杠树叶。院坝和老屋，互相安慰着，说些久远的温馨故事。

有的老屋被推倒，院坝也消失了。新修的小楼，只给了院坝一点点的容身之地，它无声地哭泣。

有的院坝跟着人们去了城里。城里的院坝，被扯成几块，变得面目全非。一部分，变成了楼房公摊部分，更多的变成了小区公园和社区步道。

人似乎是更多了，可是院坝却变得寂寞。没有了稻谷和玉米的陪伴，它的胸口空空的。水泥板的道路，有的还砌上了砖，院坝的喘气声更严重了。院坝很想找一只萤火虫，说说悄悄话，可是等了许久，萤火虫也不来。城里的孩子不愿意踩院坝，生怕粘上一点脏东西。尤其是雨天，大人还抱着小孩，生怕孩子踩到砖上的泥水。

院坝不适应城里生活，想逃回乡下。在一个清凉的夏夜，它果真逃回了乡下。不见了星空，不见了老人孩子，不见了凉茶蒲扇，只有黑洞洞的夜，莽莽大山也是黑黑的。曾经院坝待过的地方，长满了杂草，也是黑魆魆的。

院坝哭了。回到城里的院坝，接受了喘气的毛病，接受了炽热艳阳的烘烤，接受了行走过路人们的忽视。

进城的院坝，如同进城的老人，衰老着，在城市生活里迷失着。留守村庄的院坝，被杂草覆盖，呼喊不得。曾经的院坝，渐行渐远，走在一条消失的路上，它快要忘记了曾经的模样。属于村庄的院坝，怀念着有萤火虫的夏夜。

（载于《武陵都市报》2018 年 8 月 20 日副刊《吊脚楼》）

毗竹而居

　　乡下不缺少竹子，房前屋后是竹子，远山近林也有竹子。山里人家的生活，可以说是毗竹而居。外婆家的吊脚楼就是被翠竹环绕，村里的人一年都生活在幽幽绿色里。

　　楠竹、慈竹、苦竹种类不一，这些竹子有的粗如碗口，有的细如拇指，也有的像手腕一般粗细。不论大小如何，竹子们都有相似的童年岁月，稚嫩短暂，那就是竹笋。越过寒冬迎来春天，一场春雨唤醒地下的竹精灵，它们伸出尖尖的脑袋，打探大地的秘密。

　　竹笋还没有冒出来时，我每天都去竹林里看，想着它们何时会冒出来。外婆叫我别着急，竹笋吸收够了营养，在合适的时间就会冒出地面，之后噌噌直往天上蹿。果然，一场春雨，一场春风，竹笋抓住宝贵的成长机会，没多久就耸立挺拔，褪去毛茸茸的竹衣，长出枝条来。一年四季，竹子大多是青绿色的，只有极少的竹叶变黄在风中飞舞。风吹过竹林，细细簌簌的声音，清脆好听。冬天下雪时，大雪压在竹子上，竹子就穿上了厚实的雪袄子。太阳晒得竹子发热了，它开始流下滴滴眼泪。

外婆家里的生产生活器具，许多都是竹子做的。用剔下来的竹子枝条扎成大扫帚，在土院坝上扫过，留下道道痕迹，就像拿着巨大的笔，在大地上作画。小巧的芭笼在农忙时节被挂在腰间，撒下种子。农闲时节，芭笼休闲地挂在吊脚楼的栏杆上，享受清闲时光。厨房里的筷子、筷子兜、竹壁兜，都是竹子做的。最有趣的是一个竹提子。在中锅和大锅之间的汽罐里，有一只大大的竹提子，大而空的肚子，细长的手柄，用来舀水十分好用。这只竹提子在水里泡了十几年了，通身变得浑浊深沉，却还是完好无损。

外婆手中的竹篮，是乡村的魔法师。夏天，外婆早晨出门时，篮子空空的，回来的时候，篮子里装满了黄瓜、豇豆、四季豆等。冬天，外婆的竹篮里也会装满切块的土豆，到地里面埋下一颗颗希望的种子，第二年春天土豆花开，白色花朵在风中笑着，地底下的土豆悄悄长大。不多久，竹篮再次装回大大小小的新鲜土豆。

竹子既可以用，也可以吃。不是每一根竹笋都能长大成挺拔的竹子，若是胖乎乎的穿着黑麻衣身子被外婆看上，就会被挖出来，装进竹篮。一部分竹笋和腊肉"约会"了，变成鲜笋炒腊肉。这道菜是我很爱吃的，鲜嫩爽滑，美味可口。外婆把另一些竹笋剥壳后，切成细丝在沸水里过一下后，拿去太阳下晒成干笋片。晒干的笋条，在冬天炖腊猪蹄，在汤中舒展身子的笋条，吸收了汤汁味儿，脆爽口感中多了无限滋味。外婆一双加长的特制竹筷子，伸进泡菜坛子，夹出洋姜、红萝卜、红辣椒等泡菜，为餐桌增添鲜辣口感。

我从外婆那里知道了好多关于竹子的言子呢。"稻草捆秧父抱子，竹篮提笋母怀儿"，真是把生命交替讲得生动形象。外婆鼓励我好好学习，要"竹子冒笋——一代胜过一代"，她对我的期望含在言语之中。我说话很快，外婆形容我"说话像竹筒倒豆子——噼里啪啦"，教导我要控制语速，把话说清楚。

外公是篾匠，竹子在外公手下变得时而刚强，时而柔软。做篾匠活路时，他走进竹林挑选适合砍伐的竹子。镰刀让竹子蹦出青色浆液，挺拔的竹子倒下，剔除枝条，精光光的竹子被他扛回家，成熟的楠竹则做成扁担。青色的竹子在岁月的打磨下逐渐变黄变深，它在外公的肩上挑着稻谷、玉米棒子进家门。

有时，外公扁担下的箩筐一边是红薯，一边是小小的我。一家人的生计就在这瘦长的扁担上，扁担压弯了外公的肩背，也挑出了他脸上的道道皱纹。竹扁担无声无息，只是歇在板壁一角。外公告诉我一句歇后语："嫩竹子做扁担——担不起重东西。"那时，年幼的我只明白字面意思，脆嫩的竹子不能做扁担，不然怎么才能挑起我呀。

锯子、推子、刨子，在这些工具的帮助下，外公把整根竹子锯断、剥皮、划丝……在他一双灵巧的大手劳作下，竹节变成竹丝、竹片、竹条。背篓、晒席、簸箕、团窝、筷子笼等生产生活用具，在经纬穿梭间诞生了。这些竹制品中，最大的是晒席，摊开后就是一张巨大的竹地毯，谷子、玉米在上面睡觉，被太阳晒得麻酥酥的。有时，连盖翻卷着拍打豆子，一颗颗黄豆也跑出来玩耍了。簸箕、团窝、筛子可以用来晾晒土豆片、南瓜片，也可以装糍粑。不同的时节，这些竹制品都不会闲着。

外公编织的大背篓，多用来背猪草、红薯等，小背篓又称为

"凉背""马湖背"，精致玲珑，用来背着走亲戚或是赶场。还有一种内带小凳子的背篼，是专门背孩子的。小小的孩子，在妈妈背上随着妈妈的劳作颠簸着，就在这些摇晃颠簸中长大。

宋祖英一首《小背篓》唱出了这样的母子深情。或许，很多人回想起母亲的味道，都离不开这淡淡的背篓竹香，还有竹编的摇篼，铺上柔软的小被子，就是婴孩成长的摇篮。母亲一边做手工活，不时地轻晃脚边的摇篼，嘴里哼着哄孩子的小曲。母爱摇进了淡淡的竹乡，也进入了婴孩甜美的梦中。

外公把剔篾丝剩下的材料宰成一段段竹节，捆起来放在吊脚楼底层的柴火堆边，风干后便是极好的柴火。烧火做饭时，干竹子在灶肚子里发出"劈里啪啦"的声音，像在唱一首欢乐的歌曲。厨房的柴堆也散发着干竹子的香味，相比生竹子的清新香味，这是一种干涩的香味。

外公说，他和竹子打了几十年的交道，竹子长到何时适合砍，根据不同大小的竹子做成不同器具，这些早已烂熟于心。他告诉我，做人也应该像竹子那样挺拔飘逸，刚强且柔韧。

乡下孩子没有现成的玩具，就自己发明。男孩子们爱打斗，就自己用镰刀砍竹块，做一把宝剑，在院坝里跑来跑去，一边说"看剑！"女孩子们文静得多，用竹条做一个圈，加上木棍，再找些蜘蛛网覆盖在竹圈上，一个捕捉蜻蜓、蝴蝶的工具就做好了。也有孩子请爷爷或者外公用锯子锯几个竹环，来玩套圈的游戏。夏天捉迷藏时，也有不少孩子躲进卷好的晒席里，默不出声，让小伙伴找不着。我小时候，总喜欢请外公用细细的竹丝做绣球，编个小牛之类的玩具。我的竹绣球，带到学校去，同学们都抢着玩耍。

除了玩竹子做成的小玩具，更好玩的是去竹林里寻宝。一年四季的竹林清脆悠悠，除了春天长竹笋，还有老鼠屎草、三叶草、鸭脚板花。让孩子最欢喜的是雨过天晴，竹林里冒出竹荪，白花花的网状帽子，这也是难得的美食。我喜欢做记号，除了在外婆家阶沿的柱子上刻下身高的位置，还总去竹林里刻下身高印记。只是，竹子长得比我快多了，不多久我的"身高"就被竹子噌噌地带得老高。楠竹身上有白色的细细的灰，就像一块小白板，我也总在上面写写画画。

孩子们多数时间都和竹子和谐相处，可是有时也被它们欺负。竹条被剔得干干净净，就是一根利索的"刷条子"，乡下孩子没少吃过它的威风劲儿。放牛时，牛吃了别人家的庄稼，或是调皮捣蛋做了别的坏事，"刷条子"就会在孩子身上留下或深或浅的红条印记。

去年春节回到老家，妈妈说还是老家的竹刷把好用。外公很快锯了竹段，给妈妈做了几把刷把。我说想要一副快板和一个竹子笔筒，外公二话没说，就给我做好了。看竹段在外公手中轻松变形，我自己也倒弄着玩，才发现并不容易。竹子块坚硬无比，打孔的螺旋钻差点伤到手，我只好作罢。接过外公递过来的快板和笔筒，我触摸到他干燥粗糙的手，指节粗大，有些变形，上面许多伤口疤痕。外公笑着说："做篾匠哪有不被刀子吃几口哦，几十年都是这样过来的。"

一丝丝的竹条，一声声脆脆的刀划声，一个个无言的伤痕，这就是外公作为父亲对子女后辈的爱。和竹子打交道的几十年，也是他风雨承担家庭责任的岁月。渐渐长大，经历的事情越多，我慢慢开始明白了外公那句"嫩竹子做扁担——担不得重东西"的含义了。外婆所说的竹笋吸够营养自会冒出地面，我也懂得了这句话的深意。

毗竹而居的岁月，宁静厚重。竹子或吃或用，养育丰盈了山里人家的生活。我也曾是一颗山村小竹笋，迎风长着，长成一棵刚强且柔韧的竹子，岁月是无声的魔法师。山村的竹，如此清逸，如此无私，如此值得歌颂，如同外公外婆那样的山里人身上散发的朴实与坚韧，那是对生命之田的坚守和耕耘。

外婆的泡菜坛子

"外婆，我想吃酸萝卜炒魔芋。"我在砧板上切着洋芋丝，对在灶前烧火的外婆说道。

"你自己去搂几个酸萝卜嘛！"外婆一边烧火一边回答我。

天色渐渐黑了下来，灶台前的火光越发显得红亮，飘飞出来的火光映得外婆的脸红红的，一顿土家山村的晚餐在我们祖孙的合作下即将诞生。

我珍惜每次回外婆家的机会，尤其是做饭的时间。外婆年龄大了，风湿病让她的膝关节严重变形，走路蹒跚的身影，让我不忍心让她为我做饭。外婆厨房挨着的里间熏房是挂腊肉、放土豆及其他杂物的地方。厨房里的灶台、碗柜、竹子筷子篼、水缸等，在我眼中都是陈年物件，深沉的色泽是岁月的积淀。

然而，外婆家厨房最神秘诱惑的角落是泡菜区。

那是挨着漆黑色碗柜的一个角落，散发着淡淡的酸香味，牵着我的鼻子一步步靠近。两个大点的土坛子倒扣在地上，底部是石槽托着，另外三个透明的玻璃坛子、塑料罐子在上面一层。这几个酸酸香香的坛子可大有内涵呢。

我最喜欢的酸渣肉在土坛子里，先把坛子略倾斜一下，再双手抱起微沉的坛子放在灶台上，才发现坛子口塞着卷皱的荷叶，荷叶用两根圈起来的竹条压在坛口。

外婆告诉我，玉米面加了作料后，把新鲜猪肉切成大片裹上玉米面，放进坛子里脯起来，时间长了就会变得酸酸的。先把洋芋块烙熟，再将酸渣肉盖在上面，肉汁和玉米面混合变成洋芋的调味酱，洋芋吸收肉汁不至于肥腻，最后撒上一点葱花，一盘色泽金黄鲜亮的酸渣肉就做好啦！

除了酸渣肉、渣肠子等肉食，外婆的泡菜坛子还有素菜，主要是萝卜、薤头、豇豆、辣椒、包包菜、洋姜、黄瓜等。酸黄瓜、酸萝卜、酸豇豆在一起，再混杂着通红的短辣椒，像是蔬菜开会。酸薤头单独在一个塑料罐子里，淡淡的黄色诱惑人心。还有红辣椒和地牯牛的混合，黄色蚕宝宝似的身子在红辣椒的映衬下显得越加肥美诱人。可以将酸黄瓜、酸薤头、酸包包菜切条切片，拌点作料直接吃，当然像我这种小馋猫通常在酸菜出坛子时，就已被我送入口中。

"幺幺儿，用那个单独的筷子，不要沾油了哈。再看看坛子沿口的水，要是没了再加点。"每次我在泡菜区域品味美食，外婆总在一边提醒我。泡菜坛子是见不得油腥的，哪怕一点油星子也不行，不然酸水就坏了，泡出来的菜味道也不好。坛子沿口也要加水，封住坛子，且要三两天换水。如此说来，这些泡菜坛子还娇气得很，需要格外照顾呢。

夏天时，泡菜熟得快，一两天的黄瓜和豇豆就可以出坛子，我们称为"洗澡泡菜"。更多的时候，是外婆去盛泡菜，如今我主动申请盛泡菜，把细长的干净筷子伸进土坛子里，和酸萝卜条、酸豇豆、酸辣椒做着一场没有硝烟的斗争。透明的塑料罐子中，我对酸藠头采取"精准夹起"的方针，有时圆圆的藠头在我的筷子下跑掉，我又开始在微黄的酸水中寻找下一个藠头目标。

通常，外婆家泡菜区还会放几瓶糟海椒，我也把它纳入泡菜的队伍。把新鲜的姜、海椒剁碎，加上盐巴，放在坛子里封起来，就会变得酸酸辣辣的，要吃时就用小瓶子装起来方便取食。别小看这碎末的糟海椒，可是美味无比，是我下饭的好帮手。除了直接吃泡菜，酸萝卜炒魔芋、酸豇豆洋芋片也是我钟爱的菜。酸酸辣辣的味道，是我童年的味蕾记忆。

外婆把这些泡菜坛子照看得很好，像宝贝似的。外婆的泡菜坛子不华美精致，却有着丰富的内涵，它像极了外婆苦涩磨难却隐忍坚强的一生。外婆早年丧父，有姊妹五人，她是最小的。外婆17岁嫁给外公，孕育了我的三个舅舅和母亲，为这个家庭付出了一生的心血，还照料了我们这样的孙辈。

外婆把自己一生的心事和故事装进了泡菜坛子，化作酸酸辣辣的味道，在儿女孙辈归来时奉上丰盛的饭菜。外婆的泡菜，总会丰盈和满足我的味蕾，提醒我一顿充满故土滋味的饭菜是多么珍贵。

我或许也是一颗调皮的藠头，浸润在外婆心爱的酸坛子中。幼时不懂，只觉得泡菜好吃，逐渐长大，才发现一坛泡菜就是一个人生。愿我这颗来自山村的藠头，即使泡在酸涩的坛子里，也不失脆嫩鲜美的口感。游啊游，我这颗藠头，游出了山村，游进了城市，此刻却最想游回外婆的泡菜坛子里。

最忆过年贴鱼尾

"妈妈，什么时候杀鱼呀？"妈妈穿着围裙正在灶台边忙着炸酥肉，我凑在她身边焦急地问着。"小馋猫，再等会儿，我知道你想吃鱼肉啦。"妈妈回复着我，她知道我喜欢吃鱼，但或许不知道我催着她杀鱼还有另一个重要原因。经不住我再三催促，妈妈终于到后院把养在木盆里的硕大的草鱼处理了。

那时的我是一个乡间幼童，和众多孩子一样盼着过年，盼着吃鱼。那些年，人们很少吃鱼，一来是山村里鱼少见不好买，二来是平时也舍不得吃。只有过年的时候，人们才舍得在镇上集市买回一条胖乎乎的鱼。或烧或炖，美味的鱼肉是年味的重要组成部分。曾经吃过的那些鱼肉早已化作营养滋养我成长，贴在门上的鱼尾却深深地粘进了心里。

大年三十夜的前几天，我和妈妈去镇上买回一条硕大的草鱼，养在后院的大木盆里。看着盆里的鱼时而安静待着，时而翻动溅起水花，我盼望着美味的鱼肉大餐。处理完鱼鳞后，妈妈剁下鱼尾，来到阶沿把鱼尾贴在对开的木大门上。

我问妈妈这是何意，妈妈解释说这是祈祷年年有鱼（余）、大吉大利。得知贴鱼尾有这样的寓意，我闹着"贴鱼尾真有趣，我也要贴"。唯一的鱼尾已经贴好了，又不能撕下来重贴。看我闹着，妈妈只好安慰说我太矮贴不够，贴鱼尾要尽量贴门的高处。

　　等稍微大些了，我便把贴鱼尾的机会抢过来。妈妈还在做其他事，我就追着问好久杀鱼，其实我是惦记着那条像蝴蝶一样的鱼尾。妈妈杀鱼时，我守在一边，等待鱼尾来到我的手中。捧着湿乎乎的带着腥味的鱼尾，我来到大门前学着妈妈的样子贴鱼尾，尾尖儿朝上，肉骨朝下。贴好后，再用手轻轻压一压，以便贴得更牢固。我心里默默念着，鱼尾鱼尾真好呀，我们家一定要多吃鱼。

　　我年纪小个子矮，鱼尾也贴得较矮，大概在门的中下方。年复一年，每一年都贴鱼尾，贴的位置随着我长高也变得更高了。我也编了顺口溜——"鱼尾鱼尾，顺风顺水，鱼尾贴得高，步步又登高"。新鱼尾的下方，有旧年的鱼尾痕迹，就像一尾鱼从门的低处游到了门的高处。

　　再后来，我们一家人都进城生活，能时时吃到鱼肉。不知怎的，我对吃鱼的兴趣倒减少了许多。城里的单扇铁门冰冷坚硬，不像老家的木大门那样温润多情，它承载不了一条特殊的鱼尾。在城里过年，家人不再贴鱼尾了，我感到失落。

　　前年，我回到乡下老家，看到颓败的老屋。被岁月侵蚀的木门变得斑驳不已，凑近细看，我发现了浅浅淡淡的鱼尾痕迹。那高高低低的鱼尾痕迹像一条曲折的线，串联我的记忆。那些贴鱼尾的童年时光浮现脑海，眼泪不自觉地滑落。曾经的鱼尾早已消散了腥味，只留下浅浅的印子。眼前的鱼尾印子像蝴蝶一样展开，有着细细的纹路，藏着经年的痕迹。在我离开老家的这些年，鱼尾就这样默默地守护着老屋，也守护着我的儿时记忆。

耳边响起妈妈曾经的话，她说贴鱼尾是为了祈祷年年有余，是对富足生活的期盼。如今，我对贴鱼尾有了更多的理解。贴在木门上的鱼尾像是一道印迹，镌刻着年的基因。人们看到旧年鱼尾，会激发对新年的期盼。鱼尾也和岁尾相关，是一年奔忙后的团圆与幸福。同时，鱼尾是鱼划水的动力，也可保持方向。同样的，过年回家也是人们心灵的方向，过完年又开始新的奋斗，这就是年的动力作用。如今，我们的生活越过越好，变得富足充实，吃鱼不再像过去那样是一种奢望，过年吃鱼更多是图个喜庆吉利的寓意。

岁月的长河里，我也是一尾渐游渐远的鱼。我的心如鱼尾一般，渴望贴在故乡的木门、童年的时光上。值得庆幸的是，去年爸爸回村里把老屋修葺一番。我期待着再像儿时那样在乡间过年，再从妈妈手中接过蝴蝶般的鱼尾，贴在木大门上，大声念着自编的顺口溜"鱼尾鱼尾，顺风顺水，鱼尾贴得高，步步又登高"。

山村祭祀杂思

　　山村的年味离不开腊肉、香肠、绿豆腐、汤圆。屋内，一家人推杯换盏，其乐融融。年夜饭后，山村开始热闹起来。带上鞭炮、礼炮、香烛纸钱，一家人沿着小路来到房子周围的坟墓，山村祭祀开始了。

　　老的坟墓积累了一年的野花青草，青草在冬季变成枯草。满是枯草的坟头显得有些凌乱，而这凌乱却和周围的山林相融一体。通常，男主人拿着镰刀收拾坟头，不一会儿，便显露出坟墓来，于是取出鞭炮，搭在坟头，再蹲在坟前烧纸钱，嘴里念叨："祖宗来领钱用，保佑家人平安、发财……"大人教孩子在坟前跪拜磕头。烧完纸钱，插好香烛，就点鞭炮和礼炮，砰砰砰的声音在村庄里此起彼伏。

　　在我的老家宋家湾，初一早上的祭祀队伍最为热闹，穿梭往来的人相互之间是大致熟识的。那些提着鞭炮的人都是本村或是周围村落的人。对于我这样在外求学的学生来说，只有过年祭祀这段时间可以见到大部分的人。其他许多青壮年常在外务工，回家过年和祭祀也是一种重要的团聚方式。

对于村庄来说，香烟袅袅的祭祀、此起彼伏的鞭炮声，是一年之中最热闹的时候。可以说，这是一场鞭炮的狂欢。

轰隆隆的响声，坟墓里的逝者可否听得到如此震天的鞭炮声呢？对于人们而言，放得越多，表示孝心好，更多的是显示出经济收入不错。鞭炮声里、纸钱烟雾里，包含着对亲人的怀念，或者是生前照顾不周的歉意，或者是对死者有灵的祈求，希望得到庇佑。复杂的情感都化作烟雾，弥漫在山林间。响彻云霄的鞭炮声让村庄突兀地热闹起来，坟头上满是大红的鞭炮碎片，披红挂彩的坟墓如同给逝者披上了红衣。

祭祀让人感受到死亡，也让人感悟到生命的延续。有的坟墓前立着石碑，造型俊朗挺拔。大的石碑分为三层，顶层是山形的碑头，中间是碑身，底部刻有碑文和后代名字。底部碑文的两侧是一副对联，多是"青山出贵子，水秀育贤人"之类的字样。那些墓碑上的字，都是无声的故事。坟墓里的人也曾是鲜活的生命，他们也曾年轻，也曾疯狂，也曾历经喜怒哀乐，如今，一切都变为黄土，所有的悲欢离合变成了墓碑上的名字。那些名字是逝者的后辈，继续延续着生命，上演着各自的故事。

年轻人给逝去的亲人上坟烧纸钱，表达哀思，祈求保佑。年老的人也蹒跚着脚步走在祭祀的队伍中，这样的画面使我产生了别样的思绪。老者听到鞭炮声，是否会想到自己百年福满之后的事情呢？老者比年轻人更趋近于死亡，他们听到这样的鞭炮声时内心是怎样的思绪？

陪同爸爸给曾祖母烧纸钱时，我遇到了这样的一位老人。他戴着绒帽，穿着几分破旧的灰色棉袄，蹲在坟前，默默地烧纸。

我不知道坟墓里的人与他是什么关系，在袅袅的烟雾中，老人显得孤单。坟墓里，或许是他的妻子，或者是父母，或者是朋友？总之，一个老人在祭扫坟墓时，让人心里颤动。与死亡对话，用一缕香烟与逝者连接的老人，是山村祭祀中独特的存在。

爷爷过世近十年了，他的坟墓在我家对面的菜地里。我和爸爸在爷爷的坟前烧纸，祈祷爷爷保佑我们。放鞭炮时，我站得稍远一些，爸爸在坟前点火。爸爸的腰身稍弯着，微白的头发，那一刻我的眼泪不自觉地掉落下来。爷爷过世了，爸爸变老了，我长大了。又是轰隆隆的礼炮声，我擦干眼泪，跟着爸爸继续穿梭在山林里，走向下一个亲人的坟墓。生命就是这样一代代传承下来的。我不敢去想，若干年过后，爸爸会埋葬在哪里。再过若干年，我的后人又会以怎样的方式祭奠我。

在爷爷这一代人，逝去老者的埋葬方式以土葬为主。在山村、菜地、稻田边都有坟墓。一个个圆鼓鼓的嵌着石头的土堆，传达出的死亡意象很明显。在山村里长大的孩子，都从坟墓间爬过，走过，跑过。

从父辈开始，许多人走向了城市，慢慢脱离了土地和村庄。城里没有那么多土地可以埋葬死者，死者变成了一缕青烟，变成了亲人在殡仪馆的眼泪，最终变成陵园里一块嵌着照片的墓碑。城市的祭奠显得安静，静静地祭祀，静静地哭泣，一束鲜花寄托哀思。相比村庄墓碑上的子孙后辈名字，城里的墓碑简洁许多。逝者的生辰、忌日、名字、一张照片，如此而已。城市的墓碑更像是单独的存在，而村庄里的墓碑是一张家族图谱，复杂交织。

或许，村庄里的坟墓会越来越少。从历史发展的长河来看，古老的坟墓逐渐消失不见，建起一个个新的村落。一代代人迁移变换，新的坟墓修起来，历经岁月沧桑变成老墓，老墓又将消失不见，一切，都变成岁月的尘埃。祭祀的人们各自散了，鞭炮声停了，山村又归于沉寂。那些坟墓和墓碑在山林间静默着，守护着。一年又一年的山村祭祀，坟墓里的亲人随着稻田菜地的荣枯，迎来又送往回乡的人们。

（载于《武陵都市报》2018年3月6日副刊《吊脚楼》）

永远的宋家湾

那天早上，我在宋氏家族的微信群里看到隔壁大满满（堂叔叔）发了一个小视频，点开一看，乡下葬礼的"敲家伙"声响起，白色的花圈立在墙边。画面有些抖动，我看了两遍才看清楚花圈上的字。啊，隔壁的大奶奶去世了！

我联系爸爸确认这个事情，得到的回复是，隔壁大奶奶真的因突发疾病治疗无效去世了。我脑海中出现大奶奶黑瘦黑瘦的样子，想到勤劳善良的她突然辞世，悲伤起来。我打电话告诉住在县城的奶奶，她也悲伤地说道："哎，你大奶奶辛苦一辈子，怎么就没了呢，能摆龙门阵的人又少了一个啊……"奶奶的话，让我为老妇人之间的情谊感叹，她们是乡村家族的妯娌，从青葱岁月陪伴到白发妇人，如今阴阳永隔了，令人悲伤。

大奶奶在我印象中，一直都是瘦瘦的，近几年似乎又黑了许多。大奶奶的去世，勾起我对家乡亲人的思念，对那方土地上辛劳的人们的生命感悟。近几年来，老家接连去世好几位爷爷奶奶了。村里的老人渐渐少去，新坟多了起来，零星分布在村庄的菜地边。这两年春节回到乡下上坟，我看到这些新坟，又想起逝者的音容笑貌，心里感到忧伤失落。

我们宋氏家族位于黔江区马喇镇宋家湾，从太爷爷的父亲那辈起就在此定居了。整个宋家湾，处在一座小山坳里，面前是一大坝平整的水田，挨着竹林的房子，房前屋后是一些土地，分给各家种着，种些玉米、土豆、番茄之类的植物。

太爷爷是我爷爷的爷爷，我的祖祖是他的大儿子，依次还有三祖、五祖、六祖、幺祖，隔壁大奶奶是六祖的大儿媳妇。应该说，我的家族是一个典型的乡村家族组织，连排的吊脚楼蜿蜒曲折，每家每户的走廊、转角楼连着。儿时的我，几乎能从走廊上大人的脚步声判断出是谁呢。六祖家的房子和我家连着，形成一个拐弯的"L"型，三祖的房子在坎上，隔了一个土坎而已。

小时候我在村里生活，隔壁大奶奶、坎下二奶奶的孙子孙女是我很好的玩伴，我和堂弟堂妹一起放牛、打猪草，也会一起上学，那是多么单纯快乐的童年啊！大奶奶和村里的其他堂奶奶一样，除了做坡上农活，也会收拾蔬菜瓜果去赶集。

她们弯着身子在田里挖菜，在村口的小溪洗菜，那样勤劳的样子如在眼前。夏天还好，水凉快宜人，可在寒冬时节，她们依然要把手浸在刺骨的冷水中，把洋参须子洗得白白净净，捆成小把。

种菜、挖菜、洗菜、卖菜，是村里老妇们留给我最深的印象。天还没亮，隔壁的大奶奶挑着菜经过我家的走廊，梦中的我迷迷糊糊，听脚步声知道是她们出发去赶集了。我的奶奶没有街上卖菜的经历，爷爷身体不好，奶奶承担了很多家里和山上的活路。爷爷在镇上摆个小摊给人理发，当地人称为"剃头匠"，挣点活络钱维持家用。

镇上的菜行，不过是一条稍宽平坦的土路。早早就到的堂奶奶们占好位置，把菜铺在口袋上，有新鲜蔬菜、豆豉、魔芋豆腐、渣海椒等。我偶尔去菜行找外婆要零花钱，路过隔壁大奶奶的摊位时，她笑着招呼我："雨雨又去找外婆要晌午钱了呀！"我打过招呼后，又蹦蹦跳跳去往外婆的摊位。

村里的长辈亲人们都以耕作维生，隔壁的大爷继承了他父亲（我的六祖）的医术，也会喂养蜜蜂、割蜂糖。农忙时节，村里人相互帮忙割麦子、收稻谷等。不忙时，吃早饭也会端着碗串门。我记得隔壁大奶奶、坎下二奶奶都喜欢来我家串门，她们端着大碗装着饭菜，到我家时，我们也在吃饭，就一起夹菜吃。有时我们吃过饭了，奶奶叫我给她们倒茶水。

因此，端茶倒水这样称为"见边"的乡村习惯是在这个阶段养成的。乡村老妇人们摆龙门阵，无外乎庄稼收成、儿女打工收入之类的。有一件事情让幼年的我印象深刻，涉及男孩女孩的评价，或许是因为重男轻女的观念吧，她们偶尔也会对女孩评头论足，我记在心里，暗暗发誓要好好努力读书，走出农村。

我和姐姐偶尔也会去邻居家里吃饭，在乡下串门是一件很自然的事情。毕竟，你得从隔壁家的院坝、转角走廊过路呀。在这样的乡土村庄中，我慢慢长大，也养成了质朴勤劳的习惯，比如经常打扫吊脚楼走廊、院坝等。小学毕业后，初高中时期，我都是寒暑假回乡下，但因父母离异，我每次回老家总担心别人说我"随娘儿"，被带到别人家去了。村里的孩子们慢慢长大，各自有了心事和秘密，我也沉浸在写作业、读书的状态中。不知不觉间，我在乡下老家的假日青春期变得不如童年那般欢畅淋漓。

小学毕业以前，我和姐姐、隔壁大奶奶家的孙子孙女，以及坎下二奶奶家的孙子孙女是村里比较大的孩子。那时，爷爷奶奶、堂爷爷奶奶都很健康，我仿佛觉得死亡是一件很遥远的事情。在我六七岁时，隔壁幺奶奶、我的祖祖先后去世。我太小，已经不太记得具体细节，隐约记得葬礼上幺奶奶的姐姐捂着帕子跪在地上哭得很伤心，嘴里还唱着歌，大约是："妹妹你死得好早哦，怎么忍心舍得丢下一大家人啊……"现在，我知道了这是乡下的风俗——"哭丧"，亦哭亦歌，诉说对死者的不舍，深情动人。

　　是的，我以为这些坚强勤劳的老人们会长命百岁。2009 年的春节，那年我不满 16 岁，听说坎下二奶奶去世了，我很吃惊，也很伤心。她是我懂事后第一位去世的堂奶奶。没想到，仅仅 3 个月后的清明节左右，爷爷突然去世，当时我还在重庆念高一，赶不及回乡下参加他的葬礼，这成为我很大的遗憾和痛苦。

　　爷爷去世后两年，爸爸把奶奶接到了城里。我失去了寒暑假回乡下老家的机会，总觉得回去无依无靠的。爷爷静静地埋在菜地里，再也喝不到我用奖学金给他打的酒。如果真的有灵魂，爷爷或许在另一个世界和他的爷爷、父亲对饮吧。近三年，隔壁的幺爷、坎上的大爷先后去世，我越发感觉到死亡带给村落的影响。如今隔壁大奶奶又去世，村里变得更寂寞了。

　　近几年，村里的变化的确很大。一条入村小公路通了，把整个山坳串起来，连通了去殷家寨的路。房屋造型也发生了变化。坎下二奶奶家把老房子拆了，在前面的田里修了新房子。接着，村里其他家也都修了新房子。崭新的砖房挺立在路边，吊脚楼如同一位年迈沧桑的老人蜷缩在新房子背后，掩映在竹林中。

新房子与老房子的对比，新出生的孩子与老去的长辈，这是我近两年回乡最大的感触。新出生的孩子们，多是年轻叔叔们的孩子，和我平辈，却差了近 20 岁，还有堂弟堂姐的孩子，得叫我"二嬢"。光阴流逝，如今我也是二嬢了，我感受到了生命传递的神奇魔力。曾几何时，年幼的我也得到过村里嬢嬢们的关照，这是一份温暖的记忆。这些姑婆们、嬢嬢们也曾在村里长大，也曾是欢快的小女孩，出嫁为人妻、为人母，在隔壁村镇或县城安家落户。我，这个未成家的二妹，将要扎根成都。

和我的母亲一样，这些"70 后"嬢嬢们多以打工接触城市生活。和她们不一样，我和村里考上大学的姊妹以求学接触城市，并努力扎根在城市。少数民族地区乡村女性的城乡生活变迁，这既是感性的家乡记忆，也是值得研究的人类学或者社会学选题吧。自从接触了民族学、人类学相关知识以来，我越发地想要研究自己的家族、自己所在的山村，传播这里的风俗和文化。

太爷爷买房置地、治病救人的故事传下来了，那祖祖一代的故事、爷爷一代的故事、爸爸一代的故事呢？还有好多东西等着我去挖掘，以感性的方式，则为诗歌、散文、小说，以理性的方式，则为学术论文、调查报告。从这个视角看待亲人的死亡，我感到双重悲伤：一是亲情上的失去，再也不能见到曾经熟悉的长辈；二是这些生于 20 世纪三四十年代的长辈的逝去，带走了很多乡土记忆，是研究者的遗憾。

以我奶奶、隔壁大奶奶为代表的乡下老妇人们，坚忍顽强，哺育子女，又在生命的暮年帮忙照顾孙子。尽管疾病缠身，她们依然劳作在乡间田地上。她们黝黑的皮肤、佝偻的身子使我想起老家，乡下的爷爷、堂爷爷们抽草烟、喝苞谷酒，穿梭在田地间犁田，或者撵仗（打猎），以及敲响"家伙声"，这些都是村庄曾经鲜活的场景。这些生长于土地的我的亲人们，传承了老一辈的质朴勤劳，传递给新一代生命无形的精神力量。爸爸、叔叔们或打工，或创业，书写着自己的生命历史。新一代的我们走进乡镇、城市，接受新思想、新挑战。从生计方式到人情体验、住房空间、乡土观念、教育发展等的变化，都是不同年代人们的鲜活经历，值得捕捉和记录。

乡土中国视角下的反思和怀念，带有责任和激励。那是时代变迁下的乡村社会，一个文学的原乡，一处研究的宝藏。

今夜，我为村里逝去的亲人哀伤，愿逝者安息、生者健康长寿。当然，我也为村里新生的孩子们欢喜，愿他们健康成长，前途明朗。生死更替，血脉相连，我们姓宋，有着同样的祖宗，我们姓宋，在时代的车轮里或悲或喜，都不改生命的出发点。那是一个叫宋家湾的山坳，我精神的原生地。

红满人间伴年来

　　乡下，春夏草木青葱，秋季金黄丰收。山乡冬季，谷物归仓，草木凋零，几分萧索，几分寂寥。红色以年的名义来了，来拯救这场季节的沧桑。它带着满腔的喜悦而来，在隐隐约约的绿色竹林中起伏跳动着，为古老的吊脚楼和院坝带来生气和温暖。

　　"春满人间欢歌阵阵，福临门第喜气洋洋。"瘦长的红色宣纸伴着浓墨馨香，以对联的名义爬上大门、窗框。被岁月磨得发黄暗淡的吊脚楼楼板壁被这红色唤醒，脚底板踩着楼板发出的嘎吱声仿佛是老屋在诵读对联。挂在门头的红灯笼在夜里发着光，院坝氤氲在红色朦胧里，这点点红光守护着屋内的祥瑞安宁。

　　春联、红灯笼里藏着亲人温暖的互动、默契的配合，最难忘的是过年时在外公家贴春联、挂灯笼。外公和舅舅们清扫着柱头、大门，我和表妹取出春联、红灯笼，托着，拉着，撑着，春联、灯笼一点点地展开，红色就在我们手中绽放，一片火红的天地在手上燃烧着，我和表妹相视而笑。舅舅踩在板凳上，我在旁边递对联，表妹退后几步，站在院坝上看高矮位置。很快，几副对联依偎在大门两侧，像红色瀑布垂下喜庆，灯笼成为柱头的红色眼睛，整个吊脚楼像老人穿了红色新衣，变得年轻而喜庆。贴春联、挂灯笼是过年不可缺少的仪式，我们把对新年的心意、对新生活的期待化作抹抹鲜红贴在吊脚楼上，更印在心里。

过年时，外公家的院坝是最大的红色区域。一阵鞭炮声过后，片片红纸、点点炮灰纷纷扬扬地落下，整个院坝被一片红色覆盖了。这时的院坝很可爱，像喝醉酒一般，红色的笑脸中露出点点酒窝。外公并不着急扫去红色的鞭炮痕迹，他说这些红色可以带来吉祥，也预示着新的一年红红火火。外公看着这红色院坝，满意地笑着，额间的皱纹也被染红了似的，泛着别样的光彩。

红色是熊熊燎动的炉火，它给予我们温暖，炖熟白果腊猪蹄汤。在守年的深夜时光，红色炉火时而发出炸裂的声音，和我们一起参与家庭茶话会，分享各自的喜怒哀乐。红色是亲人间递出的红包，小小的红方块承载着长辈对晚辈的关爱与希冀，传递着子女对父母的敬重与感恩。红色是酒杯相撞时发出的清脆声，荡漾的酒水里缠绵着悠悠亲情。红色是院坝上的全家福，每张笑脸拼出大家庭的充实与欢乐。红色是亲人走访拜年时的声声问候与祝福，是归家游子在故土的呢喃。红色是祭奠祖先的深情，熊熊燃起的纸钱是点点红香在缭绕，零食果品、烟酒纸钱在红色的氤氲中到达另一个世界。

红色的春联、红色的炉火、鞭炮燃放后的红色院坝、充满喜庆的红色祝福，这些可见可听的红色让年成其为年。还有一抹不可见的红色在汹涌着，那便是游子归家的动力，是父母翘盼的所在。不可见的红色，是涌动在身躯深处的血脉之红，这抹红让我们相聚相连，让我们感受人间至纯之情。这抹涌动的血脉之红，镌刻着生命的来处，有着通往过去、连接未来的向度。

阅尽世间千般光彩，难忘故土质朴本色。年的颜色，故乡的颜色，应该就是红色，它是亲人因思念而流泪的眼睛，是一颗颗盼望归家的心灵，是一副副传递着美好心愿的春联，是一个个闪烁着希望的灯笼。年是红色的海洋，是红色的狂欢，是红色的节日。没有哪个节日像年这样，处处充满了喜庆的、温暖的红，处处跃动着生命的、幸福的红。

年，发音轻柔的词，充满了深厚的情感蕴藉。如果你问我心中的年是怎样的，我会毫不犹豫地告诉你，年是红色的，年是一团跳跃的红色。年的红，红的年，镌刻着中华民族的文化基因，从乡土到城市，从过去到未来。红满人间伴年来，哦，这跳动的红，这充满年意的红，永远的中国红。

（载于《武陵都市报》2021年2月9日副刊《吊脚楼》）

家人围坐，炉火可亲

这些年，我都在乡下外婆家过春节。每年临近春节，在异乡求学的我早已归心似箭，响亮的鞭炮声、灶台上滚嘟嘟的腊肉汤、吊脚楼里的欢声笑语都涌起在记忆闸门。然而，最令我魂牵梦萦的是外婆家那熊熊燃烧的炉火，是家人们围坐炉火旁聊天的温馨时光。

舅舅们平时在城里工作，我和表弟表妹们在外读书。过年了，我们朝着同一个方向奔去，那就是回乡下老家，回到日夜思念儿女晚辈的老人身边，回到温暖的炉火旁。烧炉子需要柴火，外公早已备好引火柴和截成小段的柴块。柴块堆在阶沿内侧，像一个个小卫兵守护着阶沿，柴块被捡起投进炉子里，炽烈地把满腔热情传递给炉子。

外婆家的炉子安放在吊脚楼堂屋左侧的房间，炉子侧上方是方格窗子，红色圆形炉盘和方格窗子形成一种妙趣的呼应。外婆说，这个炉子已经用了近二十年，中途只换过一次炉盘。二十年的熊熊燃烧，可见炉子耐用，也可见外婆家惜物之德。平时，外婆家把红色炉盘当作餐桌，饭后炉盘被擦得干干净净。尽管部分红漆已经脱落，炉盘还是散发着淡淡的红光。冬天来临，炉子为山里人家提供了温暖。炉子上烧水、炒菜、炖汤是必不可少的。

炉盘中间是铁锅，炖着腊猪蹄汤，四周是炒腊肉片、凉拌折耳根、酸渣肉、土豆片、清蒸鱼、可乐、红酒等，这就是我们一家人的年夜饭。开饭前，外公和舅舅们在院坝放鞭炮，响亮的鞭炮声过后，院坝像搭了一层红毯，很是喜庆好看。饭间筷箸举起，推杯换盏，一家人谈笑风生好不欢快。夜色笼罩山里，一盏明灯照亮吊脚楼，一家老小围坐在炉火边，一年一度的炉火茶话会开始了。

看着儿女子孙围坐一起，外公布满皱纹的脸上带着欣慰的笑容，他是一家之主，最先发言。他分享着这一年的收成、庄稼长势、篾匠活路收益等。舅舅舅妈、妈妈也依次分享过去一年的工作和生活感悟。我们几个孩子主要是汇报自己的学习情况，以及分享一些学校趣事等。一年四季总在操劳的外婆终于肯停下手中的活，享受这难得的休闲时光。她较少说话，更多的是听我们说，她银白的头发在灯光下泛着微光，圆润的脸也被炉子火照得微微泛红。

不时地添加柴块，炉火一直燃得旺旺的。外公从炉身一侧的方孔取出罐罐茶，和舅舅们品着茶，孩子们则欢快地剥瓜子、吃糖果。炉火时而发出炸裂之声，那是多么可爱生动的声音。它仿佛也用自己的方式加入这场亲情的交流中来。静默大山的黑夜中，百年吊脚楼灯火明朗，屋内炉火通红，一家老小围坐一起，分享各自的喜怒哀乐。

外公和外婆听着儿女子孙的分享，不时点点头，露出满足的笑容。尽管少时因家贫没读过多少书，外公却能说出"积善之家，必有余庆"这样的话。他时常说要与人为善，多做好事，教导子女在工作上要勤勤恳恳，不可偷奸耍滑。对几个孙辈，他又教导努力读书，健康成长，不可虚度时光。我们点点头，把外公的话记在心里，在新的一年中践行。

我想，炉火茶话会也是一种重要的家庭教育方式，家人以平等、温和的方式分享各自的生命体验，晚辈又从长者那里汲取人生智慧。那些谆谆教诲就像可亲的炉火温暖着我们的心，给予我们感动和力量。这些年来，跳动的炉火已经成为我心中最为重要的亲情意象。想到乡下的过年时光，那炉火自然而然地闪烁在头脑中，让我感受到平和与幸福。

相聚团圆过年，人间至暖时光。炉火旁的围坐具有一种亲情的向心力，我们对家人的爱、对生活的期许都汇为一缕炉火。熊熊燎动的炉火让人感受到宁静祥和，回归生命本真的状态。即便寒夜如斯，炉火仍在那儿默默地燃烧，燃成一片炽烈。即便走得再远，也有家人为我们守候亲情的乐土。汪曾祺先生曾说"家人闲坐，灯火可亲"，我把它化用为"家人围坐，炉火可亲"。那是心中的火，是不灭的火，是亲情的火。

愿炉火常暖，亲情长存。

（载于《武陵都市报》2021年2月5日副刊《吊脚楼》）

　　当在蓉城秋夜写下这篇《文字之心》，我感到忐忑不安，甜蜜中夹杂着几分不真实。我竟然有一本属于自己的散文集了，这是一个青春的句号，更是一个人生的逗号。文笔不算犀利，也谈不上厚重的数十篇文章有序地排列着，它就是我的处女文集《生命的芭茅花》。

　　不知怎的，我想到了儿时在乡间拾柴火的经历，有些积少成多、坚持不懈的隐喻。12岁以前，我在乡下生活，是一个勤劳质朴的小女孩，拾柴火、放牛、打猪草等都是常事。拿捞松毛来说，与其说是一种责任，更不如说是年幼的我拿着木耙在林间"写诗"，或者给松林挠痒痒，有时挠着挠着松林就飒飒地笑了起来，其实那是风的杰作。我把干松毛抱起放进背篼，背回家倒在后阳沟的柴火堆，一背，两背，三背……我家的柴火堆永远不缺松毛这样的引火柴，时常都是满满当当的样子。

回想自己这些年的写作，和捞松毛竟有异曲同工之妙。同样都是用勤劳的双手向大地汲取，都是一点点的积累，"堆柴成山"与"积文成集"有了某种神秘的内在关联。端坐在电脑前的我把一段段文字收拢，就如同多年前把一根根松毛扒拉成堆，都是向大地致敬，都是为生命的炉火增加燃料。

　　文字的确是我的燃料，为我的生命增添了温暖和光亮，而写下生命的文字离不开阅读的润泽。最初的阅读是儿时的书本，陪着我度过充实的学习时光，更陪我度过山坡小溪边的放牛时光。那些印在书上的文字个个都是精灵，吸引着我进入与现实生活不同的精神领地。除了完成老师布置的作文，我能否自己写些文字呢，哪些时刻会让我想写点什么呢？在月光下，我坐在天楼顶上看对面隐隐约约的山林，想念远方的爸爸妈妈；放学后，我趴在井边喝水时，看阳光透过树叶洒下斑驳的影子，不规则地在井口边晃动；在夏天乌云密布、雷声麦鸣时，我坐在教室里休息，等待狂暴风雨过后再回家；在土家村寨红白喜事上，我聆听那些押韵顺口的说辞……我发现有很多个时刻触动我的心，让我体验到哀伤、欢乐、新奇、焦虑。于是我在日记本上写下稚嫩的文字，我想那或许就是写作的萌芽。

　　这个萌芽随着年龄的增长越发壮大，对文字的热爱和优秀的语文成绩让我产生了新的文学梦。在中学阶段，我了解到什么是大学，什么是中文系，我很想考进北京大学的中文系。我天真地认为进了北大中文系就会成为一名优秀的作家，我为了北大梦、作家梦努力学习着，然而，命运的列车却把我带到了四川大学经济学院。在单亲家庭成长的压抑、城乡生活体验的落差、高考发挥失利的阴影、专业的不适应等因素影响下，一个曾经优秀开朗的女孩变得焦虑、颓丧、迷茫。是的，我病倒了，被诊断为抑郁症。在那段不堪的岁月里，是文字解救了我。我在日记本上写下孤独、寂寥的心情，几行小诗、一些歌词，甚至是一个不知所云的片段。我漫无目的地写着，写的过程本身已经让我愉悦，哪管它们写得好不好呢。

直到一篇叫作《在城市的怀中想念乡村》的散文发表在《武陵都市报》上，我真正的写作之路才开启了。看到文字出现在报纸上，我的心里充满敬畏和激动。我的文章要被更多人看到，那就得写好才行，而如何才能写得更好，那得多读，就这样，一条新的学习之路向我展开。

恢复健康后重返川大，我转变心态，告诉自己不要在不擅长的领域死磕，要接受转折点的考验。在完成国际经济与贸易专业基本学业的同时，我向中文系靠近，向心中的文学梦靠近。我去旧书店淘了一套川大出版的汉语言文学专业教材，翻得津津有味，我也选修了文学与新闻学院"文学概论""现当代诗歌鉴赏"等课程。在教材的导引下，我又去找了很多作家的作品来看，有时囫囵吞枣地看，有时细嚼慢咽地看，我就是一头扑在阅读世界里的饥饿的小兽。

《德阳日报》的编辑钟正林老师告诉我先打牢散文创作的基础，再慢慢拓展写作视野，学习其他体裁的创作，于是我进一步加强散文学习。唐宋八大家的经典散文是我中学时期的挚爱，我再次仔细研读他们的文章，感悟其中深邃的思想，学习精妙的文笔。现当代作家中，鲁迅、周作人、沈从文、汪曾祺、冯骥才、肖复兴、莫言、贾平凹、迟子建、闫连科、毕淑敏、林清玄、彭学明、梁鸿、鲍尔吉·原野等人的作品都极大地滋养了我。蒙田、培根、惠特曼、梭罗等外国作家的作品也给予我精神养分。

生于重庆，学于成都，我深深地受到巴山蜀水的文学滋养。四川的文学大家巴金、流沙河等前辈是我文学梦的启蒙者；2016年，我获得第三届马识途文学奖，受到鼓舞后我越发用心读书写作；现居成都的优秀作家和诗人中，阿来、梁平、龚学敏、蒋蓝、杨献平、马平、罗伟章、牛放等前辈的作品也激励了我。例如，阿来先生在《花重锦官城·成都物候记》中对各类草木的观察和书写，启发了我写那些温暖、启迪我的花草树木，并初步形成了"草木物语"这一系列文章。杨献平先生的《自然村列记》着眼于古老村庄及其普通人的习性、文化、精神传统，讲述着近代和当代交替中的卑微命运，给予我书写乡土很大的启示。马平先生的散文集《我的语文》、杨犁民先生的散文集《露水硕大》等给予我乡土书写和人文关怀的启迪。除此之外，税清静、文佳君、杨俊富、贝史根尔、陈川、笑崇钟、饶昆明、吴明泉、禄永峰、熊莺、阿薇木依萝等前辈的优秀作品，以及文学交流群里文友们的精彩作品，也都给予我很大的养分。

在阅读、写作的过程中，我越发体会到故乡之于文学的意义。故乡不仅是生命的起点，也是文学的起点。近几年，我系统地梳理乡土记忆，感悟乡土人事，反思自己往返于成渝两地的成长体验，写下稚嫩的文字。先写自己熟悉的人和事，从童年和乡土出发，再到达更远的远方。《生命的芭茅花》是我对过去27年生命的小结，更是对未来生命和写作之路的开启。我愿意化作一朵芭茅花，以一颗"文字之心"对着天空挥毫泼墨，在岁月的时空生生不息，在文字的世界笔耕不止。

幸运的是，我来到沱江之畔，加入了成都文理学院。如今，我是一名写作教师，和更多年轻的学子探索写作的秘密。看到他们青涩的脸庞、灵秀的文笔，我想到曾经的自己。我期待和学生一起进步，不断成长为更成熟的写作者。在人生和文学面前，我们永远都是学徒。

感恩生养我的故乡，武陵山的沉稳和阿蓬江的灵动是我行走世间的底气，丰富绚烂的土家族文化亦是我文学创作永恒的源泉。感恩中小学时期所有关爱、帮助过我的老师、亲人、朋友们，他们丰富了我在这个世间的情感体验。

感恩我的母亲陈美琼女士，含辛茹苦地养我长大，在我曾经绝望之时用生命救赎我，并一直支持我的创作梦想。感恩我的先生铁丝，从我的粉丝到恋人，最终与我走进婚姻殿堂。在余生，我们是亲密的伴侣，也是命运的同行者。

感恩四川大学的文家成、干天全、王炎龙、卢希芬等老师，我的学业和写作不断进步离不开他们的指导和关爱；感恩在写作路上鼓励和陪伴我的文友们，他们笔耕不辍的精神是我学习的榜样。

感恩母校四川大学给予的宝贵机会，让我能够拥有一本自己的散文集。我永远是川大的孩子，我的青春她见证，我的不足她包容。在这次"明远星辰文库"校园文学出版工程中，我的散文集有幸入选，我更加体会到"川大妈妈"对我的深爱和期待。能够与王学东、何竟、杨正波、许淳彦等校友的作品共同入选第一辑"明远星辰文库"，是文字之缘与母校之情将我们连接，共同在今后的文学创作中打捞宝藏。

感谢我的学生何雨洁、黄玉洁，她们创作的插画为本书增添了更多趣味。

岷峨挺秀，锦水含章。巍巍学府，德沃群芳。祝愿更多的校园文化精品出版，汇聚为璀璨的明远之光、川大之光！

宋雨霜

2021 年 9 月 1 日
于成都文理学院静远居

且得且失，且写且歌

一

此刻，冬阳暖照，栏杆的影子浅浅地映在墙上。几朵玫红的胭脂花从绿叶中高挑出来，像是朝天吹响的小喇叭。初冬时节，阳台上蓬勃的绿叶与昂扬的红花，着实令人欣慰。

这是意外的欢喜。

去年秋天，我和铁丝外出游玩，在路边偶遇一丛胭脂花。那小小的红花热烈地冲我笑着，我想到儿时用胭脂花做耳环，把胭脂花种子里的白色粉末涂抹到脸上的情景。

"想要一株胭脂花，让它开在阳台上。"说罢，我轻轻摘了几颗黑色小地雷般的种子放进包里。之后忙起来，便忘了这事。

今年六月某天，在学校收拾背包时发现了这几粒黑色种子。重新被放在掌心的种子，犹如黑色小眼睛和我对视，似乎在渴求着，渴求一份落地生根的机会。夹杂着歉意和期待，我把几粒种子埋到了泡沫箱子的土里。

它们会发芽吗？我不敢抱有太大希望。暑假期间，即使它们发芽，若不能及时浇水，也会枯死吧。我不敢去想，只觉得自己错过了这几粒种子的最佳播种时间。

暑假，我惦记着阳台上的花草，专门回宿舍浇了几次水。一次，两次，我在吊兰、鸢尾花叶子下找着，找那黑色种子是否吐出嫩芽。一无所获。它们想必热晕了，或者干脆不想发芽。算了，随缘。

九月开学后忙忙碌碌，我给阳台上的花草浇水也变得潦草。那天蹲下来清理杂草，一棵不足两指长的绿植引起我的注意。那小东西看起来柔柔弱弱的，两三片瘦长心形的嫩叶片儿微微摇曳着。难道是胭脂花种子长出的嫩芽？再仔细观察后，我确定这就是胭脂花叶子，激动地给铁丝打电话分享好消息。

这小小的叶片点燃我的希望，便日日期盼起来。每天早起，对着这小东西说几句鼓励的话，亦如往常我对其他花草一般。这小东西也是争气，一点点粗壮起来，一节节高大起来，再分了枝丫，称得上枝繁叶茂了。

一晃就是十一月了。那天早起，我发现胭脂花顶端冒出几个浅绿色的细长花苞。真好，离开花不远了。外出参加培训几日，始终惦记着那花苞，没有我每天早上的问好，它们能顺利开出来吗？

培训结束回到宿舍，已是晚上十点多。我站在阳台上伸懒腰时，闻到一丝幽幽的香气，到箱子旁蹲下来，打开手机电筒照着。啊呀，胭脂花开了。一朵，两朵，三朵，数了数，足足开了六朵。这夜色中欢笑着的六姊妹，让我激动得想要尖叫，于是打电话给铁丝，分享花开的喜悦。铁丝说，时间到了，种子自会发芽的。

回想去年秋日摘种子的情景，再到此刻欣赏胭脂花开，一年多的时光溜走了。我无比感谢这几粒小小的种子，没有因为我的疏忽而放弃生命力。在背包里静默的那些日子，它们一定在相互鼓励吧，只要落到土里，一定要努力吐出嫩芽，拔节，生长。

我如此幸运，不过小半年的光景就实现了拥有一株胭脂花的心愿。意外得到了这黑色的种子，于粗心搁置后又将它们埋到土壤里，我便拥有了这绿叶红花。在日渐凛冽的日子里，这株胭脂花伴着我，多么值得感恩啊！

我感恩时光的给予，给予种子，给予花朵，给予这匆忙时光中的一方安宁，一寸欢喜。或许，写作也是我的意外，这意外中孕育着生命的必然。

二

时光给予我花朵、欢乐和惊喜，也给予我苦涩、辛劳，甚至无情带走了许多，比如挚爱的亲人、朋友。

整理第一版《生命的芭茅花》的时候，外婆还在。那时的她已经病得站不起来，卧在床上的她依然用微弱的声音唤我，幺幺。2021年五一节，铁丝第一次陪我回到乡下。病床边，外婆用枯瘦的手拉着我和铁丝的手，握在一起。外婆说，幺幺啊，你们要好生在一起。

我陪着外婆，一边打字。键盘的声音和呼吸机的声音，还有外婆偶尔的呻吟，交织在一起。我告诉外婆，我在整理文章，将要出书。外婆说，幺幺你真能干，写文章费脑筋，也辛苦得很，莫把自己累到了。我放下手中的活儿，挨着外婆斜靠下，握着她的手，含着泪回复，外婆，我不累。等你好起来，我带你去坐飞机，再把坐飞机的经历写下来。外婆没有好起来，她想坐飞机的心愿变为遗愿。关于外婆坐飞机的文章，至今未动笔。

《生命的芭茅花》散文集顺利出版了，我带着这本书去看奶奶。奶奶用关节变形的手抚摸着这书，缓缓地问，这书里都写了些什么。我便和奶奶摆龙门阵，告诉她书里写了老家的亲人长辈，老家的花草树木等。临别时，我给奶奶说，如果想我了，就摸摸这本书，看看我的照片，就当雨雨在您身边啦。长期在成都生活，回黔江陪奶奶的时间确实太少了。奶奶想我的时候，真的会抚摸这本书吗？我想一定会的。

逝去的彝族诗人贝史根尔，是我写作路上的挚友。今年五一节，我和他久别重逢，他已被病魔折磨到瘦脱了相。黑色镜框架在他瘦削的脸上，显得空旷。他说，霜霜，你一定要写下去，即使有一天我不在了，也会在另一个世界为你祝福。临别时握手，掌心的余温，是他留给我最后的纪念。

现在，《生命的芭茅花》第二版即将付梓，外婆、奶奶已经不在了。即使我写再多关于她们的文字，我也再不能触摸她们的脸庞和双手，再不能被她们亲切地叫一声幺幺了；贝史根尔已经不在了，再没有人像他那样带着彝族口音喊我一声霜霜；老家的吊脚楼也有些歪斜了，只剩外公独自守着百年老屋，能守多少年呢……想到这里，想到生命中那些不得不接受的失去、衰老、沧桑，我失声痛哭。

幸好还有文字，我把和他们有关的故事一点点写下来，筑起一座记忆小屋，供我遮风避雨。文字牵引着我，永不会迷失心灵的方向。

三

2021年9月，散文集《生命的芭茅花》问世。在某种意义上，我的生命、我的名字便与这紫色飘逸的花穗紧紧相连。

芭茅花，为我收获了一些肯定和奖项，例如获得了聂震宁、黎正明等前辈的鼓励与欣赏。它也走进一些高校的图书馆，或许为莘莘学子带来一场芭茅花精神之舞。

芭茅花，借由"爱洒乡村儿童"等公益活动走进一些留守儿童的世界，走进或远或近的读者心里。这几年，陆续收到一些读者发来的读后感，或者书上的阅读批注，我都深深地感动且感恩。感动是因为自己青涩稚嫩的文字，因其不失真诚质朴而能拨动一些心弦，这足以激励我继续用文字行走。感恩，是这些可亲可爱的家人、朋友们、学生们作为我的读者，给予我的创作以信任、支持和祝福。

芭茅花，替我陪在妈妈的身边。这几年，她守着一个小小的店铺，闲时念经打坐。妈妈说，知道我很忙，有时想我了就翻看这本书，犹如孩子在身边。这话让我心生愧疚。这么多年来我一直在远行，物理意义的，精神意义的。我以为自己走得很远了，但当落笔行文时，才发现自己其实在一次次地返乡，返回童年，返回到妈妈身边。

感谢四川大学出版社再版《生命的芭茅花》，感谢所有出现在我生命里的温情与善意。三十而立，处女作再版，这是一段青春的小结，也是一个全新写作阶段的开始。

意外得来的胭脂花，告诉我在静默中蓄积能量。

飘逸飞扬的芭茅花，引领我以从容心书写人生。

芭茅花之笔，且得且失，且写且歌。

2024 年 11 月

于成都文理学院静远居